到世界上去

瓦当 作品

作家出版社

图书在版编目（CIP）数据

到世界上去 / 瓦当著 .——北京： 作家出版社，2017.8
ISBN 978-7-5063-9659-2

Ⅰ.①到… Ⅱ.①瓦… Ⅲ.①长篇小说 – 中国 – 当代
Ⅳ.① I247.5

中国版本图书馆 CIP 数据核字（2017）第 211233 号

到世界上去

作　　　者：	瓦　当
出 品 人：	高　路
责 任 编 辑：	丁文梅
特 约 监 制：	王俊一
特 约 策 划：	刘　飞
特 约 编 辑：	何　文
封 面 设 计：	@_ 叁囍
出 品 方：	北京中作华文数字传媒股份有限公司
出 版 发 行：	作家出版社
社　　　址：	北京农展馆南里 10 号　　邮　　编：100125
电 话 传 真：	86-10-65930756（出版发行部）
	86-10-65004079（总编室）
	86-10-65015116（邮购部）
E-mail：	zuojia@zuojia.net.cn

http://www.haozuojia.com（作家在线）

印　　　刷：	北京明月印务有限责任公司
成 品 尺 寸：	145×208
字　　　数：	160 千字
印　　　张：	10
版　　　次：	2017 年 9 月第 1 版
印　　　次：	2017 年 9 月第 1 次印刷
ISBN	978-7-5063-9659-2
定　　　价：	38.00 元

目录 contents

P.001
上篇

我还没有准备好，已在世上走一遭。

————题记

PART ONE

上篇

PART ONE

出师表

星期天下午，王小勇骑着自行车满头大汗地找到我，一屁股坐在我床上。刚开始我以为他来找我下棋，后来才明白，他是来告诉我班主任崔大杂碎老师死了。我一听就高兴地拍起了巴掌，随后，又自作聪明地问："你是不是来找我放爆仗？"

王小勇把头一摇："不对不对，反其道而行之。"我做梦也没想到，他居然建议与我合送一只花圈。

"为什么？"我大惑不解。

"你想啊，崔大杂碎生前最恨谁？"

"那还用问？当然是咱俩啦。"

"是啊，你想他到了那边，能不找我们报复？他要是化成鬼，天天缠着我们不放，那多可怕？"

王小勇这样一说，我的心里直发毛。尽管我不怕死，甚至有时候还偷偷憧憬。但我想死得好一点，不愿被自己不喜欢的人勾去。

王小勇继续开导我说："我们给他送个花圈去，表示一个意思，他呢就不好意思再找我们的麻烦了。"

"也是，真有你的！"我向王小勇挑起大拇指，然后就去找爸爸要钱。

我爸爸是临河城中心百货站的土产仓库班班长，说是班长，整个仓库也只有两个人。原先只我爸爸一个人，后来又来了个臭美的女人，和我爸爸年龄差不多，叫任红梅。我们去的时候，一个工人模样的人刚领了一只蜂窝煤炉子出去，任红梅正在低头织毛衣，我瞥她一眼，屁也没放。

"你可不是撒谎？"爸爸盯着我看，想从我脸上看出破绽。

"死人的事还能撒谎？"我和王小勇一起拍着胸脯。

"难得你们这么懂事。"爸爸点点头，掏出二十块钱，"一个花圈也就三十块钱。你出十五。"他指着王小勇说，王小勇点点头。爸爸又对我说："剩下的五块给我拿回来。"

我应了一声，心想：先花了再说，傻瓜才给你拿回来呢。

人民医院后门口有条"棺材街"，这是我给它取的名字，真名倒忘了。靠山吃山，靠水吃水，靠着太平间，这条街上就全都是卖殡葬用品的商店。

我们随便奔着其中一家去，门口招牌上写的是"长寿店。"

"出去出去，哪儿凉快哪儿待着去！"长寿店的胖老板一看见我们，就摇着扇子把我们往外赶。

王小勇把眼一瞪："我们买花圈！"

"哦？"

胖老板这才收了扇子，满脸堆笑，给我们介绍起生意。屋子里的花圈五颜六色大大小小林林总总，还有纸人、纸马、纸丫鬟、纸汽车、纸飞机、纸别墅、纸家电……看得我们眼花缭乱。如果我们有钱，一定会给那狗日的多买一些。谁都知道他贪财又好色。可惜我们都是穷光蛋，最后，我和王小勇一嘀咕，对老板说："你也别废话了，三十块钱能买哪一个？"

老板一听，从墙角拖出一只直径一米左右的，这是最小的一种，上面还挂着半条挽联。老板一把撕了去，没让我们看清上面的字。

"你这是不是用过的？"王小勇问。

"怎么可能呀，天地良心。"胖老板也拍起了胸脯。

"怎么上面有土？不是新的？"我拿手指在纸花上抹了抹。

"我的小祖宗，这个又不是瓜果梨桃，要那么新鲜！"

我们不跟他计较，是这么个东西就行。谁不知道花圈拉到火葬场，烧一部分，剩下的就再卖给花圈店。胖老板文房四宝齐全，就是不会写毛笔字。我便自告奋勇抓过毛笔写下"伟大的崔有岁同志永垂不朽！"一行不怎么遒劲有力的大字。崔老师名讳有岁，可我们都管他叫崔大杂碎。"杂碎"在我们这儿可不是一个好词，是人很下流、差劲的意思。最后那个感叹号，声泪俱下直淌到桌子上，淌到了正认认真真地扶着纸边的王小勇的手上。王小勇反应极快，手像一块抹布抖了起来。仿佛碰到的不是墨汁，而是一只死人的手。死人的手，冰冷的手。死人的手，永远保持一个姿势的手……

掸去花圈上的尘土，花圈焕然一新。交完钱，王小勇扛起花圈，活像是美猴王扛着一树水蜜桃。一路花枝乱颤来到殡仪室，殡仪室里正在发丧，响着难听的哀乐，一群男女老少披麻戴孝正抱作一团哭成个蛋。

我们一看横幅却是一个陌生的名字。

"你是不是弄错了？"我问。

"怎么会？我听班长说的。"班长乃官方人士，说话应该不虚。

王小勇又加了一句："不是弄错了，肯定是死错了。"

"那是怎么回事？"

"要不，我们去病房问问，说不定还在穿衣服呢。"

王小勇净胡说，可我就相信他，因为我也不懂啊。

于是，我们又扛着花圈去了病房。路上碰见几个医生和护士，看也不看我们，想必是司空见惯了。一进病房楼大门，正好和一人撞了个满怀，抬头一看，不是别人，正是我们可爱慈祥永垂不朽的崔有岁崔大杂碎老师。簇拥着他的，正是班长等一帮舔腚包。

"妈呀！"我们扔了花圈，抱头鼠窜。

事后我们才弄明白，崔大杂碎那天阑尾炎手术刚好病愈出院。王小勇东西耳朵南北听，把出院听成了"出殡"。

这下可把我们害惨了。崔大杂碎重返讲台第一节课，就用红粉笔在我和王小勇的脸上各打了一个叉，以示枪毙，随后把我们轰出教室。这不是一次两次了，我们早已习以为常。

我们倚在教室外面的墙上，有说有笑，太阳暖融融地照在脸上，别提多舒服。我看见隔壁四班的门口也站着一个学生，而且是个女生，只是她的脸上没有粉笔叉。

"李珍！"王小勇叫了一声，那女生回头来，报以妩媚的贱笑。她披散着头发，一副十足的浪像。

王小勇朝李珍走过去，他们像特务接头似的说了两句。然后，王小勇向我招了招手。

我走过去。"刘小威！"王小勇介绍道。

"见过。"那女孩咯咯笑了两声，伸手给王小勇擦去脸上的红叉。我等着她来给我擦，然而这愿望很快落空了。王小勇伸出他的脏手往我脸上一抹，李珍又咯咯笑了："越描越黑！"

她笑起来真难听，像一只抱窝的母鸡。

我们三个穿过教学区的月亮门，向操场那边走去。这时，崔大杂碎从教室里出来，冲着我们的背影吠叫起来。我们懒得理会，这狗日的，早晚小爷找你算账！

操场上有几个班在上体育课，打篮球的，踢足球的，摸爬滚打上蹿下跳的，很花哨很热闹，还有一个身材瘦小的男孩在围着操场慢跑，他那孤单的身影吸引我不由多看了两眼。穿过泥地操场，我们来到院墙边，砖垛缺棱少角，很适宜攀爬。王小勇示意我先上去，然后他托着李珍的屁股，我在上面拉了一把，李珍也上来了。李珍的手很软，像什么来着，我还没找到一个合适的比喻，她已经把手抽走了。装得像个淑女，可谁不知道她是一个婊子。李珍又把王小勇拉了上来，其实王小勇根本就不需要她拉。王小勇上来以后，他俩仍然手拉手，云中漫步般地跟在我后面。他们早就是一对了，可我一直不知道。

我们沿着学校的院墙向南走到头，然后往西拐到另一堵院墙上，这堵墙里面就是人民医院。一条脏兮兮的小河从医院里流出，水里漂浮着各式玻璃瓶和塑料瓶，还有一对胖大肥美的连体婴儿，像两根拧在一起的油条。恶臭扑鼻，苍蝇乱舞。黝黑的水面上照出我们三个人的人影，他们两个走得小心翼翼，手拉得更紧了。拐过一个直角，眼前豁然开朗，金秋的田野扑面而来，胸怀顿时为之大开。

我们依次下了墙，又跳上田埂。天空万里无云，地上稻浪翻滚。农民们正在辛勤忙碌，收割的裹着红头巾，推车的光着膀子，身上淌着汗水。还有一条花狗，兴奋地跑来跑去。镰刀雪亮，稻香清苦。这大好的收获的季节，唯有我们游手好闲。这时候，队形变成了王小勇和李珍在前面，我在后面。如同一个老人跟在儿子和儿媳妇后面，显得那么多余，那么狗屁不是。走到一座废弃的低矮的水泵房前，他们停了下来。水泵房破烂的门窗都大开着，里面有一头蜗牛似的水泵和一张烂草席。他们两个相视而笑，低头钻进泵房，并把门关上。我背过身去，茫然地注视着眼前无边的稻浪，隐隐听见镰刀收割发出整齐的沙沙声。过了一会儿，身后的门吱扭一响，王小勇提着裤子从泵房里出来了，嬉皮笑脸地回头指了指里面："该你了！"

我脑子里没反应，呆头呆脑地进去。李珍闭着眼睛，双腿叉开，气喘吁吁地躺在草席上，上衣捋到胸部，露出白花花的肚皮和半截乳房。光线突然变暗惊动了她，她条件反射地睁开了眼。我的心一阵狂跳，刚想弯腰看看她双腿间那团蝙蝠似的阴影到底是什么，她却猛地双脚蜷起，冲着我的胸口来了一招兔子蹬鹰："滚！"我没防备，被直挺挺地蹬出门去，重重地摔在地上，啃了一嘴泥。

王小勇哈哈大笑起来。李珍也笑了，笑得上气不接下气，咯咯乱叫。

"呸！奸夫淫妇！"我破口大骂。

李珍穿好衣服，也到放学的时间了。我们三个往回走，还是他俩在前面，我在后面。有人在收割后的稻田里放起火来，浓烟裹着稻香弥漫了半个天空。我痴痴地望着上升的烟火，仿佛自己整个人也被带走了。我觉得我迷恋这一切，是因为这里面有值得我迷恋的东西，虽然我说不清楚那是什么，但绝不是一团火一团烟那么简单。烟火呛得我眼睛和嗓子火辣辣的，很难受，又很舒服。一边很难受，一边很舒服。

我们没有再回学校，而是穿过医院后门直接来到大街上。又一群死者的家属正在号哭，简直是噪音。望着那些悲伤可怜的人们，我忽然领悟到了一个道理：原来这个世界上每天都会有人死去。于是，我便茫然起来。我在心里暗自祈祷：但愿我死的时候，没有人对我这样大喊大叫。让我安静，让我随烟火上升，让我云一样飘动，岁月一样摇曳着远去。

"拜拜！"王小勇对李珍说。

"拜！"李珍扭扭屁股走了，屁股上两块湿湿的泥印。我狠狠地吐了一口痰。

说起王小勇和李珍的相识，才叫有趣。那时候每当课间休息，男生们喜欢在厕所里举行尿墙比赛。厕所墙上画满了淫画，写满了淫诗。男孩们在小便池上站成一排，个个踮着脚，撅起屁股往上滋尿。厕所的红墙碱化得很厉害，一脬尿浸上去，眨眼工夫就干了。沙沙响动中，砖粉簌簌地落下。有那么一个孩子，我忘了是谁，反正不是我，是我也不承认——一激动尿了自己一脸，引得一阵狂笑。我记得自己最好的成绩，大约尿了一米六高。王小勇最厉害，站在小便池上，一咬牙一使劲，尿流居然忽忽悠悠随风越过了两米高的山墙。接着，就听见隔壁女厕所那边"啊"的一声尖叫，这边的男生嘎嘎乱叫，一哄而散。

只有王小勇做贼心虚，躲在里面没敢出来。就听见外面一个女生问："妈的，谁干的？"

一群男生异口同声地回答："王小勇。"

王小勇心里那个气，真恨不得钻到茅坑里。这时，他又听见外面那个女生喊："死不要脸的臭流氓，有本事滚出来！"

男生们起哄："王小勇就是牛，一尿尿到墙外头！王小勇就是牛，一尿尿到墙外头……"

"当里个当！"我也跟着凑热闹。

"听不见，骂不着，骂着你妈的小屄毛！"王小勇捂上耳朵，愣是死活不出来。

那女孩急了，瞅瞅旁边有个空空的大花盆，弯腰抱起来冲着厕所入口墙上大大的"男"字就来了个司马光砸缸——轰隆一声，缸没破，年久失修的单层墙垛却塌了一个大窟窿，王小勇提着裤子惊魂未定地出现在人们面前。

一个显然发育过早的女孩怒目圆睁地望着他。这个女孩就是后来大名鼎鼎的李珍。

"是你尿的我？"她瞪着一双杏核眼，一只手捋着湿漉漉的头发，还不停地放在鼻子上闻闻。

　　饶是王小勇艺高人胆大，当时也结结巴巴："不是我，墙……墙怎么倒了？"

　　"不是你是谁？臭流氓！"

　　"你看见了？"

　　李珍把眼睛一闭，使出"吃葡萄不吐葡萄皮"的功夫，"就是你就是你……"一口气说了十六个"就是你"。

　　"好男不和女斗！"王小勇从碎砖头上迈过来，转身就走。

　　"站住！你赔我！"李珍嚷嚷着，她也不知道赔什么，只是觉得自己吃了亏，不能就此罢休。

　　王小勇在前面跑，李珍就在后面追。"嗷——"观众们继续起哄。两个人一前一后跑出了学校，王小勇穿黑，李珍穿红，两个人就像一黑一红两匹小马驹，四蹄翻开，踽踽并驰，渐渐消失在薄雾初透的城西平原上。

　　到了放学时，两匹马驹回来了，安详而友好地排坐在学校门口的小摊前，肩膀靠着肩膀，亲亲热热地合吃一碗凉粉，那样的恋栈。所有看到这一幕的人都瞠目结舌，向着王小勇暗挑大拇指。看李珍那副小鸟依人的样子，王小勇一定是已经"赔"了她，至于赔的什么，别人就不得而知了。

　　这就是王小勇，我心目中的英雄。

　　然而王小勇很谦虚，他从来都不把自己当英雄，相反，他总是提起另外一个人。

他说："赵义武才叫英雄，赵义武胆子大！"

"怎么个胆子大？"

"他差点就坐了牢。"

虽然是差点，但已经足够让我崇拜的了。

"等见了你就知道了，"他说，"改天我领你见见赵义武。"

王小勇至少这样说了七八遍后，终于有一天，我们正走在大街上，他一把拽住从身边过去的一辆自行车的后座，大喊一声："义武哥！"

车子停下了，一个身穿方格衬衫喇叭裤，留着长头发，身材瘦瘦的小青年回过头来。看样子有二十岁左右，嘴角还留着两抹小胡子。

"这是刘小威，这是义武哥！"王小勇忙着给我们介绍。

"义武哥，你好！"我热情地伸出手去。赵义武冷漠地点点头，他的手很冷、很硬，像一截生铁，一触即已闪开。我立时对他肃然起敬。

赵义武是东方铸铁厂的铸造工，他们厂里专门生产一种面包形状的铁锭。据赵义武说，铁锭是煤矿上用的。赵义武白天上班生产，晚上下班就把铁锭裹在工作服里往外带。一斤生铁两毛八，一块铁锭十公斤，能卖五块六毛钱。据说赵义武最多的一次卖了一百块铁锭，王小勇羡慕地对我说："你算算能卖多少钱？"

"五百六！"那个年代，这可是一个天文数字。王小勇习惯性地夸大其词，我都没听出来。一百块就是两千斤啊，赵义武怎么弄得动？

"你就别管了，"王小勇嘿嘿一笑，"鸡不尿尿，自有它的道！"

不光赵义武一个人，他们厂里百分之八十的工人都这么干。厂里发现以后，管理得更严了，公安局抓了几个，开除了好几个，给赵义武弄了个留厂察看。这样一来，赵义武的工作只好转移到地下。

王小勇代表我们俩提出入伙的请求，赵义武未置可否。

王小勇把我叫到一边，我们两个给赵义武合买了一盒两块五的"云门"烟，他才勉强同意。

"赵义武这家伙心黑，也忒狠，他爸爸就是被他打死的。"王小勇私下里跟我说，"无论什么事，都不要和他对着干，没好处！"

赵义武从小没有母亲，父亲是临河城里出名的酒鬼，喝醉了酒经常揍他，一边揍嘴里一边还振振有词："下雨天打孩子，闲着也是闲着！"拿皮带抽，拿棍子打，高兴了还拿烟头烫，弄得赵义武身上整天青一块紫一块。有一次打得赵义武实在没处躲，弯腰抄起一个板凳回敬了过去。那板凳是枣木做的，又硬又沉，板凳角不偏不倚刚好砸在他爸爸的太阳穴上。老爷子咯噔一声就倒下了，跟电影里的假死似的。那年，赵义武还不满十五岁。

赵义武有一次喝了酒，苦笑着对我们说："他打我无数，我只不过打了他一次，就成了大逆不道的不孝之子！谁想到他妈的那么不经打！"

我们三人的分工是，赵义武把铁锭放在车间后面的地沟里，我们从东墙外的地沟口钻进去取。所获利益，他自己分一半，我们俩分一半。

"义武哥仗义！"王小勇讨好道。

赵义武没理这茬，而是对我说："你别觉得亏，铁是谁的？不是我的吗？"

"我没觉着亏！"我感到很委屈，叫起来，"我什么时候觉着亏了？"

"老实点！"我的脸上挨了一巴掌。

"你！"我捂着生疼的腮帮子，敢怒不敢言。

"算了，义武哥！"王小勇赶紧打圆场。

我知道赵义武不喜欢我，他曾单独和王小勇说起我："我看你这朋友不行。嘴唇薄，不厚道，文绉绉一副书生气，将来要是犯了，他一定先投降！"

这让我更觉冤枉，他不知道我能把水浒一百单八将的绰号全部背下来，他不知道我最崇拜的就是杀富济贫、忠孝节义的英雄好汉。

我们第一次合作共得十二块八毛，赵义武独分六块四，我和王小勇各得三块二。王小勇花了三块钱去给李珍买了一个红色的人造革钱包，李珍噘噘嘴："怎么是空的？"气得王小勇要跳河。

我又添了一块四毛钱买了一套自己早就想买的《封神演义》。

"你这个书呆子！"王小勇骂。

金缕玉衣

　　王小勇骂得没错，我就是喜欢看书。有诗为证：逃课贪玩只因懒，偷铁换钱为买书。我甚至在新华书店里偷过书，王小勇也偷过，他在前，我在后。

　　那天，我们本来没想偷书的，只是闲极无聊，路过新华书店随便转转。

　　时间是中午，书店里没有别的顾客，一男一女两名店员背对着正门，坐在角落里边烤火边打情骂俏，听见脚步声头也不回。这对贱人的轻慢激怒了我和王小勇。那时候，书店还没有实行开架售书，书都摆在玻璃柜台里面，有一节柜台的拉门没有拉上。王小勇吹着口哨，手在柜台上磨着磨着就探了进去，慢慢摸出一本《中华武术》，将它裹在衣服里。我不甘示弱，学着他的样子，也把手伸进去，掏到厚厚一本《世界名著故事》。柜台的橱窗玻璃险些把我的手划伤。尽管我的心跳到了嗓子眼，但还是跟在王小勇后边，佯做若无其事地顺着柜台的拐角，一点一点地蹭到门口。然后，我们两个目光一对，撒丫子就跑。我边跑边想象着那两名店员发现之后的反应，后悔和恐惧渐渐涌上心头。

那时我还没学《孔乙己》，不知道偷书不算偷。我走马观花地把那本书翻完，一度想把书送回去，又怕书店正好逮住我不放。想来想去，我决定把书送给同班好友郑成，因为我知道他和我一样喜欢看书。我提起笔，在那本书的扉页上写下七拼八凑的两句话：

> 赠挚友郑成：
>
> 书是人类力量的源泉，书是人类进步的阶梯。
>
> ——培根·刘小威

我们的教室墙上里就挂着这句名言，因为我平时看杂书多，王小勇一高兴就管我叫刘培根。

"送你一本书。"我把郑成叫到学校花池后面，从书包里掏出那本书。

郑成看见那本书眼睛一亮："真的？"

"当然是真的了。"

郑成把书拿过去，翻到最后面看看定价："四块钱！这么贵！"那时候的书大多一两块钱。

"是你买的？"他突然问。

我含混地点点头："嗯，那当然了。"

"在哪儿买的？"

"新华书店。"

"新华书店？不对！"他翻到最后一页，给我看，"怎么没有售书印呢？"

我心里扑腾一下，忘了这一码事。

"这书你是不是偷来的？"

"不是不是！"我惊叫起来，脸却红了。

"廉者不受嗟来之食，志士不饮盗泉之水，"这个郑成脸色一沉，跟我拽起来了，"我不要偷来的东西，你拿走吧！"他把书往我手里一塞，我没接住，书掉在了地上。

郑成走了，我把书捡起来。站在那里想了半天，最后把写有赠言的扉页撕下来，把书塞进了路边的垃圾箱。

郑成的母亲和我妈是远房表姐妹，名字叫什么我还真说不上来，只知道喊她彩姨。因着这层关系，我和郑成认识得最早，来往也最多。我们俩都喜欢看书，还合订过一种叫《故事大王》的杂志。常常一本书两人轮流看。看完以后，我就开始给别人讲。同学们都管我叫"故事大王"，当然也有管我叫"吹牛大王"的。可我知道，郑成肚子里装的故事比我还多，只是他不愿意讲，这和我正好相反。我喜欢一大帮人围在我身边的感觉，我常常信口开河，没影儿的事情也说得和真事似的。

郑成比我强多了，他不但喜欢看故事，自己还动笔写故事，他甚至不声不响地在《故事大王》上发表了一篇故事。讲的是他妈妈在世的时候，如何对他好，冬天常常把他的脚揣在自己怀里暖着。妈妈去世后，自己如何想念她，做梦都想着能给妈妈暖暖脚。

当时，彩姨刚刚去世不久。彩姨常年患有哮喘，这年冬天突然一口气没上来，死了，年仅三十七岁。

郑成把那本发表有自己的故事的杂志藏了起来，谁也不给看。他为什么这样做？我百思不解，如果换成我肯定会恨不得让全世界都知道。

"你这样下去，将来没准儿会成为一个故事家的。"那时候，我还不清楚故事家其实就是作家。我说这话时，心里隐隐泛起几分对郑成的嫉妒。郑成当时的表情很严肃，并没有丝毫喜悦，相反倒有几分伤感。

"我这个儿子太内向了，要是跟小威似的就好了。"有一天，郑成的爸爸来串门，忧心忡忡地对我父母说。郑伯伯是东方铸铁厂的老锻工，据说他是整个厂里唯一不盗窃的工人，厂长大会小会表扬他，什么爱厂如家啦、甘当老黄牛啦、革命的螺丝钉啦。

"还是郑成好啊，老实稳重。"妈妈一半谦虚，一半真心实意地说，"小威成天给我们惹祸，打扫都打扫不过来。

初中一年级元旦，学校里举行讲故事比赛，每个学生都可以报名。郑成没有报名，也没有老师认为他能行。我自然不会放弃这样出风头的机会了。故事的题目是临时抽签产生的，我抽到了"母爱"这个题目。我想起了郑成写的那篇关于母亲的故事，就凭着记忆把它背了出来。我声情并茂，娓娓诉说，当讲到郑成——也就是"我"做梦给妈妈暖脚的地方，眼泪泫然而下。我看见台下的女老师和女同学们纷纷掏出手绢擦眼泪，老校长也摘下眼镜掏出手绢擦眼镜，擦完了眼镜又擦眼泪。我偷偷扫了一眼郑成，他嘴巴张得老大，愣在那里。我的故事讲完了，掌声如同潮水一般把我淹没了。

我的班主任兼语文老师林丽美红着眼睛问我："刘小威，你没有妈妈吗？"

我的脸一红，结结巴巴地说："有……有……讲故事嘛，讲故事……"这时，郑成已经不见了。

那一刻，我真恨不得死了妈妈的是自己，不是郑成。

好多年过去了，我才意识到：讲述别人的不幸近乎无耻。当时，我却为此沾沾自喜。

我凭着一个别人的故事，获得了那次比赛的一等奖。这是我一生荣誉的顶点，也可以看成是耻辱的顶点。从那之后，我和郑成的友谊也宣告破灭了。如果不是后来发生的事情，我们恐怕谁也不认识谁了。

林丽美老师不知道从哪里得知了事情的真实情况，狠狠批评了我。她后来在我的操行评语中写道："该生想象力丰富，语言表达能力强，但不够诚实。"

一针见血。

我想，一定是郑成揭发的，从此对他怀恨在心。我并没想到，班里不是只有我有那本《故事大王》。

一天下午放学后，郑成跟在我身后。虽然我俩同岁，但他长得瘦瘦小小，比我矮半头。他穿着一件褪了色的蓝褂子，背着一只破旧的黄书包，头发乱糟糟的。真应了那首歌里唱的：世上只有妈妈好，没妈的孩子像棵草。我站住，他也站住。我回头去看，他忙扭头去看墙上的壁报栏，嘴里还念念有词。

"神经病！"我暗骂。马上要到街心公园了，公园前面两条岔路，我家向左，郑成家向右。这时，郑成突然喊了起来："刘小威，等等我！

刘小威，你站住！"

我愣愣地站住，他上气不接下气地跑上来，腮帮子鼓鼓的，显然是好不容易才鼓足了勇气说出口："我们和好吧！"

望着他饱含期待的眼睛，我不知道哪根筋出了问题，居然恶狠狠地冒出这样一句话："去你妈的！"

说完，我转身就跑，甚至没敢看郑成的表情。我跑出老远，仍能感觉到郑成呆呆地站在原地没有动。

我跑到自己家胡同口，里面正好有个女人走出来，我的头嗡的一声："彩姨，饶了我，饶了我！"身子一软，就要跪下去。

那个女人"啊"了一声，扶住我："这是谁家的孩子？"

那个女人我从来没见过，但我知道她一定是彩姨变的，头上冒出一层冷汗。

铸铁厂后面有一口大水塘，水塘与护城河相通，水质清澈透明。夏天到了，我和王小勇、赵义武经常抱着西瓜下塘游泳。我们拿着西瓜当水球抛来抛去，玩腻了就用"铁砂掌"劈开，掰得四分五裂。吃完了西瓜，将西瓜皮随手一丢，它们漂浮在水面上，像一双双绿底红拖鞋，实在好看。

赵义武的水性真好，一个猛子能扎一二百米，他从水塘的北岸下去，直到南岸冒出头来。这个塘里已经快盛不下他了。

有时，他在远处猛地沉没下去。湖面渐渐变得很静，我和王小勇一起喊他，没人回答，只有岸边树上的知了不知疲倦地聒噪着。六月天，孩子脸，说变就变。天突然就阴了下来，蝉声顿时也低了，漫天乌云，一副山雨欲来的样子，我们都感到有些害怕。突然，一个大水花从我身边冒了上来，吓得我惊叫起来。正是赵义武，他脸憋得铿青，狂笑着，脖子上的筋一跳一跳的，一口参差不齐的牙雪白雪白。不知道为什么，他那样子总让我感到由衷的恐惧。

这似乎是赵义武最高兴的时刻。他自己也承认："潜水会上瘾，一次比一次想在水下待的时间更长。"

"怎么样才能在水下待得更长？"我问。

他想了想，诡黠地笑笑："身上绑上块大石头，就这样——"说着，他"咕咚"一声又沉了下去。这次，他果然比上次待的时间更长，只是没有动地方。因为他身上绑上了石头。

赵义武再次浮出水面，我问他："水底下有什么？"

他兴致索然地抹了一把脸："没什么好看的，除了水还是水。"

对于这个答案，我深感失望。赵义武沉溺于潜水行为本身，而我则是对水下的世界充满好奇。我喜欢潜水，但只能潜很短的一会儿，而且不敢动。我曾经在水下壮着胆子睁开眼睛，只能看见一片模糊的苔藓般的绿色包裹着我丑陋的身体。远远地，游弋着几点亮光，是一群小鱼。我想把它们看得更清楚一些，怎奈肺活量不够，只得探出水面，大口大口地喘着粗气。有时，我满以为在水下已经待了一天一夜一年一辈子，我认识的人都已老死，国家不知道发展到了哪朝哪代。可出来时太阳还挂着原先那个地方，真叫人失望。我每次都下意识地想自己哪怕再多待一会儿就死了，然而每次都仍然活着。

一片浮萍，一朵莲花，都足以让我感世伤怀。一只小虾游过我身边，我一把抓起它，囫囵个扔进嘴里。

"生吃鱼来活吃虾，生吃鱼来活吃虾……"王小勇嘟嘟囔囔地游了过来，仰面朝天地躺在水面上，学鲸鱼从鼻孔里往外喷水。

"扑通！"水面上泛起一个大水花，那是赵义武又在挑战自己的极限。

阳光明晃晃地照在水面上，金色的涟漪一圈圈荡漾开来。我昏昏欲睡。

水塘的西边是一片深水区，传说那里有一眼古井，芦苇长到那里突然断开了。从岸边高处可以清楚地看见，那里有一个又圆又大的黑印。可就在深水区的中央，悬浮着一座小小的茶壶盖形状的孤岛，青石累累的崖壁上猎猎晃动着丛丛蒲草，透露出几许神秘几许苍凉。传说那里曾经死过一个人，还有的说得更神，说那里通着海眼。总而言之，那里是我们玩耍的边界，谁也不曾去过。

可是，有那么一天，我和王小勇突然吃饱了撑的跟赵义武打起赌来，问他敢不敢到那深水里去。

赵义武先是一怔，随即笑道："那有什么不敢？"

"我们赌一把吧。"王小勇说。

"赌什么？"

"赌王老六家的一只烧鹅！"我流着口水。在临河城，王老六家的烧鹅赫赫有名。皮薄酥脆，色香味俱全。

王小勇说："外加一瓶啤酒！"

"好，一言为定！"

赵义武说着挥动双臂向那边奋力游去，游到芦苇消失之处，翻了一个跟头就沉了下去，水面上冒出一连串泡泡。

过了很久，水面上没有一丝反应，我和王小勇面面相觑，都不由得心生恐惧。毕竟那个地方谁也没去过，远远望去，那边黝黑的水面就让人心里发毛。我们甚至开始后悔跟他打这个赌。

然而事实证明我们的担忧完全是多余的，我们再次举目望去的时候，惊讶地看见赵义武正站在那座孤岛上跳跃着向我们挥手："喂，你们看，这是什么！"他高举着右手，一道清泠泠的寒光耀得我们睁不开眼睛。

赵义武的手上戴着的是一枚戒指，上面生满了绿色的铜锈。

"哪来的？"我和王小勇齐声问。

"下面来的。"

"下面？下面是什么？"

赵义武说，他一个猛子扎下去，下面居然是一座好大的宫殿，宫殿里躺着一个穿着金盔银甲的死尸。他本来想把那件铠甲剥下来，可没有力气，只好把他手上的戒指摘了下来。

"什么铠甲？"我问。

"金闪闪，亮晶晶的。"赵义武说。

"金缕玉衣！"我脱口而出。

"什么？"轮到他们两个一起问我了。

我当然知道这是什么了，几年前，在一年一度的秋季物资交流会上，一个来自南方的马戏团带来一具据说是西汉时期的古尸进行展览，古尸身上就穿着这样一件金丝和玉片编织成的衣服。

"王小勇？你忘了，我们一起去的呢！"

在我的提示下，王小勇也想起来了。

每年到了秋冬交会时节，临河城中心广场上都会支起一顶顶插有五颜六色彩旗的帐篷。那是一个个流动马戏团，一年一次把欢乐带给临河城的人民。腰缠蟒蛇、身着泳装的女人当街吆喝，对面的台子上，几个年龄比我大不了多少的少女正在起劲地跳着大腿舞，嘴里嚎着"阿里阿里巴巴，阿里巴巴是个快乐的青年，哦，哦，芝麻开门，芝麻开门……"。在一口巨大的铁桶中，表演空中飞人的车手把脚底的风火轮磨得噌噌响，前排的观众情不自禁地捂住耳朵。头戴花帽的小丑转动手里的佩铃小鼓，逗引笨拙的狗熊跳舞。机灵的猴子抢过一个孩子头上的帽子，戴到自己头上，飞快地爬到栏杆的顶端，隔着丝网向外面的路人龇牙咧嘴。那个丢了帽子的孩子，只哭了一声，就被一个赤脚攀刀山的好汉吸引过去。而另一边，身穿黑色绣花紧身衣、手持一根长竹竿的杂技演员正在表演走钢丝，她跳起来打一个劈叉，露出猩红的裤衩。

"千古奇观，二元一位！千古奇观，二元一位！"

这个尖利、半男半女的声音来自帐篷门口一只落地式收音机模样的箱子，箱子口朝外敞开，里面一颗硕大的人头。没有身子，只有一颗头。这颗人头满头金发，鼻子硕长，挤眉弄眼吐舌头，一刻都闲不住。舌头上还打着银钉，每次吐出来都引起人们的惊叫。

我和王小勇绕过守门人，偷偷掀起网墙，钻进黑漆漆散发着呛鼻气味的油布帐篷，立刻被一片嘈杂淹没。我们走进去不久，就看见我爸爸，他正趴在一名舞女的大腿下，望着她的红色三角裤口涎直流。

爸爸看见我们，毫不含糊地笑笑。

我们装作没看见，没理他。

"你爸忒好色了！"王小勇趴在我耳朵上说。

"滚吧，"我将他推开，"不好色叫男人吗？你爸说不定更好色！"

"说的也是，可惜我爸早他妈的死球了！"王小勇若有所悟。

那具千年古尸，静静地躺在一口玻璃棺材里。身穿一件金光耀眼的衣服，只露着一双干枯的鸟爪，一张近似骷髅的脸和两只黑洞洞的眼窝，根本分不出性别。所有裸露的地方都呈现出黯淡的古铜色，残存的皮肤紧紧箍在骨头上，像是一层玻璃腻子。手持电喇叭的艳丽小姐介绍说，这是汉代的一位王，身上穿的是用三千六百片玉片、一千八百克金丝做成的衣服。她指指棺材旁标签上的字："喏，这就是国宝中的国宝金缕玉衣！"

这件金缕玉衣深深地吸引了我，它上面的每一个玉片，都像一面小镜子，折射出不可思议的光。那比头发还细的金线，仿佛并不真的存在，而是一缕缕光束。即使后来我知道了那只是一件用铜丝和玻璃制成的赝品，仍然不能将它从记忆里剥离出来。它那迷人的光辉，似乎在隐隐召唤我。

"要不，你们两个跟我一起下去，我们一块把那件你说的什么衣，对，金缕玉衣剥下来，我们就发了。"喝着啤酒，吃着王老六烧鹅，赵义武的眼里闪着光。

我和王小勇都一哆嗦："不，我们不去。"

"胆小鬼，"赵义武叹了一口气，"可惜我一个人办不了。"

我们三人达成协议，谁也不能把池塘下面有宝贝的事情说出去，不然的话，用赵义武的话来说就是——"不得好死！"

这个毒誓彻底封住了我们的嘴，从那以后，我们三个人之间也不再谈论水底下的事情。

那天，我们上了岸，光着身子坐在水塘南边的闸口上吃西瓜。骄阳把我们的皮肤晒成了古铜色，仿佛是古代英雄的塑像。我们托着红沙瓤西瓜，边吃边聊，聊着聊着就聊到了女人身上。

"女人每个月都会流血。"赵义武说。

"这我知道，"我不懂装懂，"原先我家和对门的四奶奶家共用一个厕所，她每次拉完大便，坑里都一摊血。"

赵义武和王小勇都笑了："妈的，我说的是那个地方。"

赵义武说着捡起一根木棍，在旁边泥地上画了一个光着屁股的女人，确切地说是一个大圆圈套一个倒三角形，很像毕加索那种风格。然后，他把树棍往那个女人两腿间——也就是倒三角中间有力一戳，很流氓地说了一句："日！"

我和王小勇都笑了，我感觉那根木棍就是我的那玩意儿，它一下子就直了。学了生理卫生课，我知道它是海绵体做的，能伸能缩，就是不能折叠。

赵义武最喜欢的女人是我的语文老师兼级部团支书林丽美。林丽美一米六五的个子，身材健美，喜欢穿一件红裙子，胸前鼓鼓囊囊的两个肉团，走起路来屁股一扭一扭的。

"啧啧，别提多带劲了！"

然后，他又指了指王小勇和我："你俩，喜欢什么样的女人？"

"王小勇喜欢李珍！"我嚷起来。

王小勇捶我一拳："一边去！"

赵义武赞许地点点头："嗯，那是个骚货！"

接着，他又问我："你呢？"

我没有勇气把我的心上人说出来，只能绕着弯说："我喜欢眼睛大大的，瘦瘦的，爱蹦爱跳的。"

当时，正好有一只蜻蜓落到我的脚尖上，赵义武说："我知道了，你喜欢蜻蜓。"

王小勇觉着赵义武给他出了气，扯着脖子笑了起来。从那以后，他只要是一看见蜻蜓就说："刘小威，你媳妇来了。"

我倒觉着赵义武说的没错，我喜欢的那个女孩就像一只蜻蜓。

吃完了西瓜，赵义武躺在水闸上，由王小勇摁着他的腿，做仰卧起坐。他一口气做了七十个，然后他又给王小勇摁着腿，王小勇只做了二十五个。我在旁边哈哈大笑，把王小勇气火了："你笑！有本事你也做做，你还不如我呢！"

"做就做，你怎么知道我不如你？"我将汗衫一脱，光着膀子躺在太阳晒了一天滚滚发烫的水泥板上。

王小勇使劲摁着我的脚脖子，"别给我摁断了！"我说。他嘿嘿一笑，力道却丝毫不减少。我做了二十个就没力气了，可是我想到不能让赵义武看笑话，就咬紧牙齿拼命坚持着，"二二、二三、二四——二五！"王小勇把手一松，我的身体又翻了上来："二六！"

"这个不算！"王小勇说，"这是耍赖皮！"

"谁说不算？"我高兴地嚷着，我知道自己不是为战胜了王小勇兴奋，是为战胜了内心里对赵义武无时无刻不在的畏惧。

王小勇起身冲着水里撒尿的空，赵义武把我拉到一边，说要交给我一个任务。我以为要我单独行动，心里顿时很紧张。没想到，他是要我给林丽美捎个信，请她明天晚上看电影。电影演的是《被爱情遗忘的角落》，票提前都买好了。

我一愣："你怎么不让王小勇去？"

"他干这事不合适。"

我想不出自己怎么就比王小勇合适，但得到赵义武的信任，还是很高兴。加上赵义武连唬带吓，最后欣然接受下来，学着霓虹灯下的哨兵打了一个敬礼："请首长放心！"

第二天早晨头一节课就是语文课，讲的是臧克家的《有的人》。"有的人活着，他已经死了；有的人死了，他还活着……"什么乱七八糟，我都被绕晕了。我耐住性子，一个劲儿地冲林丽美笑，笑得她莫名其妙。下课后，我跟在林丽美屁股后面。她回过头来，一脸狐疑："你有事吗？"

"有，有……"我结结巴巴地说，"林老师，有人让我给你送电影票。"

林丽美一愣，看着我手里的票："谁？"

"他不让我说，你去了就知道了。"

林丽美鼻子里"哼"了一声："肯定不是个好东西。你告诉他，有本事亲自来找我，支使个吃屎的孩子算什么能耐？"最后又说，"还有你，从小不学好，长大了还不知道什么样呢！"

我被她训得灰头灰脑，垂头丧气地回去交差。赵义武一听，想了半天，脸上露出了笑容："哦，她这是考验我有没有这个勇气，我接受考验！"

下午放学时，赵义武在学校门口拦住了林丽美："请问，您是林丽美老师吧？"

林丽美打量着这个戴墨镜、穿花褂喇叭裤的青年，说话的声音都沙哑了："我……我是林丽美，你是哪位？"

赵义武摘下墨镜，两只胳膊往胸前一抱，微微一笑："我是东方铸铁厂的，我叫赵义武，今天晚上想请您看场电影，电影的名字是……"

没等赵义武说出"被爱情遗忘的角落"，林丽美立刻想起了上午的事，条件反射般地喊了起来："我不去！"

她这一喊，把周围人们的目光都吸引了过来。

赵义武胸有成竹地说："就这么说定了，七点不见不散。"说着，他把电影票硬塞到了林丽美的手里。

林丽美像被烫了一下，手一抖，把票扬到了他脸上："滚！臭流氓！"声音都发颤了。说完，甩着大辫子，扭着屁股跑了。

赵义武一脸尴尬地站在那里，回头看见我和王小勇在那里偷笑，恶狠狠地把眼一瞪："笑什么笑？"

不光我们两个，周围的人都在笑。众目睽睽之下，赵义武把手里的两张电影票狠狠撕成碎片，冲着林丽美的背影大声说道："等着吧，我早晚把你给办了！"。

林丽美没有回头，但一定是听见了，因为她跑得更快了。当时在场的人们都听见了这句话，大家都很兴奋。这么漂亮的一个大美人，谁不盼着把她给办了？

一个多星期以后的一天，晚上十点多，林丽美放了晚自习，骑着自行车回家，一路嘴里哼着："金梭啊银梭，日夜在穿梭⋯⋯"经过一片小树林，刚好唱到"看谁织出最美的生活"时，车胎突然放炮了。她连忙下车，蹲下去看，突然有人从后面抱住了她。她想喊，刚喊了一声，嘴巴就被捂住了。那人抱起她，猿猴一般跳跃而去。到了树林深处一片缓坡上，将她放倒在地。黑暗中，林丽美看不清对方的模样，脑海中却回响起了赵义武的那句威胁："等着吧，我早晚把你办了！"一阵剧痛过后，她昏迷了过去。

凌晨四点，林丽美在薄雾中冻醒过来，哭泣着，提着先被恶人撕破又被露水打湿的裙角，只穿着一只鞋跑回家去。林丽美的父母都是老实巴交的退休工人，膝下只有她这么一个宝贝闺女，平日里疼爱有加，见到这情景，直吓了一个半死。林丽美只知道哭，问她什么也不说，不喝水也不吃饭。老两口从女儿裙子上的血迹中明白发生了什么，免不了捶胸顿足跳脚大骂。

"谁干的，你倒是说呀！"老头子气急败坏中给了女儿一巴掌，女儿的哭声骤然停止。她两眼直直地盯着面前的墙壁，夫妇俩下意识地回头去看，仿佛上面写着凶手的名字。

这天傍晚，城关派出所就要下班的时候，一对老年夫妇带着一个眼睛红肿的姑娘走了进来。除了出差办案的，当官的和老干警也都已经回家了，只留下一个刚从公安学校毕业的实习生值班。实习生一听"强奸"立刻来了兴致，他知道这是一出大案。在叫受害者填写登记表时，他在一旁不停地问着一些专业性很强的问题："你确定被强奸了吗？强奸可分好几种啊，有接触说、插入说、射精说，他是只接触了还是插入了？还是那个……那个啥了？"要知道，他可是学法律的呀。

林丽美被强奸的那天，正好是赵义武的二十岁生日。那天晚上，我们三个人在西关饭店直喝到十点多，然后又去十字街玩了十盘台球。赵义武真是玩啥啥行，下象棋他能让我个车马炮，打台球他能让我和王小勇俩一起上。

那晚的战况势均力敌，我和王小勇还想再玩，赵义武却将手一摆："不玩了，结账！"

虽然是自己过生日，可赵义武的情绪却不高。他身上有种特别的东西很吸引人，过了多少年，我才明白那其实就是忧郁。他常常陷入忧郁中，这时，我们看他就完全像是一个陌生人。刚才喝酒的时候，他甚至说了这样一句话："活着真长。"现在回想起来，那个消瘦又彪悍的年轻人分明是一个忧郁的诗人。如今我年事已高，总结过去，终于理解了忧郁是什么——忧郁是青春的美德！

我们走出台球房，邮电局的挂钟刚好敲了十二下。我记得清清楚楚，明明白白。

第二天黄昏时分，我们三个照旧坐在那座旧水闸上吃西瓜。这时候，一辆警车呼啸着从西侧的土坝上开了过来。我和王小勇还没明白过来怎么回事，就见赵义武把半拉西瓜往地上一扣，爬起来就跑。警车擦着我们的身边飞驰而过，掀起的灰尘蒙住了我们的眼睛。赵义武一看跑不过去，转身向河畔奔去。警车嘎的一声停住，两个警察动如脱兔地冲了过去。赵义武慌不择路，跳进了干水渠，没跑几步就被芦苇绊倒，两名警察追上去将其摁倒，铐起来带走。

进了派出所，赵义武等明白了怎么回事，不由连喊冤枉。

"不是你干的你跑什么？"

"我……我偷了厂里的铁，我以为你们是为这个。"

"呵，还有盗窃，这可真是意外的收获。"年轻的大学生警官充当记录员，唯恐引不起别人注意。

负责主审的老警官把桌子一拍："再说一遍，你昨天晚上干什么了？"

赵义武说："昨天晚上我过生日，不信有王小勇、刘小威作证。"

因赵义武这句话，我和王小勇被传唤进派出所，还没进门，早已吓得哆里哆嗦。

"昨天晚上，你俩和他在一起了？"

"没……没有啊。"我们相互对望。

赵义武瞪大了眼睛："你！我们不是在一起喝酒，最后还去打台球了？你们赢了五盘，我赢了五盘！"

"没有。"我的嘴唇不由自主地动了一下。

"你们这俩狗东西！王八蛋！"赵义武愤怒地冲我们大骂。

"老实点！"实习警察狗仗人势地狠狠踢了他一脚，然后对我们说，"小狗日的们，还不滚蛋！"毫无疑问，他已经出徒了。

有一件事，我一直犹豫着是否把它讲出来。一个声音却一直在鼓励我，讲出来吧，憋在心里更难受。那我就趁着激动的劲儿讲出来吧，但难保将来不后悔。

其实，在赵义武被抓之前，我们就很少合伙偷盗了。我和王小勇都觉着赵义武又毒又狠，不想再和他搭伙，开始瞒着他钻过地沟来偷。有一次，刚好碰见他在里面，大家都很尴尬。可是，赵义武并没有说什么。

有一次，我们偷懒，不愿意带着货钻地沟，两个人抬着一块铁锭，喊声："一、二、三！"直接把一块铁锭隔着墙扔了出去。"咕咚"，墙外一声闷响，紧连着一声惨叫："妈呀，我的头啊！"然后就沉寂了。

我和王小勇吓得拔腿就跑。穿过火红的高炉车间，几个正在做工的工人抄着扳手、铁钳叫喊着跑过来："干什么的？""别让小偷跑了！"我偷眼一看，还好中间没有郑伯伯。我们慌慌张张翻过半人高的防火墙，一头扎进铸铁厂西墙根的下水道。我们蹚着齐膝深的污水，顾不上躲避蚊虫和蝙蝠的袭击，跌跌撞撞、七拐八拐，好不容易找到一处明亮的井口，争先恐后地爬了出来。这才发现置身于车水马龙的大街上，一辆汽车几乎是从我的脑袋上碾了过去。我们在大街上魂不守舍地逛了半天，直逛到马路牙子上晒出柏油来。那个声音一直在我耳朵里像一只小手晃动，我渐渐听出了那是一个男孩的声音，稍稍带着一点苍声，年龄应该和我差不多。我们倚在电影院壁报栏前的栅栏上，无心去看那些花花绿绿的电影海报。最后，我们四目相视，彼此试探着说："回去看看？"

我们回到铸铁厂东墙外的小马路上，小马路上没有人，我们这才稍微有些轻松。走到地沟桥上，看到地上一片暗红的血迹，血渗到了沥青里，已经凝固了。血迹旁一米左右，有一道硬物撞击产生的白印，那块铁锭已经不知去向。我的心又开始怦怦乱跳。我不知道那是一个什么样的人，他是死是活，倒是那声尖叫从此便时常从梦里响起。我想那人一定死了，我杀死了一个从来没见过面的人。

我们垂头丧气地离开了铸铁厂，从那以后，我们再也没去偷。不，我记错了，后来还去过一次……

那天从派出所回来，我和王小勇都有些心照不宣的惶恐。我们觉着对不起赵义武，相约从此谁也不再提起他，想从此将他忘记。就像那个墙外的声音，只要忘记就等于没有发生。

在我的想象当中，赵义武经过严刑拷打，最终被判流放到遥远的西伯利亚。肯定不是西伯利亚，反正是很远很蛮荒的一个地方，要么就塔克拉玛干吧。林丽美得知这个消息后，放弃了工作放弃了家庭，义无反顾地陪伴他流放。因为，是她陷害了赵义武。我被自己的想象感动得直流泪，这个故事其实来源于我偷来的那本《世界名著故事》，准确地说来自车尔尼雪夫斯基和他的情人奥莉加。

那年我刚十五岁，已经知道了车尔尼雪夫斯基，是不是很牛逼？

秘密发芽

"你爱我吗？"李珍第 N 次问。

"那还用说。"王小勇永远嬉皮笑脸。

李珍用力把他推到一边："我的肾不行了，你割个肾给我吧。"

"真的？"

王小勇二话没说，就跑到医院里，嚷嚷着找医生割肾。

李珍拽住他，哈哈大笑："亲爱的，我逗你呢，逗你呢。"

王小勇捂着腰说："我知道了，和你在一起，谁的肾都好不了。"

有段时间，王小勇和李珍几乎天天做那事，致使李珍怀了孕。王小勇管我借钱去和她打胎。我身上只有十块钱，就都给了他。王小勇不知道从哪里又弄了点钱，带着李珍去临县的山城医院。

我把他们送上汽车。王小勇的表情少有的紧张，尽管这样他还是试图把李珍逗笑，也借此掩饰自己的恐慌。隔着玻璃，我听不见他们说的什么，只看见李珍非但没笑，反而恼羞成怒，恶狠狠地揪着王小勇的耳朵，将他的脑袋使劲往玻璃上掼，王小勇的脸紧紧贴在玻璃上，五官都压扁了，活像一只比目鱼。尽管如此，他还不忘伸出舌头，眨着眼睛冲我做鬼脸。车子一晃一晃地开走了，连同王小勇的那张怪脸。我怀疑他们很可能就此逃之夭夭，不再回来了。

"要是那样就好了。"王小勇后来咬牙切齿地告诉我：李珍当时一边哭，一边和那个医生眉来眼去。后来，她又去了几次，她第三次打胎是医生种下的种。医生免费给她做了手术，还给了她五百块钱的营养费。

"真的假的？"

"那还有错！"

李珍拿着这钱请我们去西关桥边的西关饭店吃了一顿，那时候西关饭店可是临河城数一数二的好所在。我们点了满满一桌子菜，旁边的人们都在看我们，眼睛里分明在说：看看这几个小流氓！王小勇喝醉酒掀了桌子，手和脸上都被碎酒瓶子划出了一大片血。

李珍掏出手绢去给他擦，反被他一把推倒在地："滚到一边去，臭婊子！"

李珍从地上爬起来，一跺脚："王小勇，好，我这就滚，有本事别来找我！"

结果还是我带着王小勇去包扎，在医院里。王小勇头上缠着绷带，像一个光荣负伤的战斗英雄。

"我算明白了，古人云：朋友如手足，女人如衣服啊。这辈子，你这个朋友我算是交定了！"他使劲攥着我的手，摇晃着，眼睛里热泪滚滚。

"别说的好听，李珍呢？"

王小勇一听，豹眼圆睁："那个婊子，我……我他妈的和她一刀两断！”

他右掌一挥，做了个抽刀断水的动作，结果牵动了伤口，疼得"嗷嗷"叫了起来。

王小勇不愧是条好汉，为了筹钱给李珍堕胎，他竟然去卖了一次血。要知道他不过才十六岁。

"这有什么了不起的？"王小勇说，"我爸当年就是卖血卖死的！"随后，他又问我："你说精贵还是血贵？"

我还沉浸在对他卖血壮举的震惊中，茫然地摇摇头。

"200cc 血 100 块钱，400cc200 元。可堕个胎，需要220。我算过了，血比铁贵，精比血贵，一滴精十滴血。可惜，精没处卖。"

他这一套理论，把我弄得目瞪口呆。在这方面，王小勇绝对是我的老师，男女之间的事，我多半是从他那里学的。没过多久，他还教会了我很实用的一样本领。

那一天早晨，王小勇找到我，神神秘秘地宣告他有一项重大发明。但他在告诉我之前又要我发誓绝对不能告诉人："因为我们是好哥们儿，我才跟你说，一般人我可不告诉他"。

在我对天发誓之后，王小勇终于吐露了这个当时在我听来不亚于哥伦布发现新大陆的重大发现。我一会儿称其为发明，一会儿称其为发现，实在是因为我也弄不清楚它到底是什么东西，是一件玩具还是一种游戏。

我起先根本不相信，王小勇急了，就亲自给我示范。我看见他把手伸进自己裤子里，摸索了起来，过了一会儿，脸涨得通红，喘气的声音也粗了。

"搞什么鬼？"我一把扯下他的裤子，他"啊"的一声惊叫，手本能地松开了，一团亮晶晶的液体笔直地射了出来，直射到三米外的墙上，把一只绿头苍蝇钉死在那里，成了一块琥珀。

"我的天！"我的心怦怦直跳。

"你也试试，保证很恣！"王小勇气喘吁吁地来解我的裤子。

"我不！"我跳起来，躲开那一只湿漉漉的手。

我最终没有禁得住诱惑。事后，我们并排躺在学校墙外的田野里，仰望着蓝天白云。王小勇问我："什么感觉？"

我想了想说出两个字："害怕。"

"哈哈！"王小勇心满意足地笑了。我这才明白过来，他无意间的这个伟大发明在快感过后带给人的是深深的恐惧，现在我和他一起分享了这种恐惧，他自然轻松了许多。

长大成人以后，我才认识到手淫绝不是一种恶习。相反，它是一件多好的玩具，一项多么伟大的发明，它抚慰了多少贫乏无知的少年，还有那些像我爷爷一样风烛残年的老人、那些像我父母一样同床异梦的夫妻、那些像赵义武一样孤独的囚徒、那些像我一样不能得到自己所爱的人的人……它是一件多好的事，不说利国利民，也没有损公肥私，相反它损己利人。手淫的好处说不清。不信的话，黑夜里你掀开全世界的屋顶，就会发现，手淫的人比做爱的人还要多出三分之一，为什么还多三分之一呢？因为做爱的人也会偶尔手淫，就像偷吃零食，而手淫的人却往往做不到爱。

从这点上来看，我真要感谢王小勇，可当初却险些被这个玩意儿吓死。多少个心旌摇曳的夜晚呵，混合着甜蜜的恐惧、滚烫的战栗……亲爱的，我忍不住喊出你的名字，又赶紧抹去。现在还不到时候，你安静地等一等，很快就要轮到你出场了。为了防止情绪失控，我必须强忍着冲动，把你的名字轻轻轻轻地压在舌根底下，像压住一块水果糖。随着它缓缓地融化，我身体里漫过一阵妙不可言的沉醉。

王小勇对面的病床上躺着一个清瘦的少年，头发被刮得干干净净，一张秀气的脸上苍白得没有一点血色。

"他像个和尚。"我低声说。

王小勇摇摇头："不，像个尼姑。"

这个少年我们一时也分不清性别。给他陪床的是一个头发灰白、容貌憔悴的中年男子，身上穿的衣服打着好几个补丁，坐在床边，不断地用那双脏手抹眼泪。我们看着有些面熟，终于想起来了，他是我们学校附近一个收破烂的。我和王小勇还偷过家里的酒瓶卖给他。认出了父亲，孩子也就对上号了。这个孩子和李珍一个班，学习顶呱呱的，是学校里有名的"三好学生"，因为长得白，生性羞涩，像个女孩子，大家都管他叫白面。真名倒让人给忘了。

我们问："他怎么了？"

"白血病。"那个愁容不展的男人有气无力地答道。

"啊？血疑！"我们都叫起来。

那时候，三浦友和与山口百惠合演的日本电视连续剧《血疑》正风靡一时，里面的女主人公幸子得的就是这种病，我们就以为这种病的名字叫"血疑"。

王小勇只在医院里待了一天。学校发起给白面捐款的活动，我和王小勇又去偷了一次铁，把得来的十五块钱全捐了出来。我们再次去病房看他的时候，正碰见李珍和他们班的同学一起来。

"你，你怎么来了？"王小勇问。

李珍抛了个媚眼："我正想问你呢。"

"我做好人好事。"王小勇说。

"歇着吧！"李珍冷笑着，她的笑已经很专业化了。

王小勇住院时，《血疑》已经放了三遍。

放第一遍的时候，我上小学五年级。当时，整个临河城只有几家单位有彩电，我常去的是临近的工会俱乐部。一间大活动室里坐满了人，最前面的坐在水泥地上，再后面的坐在椅子上，最后面的站着。四扇窗台上也站着人，双手攀着后面的防盗窗，蝙蝠似的倒挂在那里，其中就有我。

电视每晚放两集，放完大约九点来钟。那天晚上，电视演到幸子发现自己得了白血病，企图自杀，被她同父异母的哥哥，也是她的男朋友光夫及时制止就结束了。说实话，这个电视人物关系有那么点乱，我看不大明白，只是图个热闹。出了工会俱乐部往南走，我遇见了一个穿红衣服的漂亮小女孩。这个女孩总是一个人来，一个人回。有几次她就倒挂在我对面的窗户上，瞪着一双乌黑的大眼睛，我对她印象颇深。那天晚上，我们俩一前一后地走着，走到路灯底下，她突然站住了，待我走到近前时，对我说："我认识你，你是三班的。你叫什么名字？"

她个子比我还高，落落大方，而且说的是普通话，一点不像我和身边的人那么老土。我立时自惭形秽，结结巴巴地说："我……我叫刘小威，你呢？"

"他们都叫我小玲玲。"她笑起来很调皮。

"小玲玲？"我的头一下子大了。那个传说中梳着一百零八个小辫，能打一百零八个旋子的小玲玲？

"刘小威，你多大？"

"十二。"

"我十一。"她咯咯地笑了。

我们结伴而行，我正好经过她家门口。

"明天见！"她冲我摆摆手。

"明天见！"我一路小跑跑回家，兴奋得睡不着觉，真希望幸子永远不死，电视能演上一百集、一千集、一万集……

小玲玲和我做同班同学是升初中以后的事情。读小学时，我和王小勇、郑成都在三班，小玲玲在一班。我们认识不久，就到了"六一"少年儿童节，学校文艺大汇演。小玲玲唱《达坂城的姑娘》，跳新疆舞，辫子飞舞，裙子旋转，金光闪闪，脖子扳来扳去，引得全场掌声雷动。那时她刚刚从新疆转学过来不久，便立刻红遍了全校，一举成为所有男生心中的偶像。紧接着，我和王小勇登台献艺，表演唱香港电视连续剧《霍元甲》的主题歌《万里长城永不倒》。我像根电线杆子似的戳在那里清唱，王小勇则表演自创的武术，时而"雄鹰展翅"，时而"鹞子翻身"，一个不留神从台上栽了下去。台子只有一米来高，人虽然没事，台下的观众却笑开了锅。我赶紧不唱了，飞身跳下舞台，扶起一瘸一拐的王小勇，两个人在众人的哄笑中慌里慌张地跑出了大礼堂。

我和王小勇的此举，成为多少年的笑柄，一对艺苑新星就此淡出舞台。

话说小玲玲家门口有一棵巨大的桑树，一个人抱不过来，至少有五六十年的历史，我爷爷说他小时候就常在树下乘凉。每年五月几场春雨过后，树上桑葚累累，红得透紫。这时候，全城的孩子们都爬到树上摘桑葚。最多的一次，我数了数，足足有五十多个。站在树上，可以清楚地看见小玲玲家院子里的情景。她家院子里有一个自来水龙头，有一次我有幸观赏到她洗澡的情景。她甩掉书包，将裙子从下面往上捋起，兜过头顶脱下来，只穿着一件红色的小裤衩。她端了一盆水，从头到脚浇下去，裤衩紧紧地贴在身上，一对小乳房微微上翘。男孩们吹起口哨，纷纷起哄，有的还摘了桑葚往院里扔。小玲玲扔了脸盆就冲了出来："哪个王八蛋，有本事，你们给我下来！"

"有本事你就上来！"

男孩们耀武扬威。

小玲玲说："上就上，有什么不敢！"甩甩辫子，就往上攀。

刚才吵得最凶的也是扔桑葚的那个孩子见她真上来，就赶紧往高处爬，小玲玲就在后面追。小玲玲爬得可真快啊，她比松鼠还灵活。

两个人越爬越高，那个男孩慌不择路，一脚踩空，从树缝中掉了下去。

"妈呀，救命啊！"

我们都吓呆了，要知道从他站的那个枝子到地面至少有两丈高，摔下去即使不死也得落个残废。

说时迟，那时快，就见小玲玲翻了一个跟头，双脚勾住树枝，身子倒挂在空中，一伸手将那个孩子的脚跟捞住，借着树枝的弹力一使劲，将那个孩子扔回到了树上。那孩子骑在一棵树杈上，惊魂未定，"哇呀哇呀"地大哭起来，尿顺着裤衩往外流。

这一下子，小玲玲把所有的男孩都震住了。大家纷纷鼓起掌来，又摘了桑葚向她献媚，编了枝条冠戴在她头上。后来，大家开始追逐打闹，比赛看谁爬得高。结果，小玲玲一口气爬到天影里去了，只看见白花花的阳光中一颗红点，像一只红鸟。她清脆的笑声，百灵一般婉转动听。大家无不服气，一起拜倒，称颂小玲玲是女王。当时，我就站在她脚底下的一根树杈上，一脸崇拜地望着她，突然有一种强烈的冲动想凑上去吻她赤裸的双脚。她贝壳似的指甲上，画着一个个俏皮的笑脸。她感到痒，笑着躲开，又用那只画着笑脸的脚趾去踩我的脸。

后来我才知道，小玲玲的妈妈就是爸爸在仓库的同事任红梅。那个女人胖大粗俗，和小玲玲长得一点不像。她们家去年刚从新疆乌鲁木齐迁回内地老家。

"那她爸爸呢？"我问。

"她没爸爸。"

“没爸爸？”

“没就是死了，”爸爸嘿嘿一笑，“你以为谁都和你一样，有个好爸爸？”

“你好吗？我怎么一点都没觉得。”

“操，你这个没良心的东西，爸爸再不好，总归比没有强吧？”

我想说“那可未必”，忍住了。

我和小玲玲渐渐熟悉起来，她便经常来找我玩。她绝不是那种小家子气的女孩，也不是李珍那种放荡无度的女孩，她恰恰是我喜欢的那种女孩，她恰恰是我的小玲玲，这个名字从我的嘴里吐出，就像一只斑鸠扑棱着翅膀眨眼就飞到了高高的树尖上。

有一次，爸妈都上班去了，只有我一个人在家。小玲玲来了，挺着胸，背着手在房间里巡视了一周：“你一个人在？”

“嗯。”

“闷死我了，”她问，“你闷吗？”

“闷。”

“我们玩点什么吧？”

“好。”我把积木、手枪、火车、轮船一股脑地搬出来。

“都不好玩了，小孩子的把戏。”她噘起嘴唇。

“那你说什么好玩？”

“我们玩绑人游戏吧？”她眼睛亮晶晶。

“绑人游戏？”我头一次听说，“怎么玩？”

“比如说，我是警察，你是坏人，我把你绑起来。”

"我为什么不绑你？"

"也行啊，警察轮着绑。"

"有女警察吗？"我问。

"当然有了，少见多怪，"小玲玲又指指自己，"这不就有一个吗？"

可是，我还不会玩。

"你这个笨蛋，"她说，"你去找根绳子来。"

我去找了根拴石头的缆绳。

"不行，太粗。"

我灵机一动，拿来缝纫机线。

"这叫绳子吗？"

最后，她自己找，把我妈的红毛线找了来："这个正好。"

"你先绑我。"

说着，她把外衣一脱，露出白色的小背心，然后坐在椅子上："好了。"

我战战兢兢地凑上前，拿着毛线，像武松打虎似的围着她转了一个圈。我生怕捆疼她，可是她不住地说："太松了太松了。"

我费了九牛二虎的力量，好不容捆牢了，结果她三下两下就挣脱了。

"有你这样捆犯人的吗？"她站起来，"看我的。"

她示意我把外衣脱了，我犹豫了一下就脱了，只剩下一条运动短裤。她满意地点点头，叫我坐下。

她先把毛线放在嘴边吮一下，然后开始动手。毛线湿漉漉的，凉丝丝的，蛇一样游过我的胸前。我心里有一种异样的感觉。我完全被这个游戏吸引了。我的手被倒扣着捆在脑后，一点动弹不得，双膝蜷起在胸前，整个身体只有一点点屁股坐在椅子上，身体的重量被拉成了好几部分。绳子如吐着烈焰的火舌，所到之处，每一处肌肤都焦渴难耐，肌肉一阵阵地痉挛，疼痛伴随着可怕的快感吞噬了我。我挣扎着睁开眼睛，从对面大衣柜镜子里看见自己——像一只包扎紧密的粽子。

"好不好？"小玲玲趴到我面前，脸几乎贴着脸问。

"好。"我的声音都变得陌生。它仿佛来自我身体内部从未知晓的地方，一粒种子在体内秘密发芽。

小玲玲满意地欣赏着她的作品。

不知不觉，我的额头渗出汗来。

"放了我吧？"我咬着干裂的嘴唇请求。

"好吧，"她看看表，"五分钟，第一次这样就不错了。"

她松了绑，我的身体长时间还保留着捆绑的形状。我感觉自己像沙漠中出土的一件破碎的瓷器，一点一点地寻找自己身体的碎片，又慢慢地一点点拼回原状，用火焰弥合了身体的伤痕。这期间，小玲玲一个人坐在椅子上，手脚嘴巴并用，穿针引线般地把自己如麻袋般绑好，看得我眼花缭乱。

"你真棒！"我情不自禁地喊。

她从麻袋中微笑着叹了一口气："哎，没办法，一个人玩只能这样。"

"你从哪儿学的？"我问。

"我爸爸教我的。"

"你爸爸？"

"我很小的时候，我爸爸经常把我妈妈绑起来，有时候他们还绑在一起。我经常从门缝里偷看。他们如痴如醉，我看得心惊胆跳。可是后来，有一次，我爸爸太爱我的妈妈了，把她勒死了。我爸爸被判死刑，枪毙了。于是，我成了孤儿。人们都说我妈妈是被我爸爸杀死的，只有我知道，我爸爸太爱我的妈妈，我妈妈死得很幸福。"

听着小玲玲说这些怪话，我的心就要从嗓子眼里跳出来了。我平生从来没听过这么奇怪的话，它仿佛来自某个陌生的星球。我根本无从辨别这些话的真伪，我完全被这个天上掉下来的女孩子征服了。

"爸爸死后，姨妈收容了我，就是我现在的妈妈。她不让我喊她姨妈，只准喊她妈妈。她一直很爱我爸爸，所以一辈子都没有结婚。可是，她不喜欢捆绑，或者说，她是出于嫉妒。我们家里没有一点绳子头，我忍不住，只好把自己的长发接起来，搓成绳子。"

小玲玲这样说着，我的脑海中浮现这样的画面：在一间高高的地牢里，一个漂亮的小女孩用自己的长发搓绳子，一边搓一边唱歌。我被这画面迷住了。

小玲玲说："可是，即使这样，我还是被姨妈发现了，她狠狠地打了我一顿。"

说着，她朝着自己的小腿努了一下嘴，那里有一块红色的伤疤。我情不自禁地俯下身亲吻那块伤疤。那伤疤如同两片鲜艳温润的嘴唇，把我的嘴唇衔住。一条蛇在我嗓子眼里游动。

"痒死了。"她妩媚地笑笑，用另一只脚轻轻踩我的头发。我的嘴巴离开她的伤腿，转而追逐她光洁的脚丫，追逐她指甲上的鬼脸。她飞快地躲开，然后用力摇摇头："不要。"可是，我还是捕捉到了她脚丫上面坠落下来的一粒微不足道的露水似的汗滴，甘甜如蜜。不等我仔细咀嚼，她再次用那只画着笑脸的脚趾踩踏我的脸，并且冷酷地喝道："滚开！"

见她如此坚决，我只好定定神，红着脸站起来。

墙上的挂钟"当"的响了一声。

"四点半了，我帮你解开吧。"我小心翼翼地说。

她点点头，却说："不用，你让一下。"

我往后退了退，还没等站稳的功夫，小玲玲全身的绳子都已经脱落，她惬意地打了一个哈欠，仿佛大梦方醒："舒服啊，真舒服。"

她穿衣服，我把地上的毛线拾起来。我身上的某一部位无意间触到了她的身体，她很警觉，一脸严肃起来："你怎么回事？"

我张了张嘴，不敢说话。

"你再这样，我可对你不客气！"她说这话时，俨然就是警察在对待犯人。

"我不是故意的。"我感到莫名的恐惧。

她很快又笑了，走过来，爱怜地摸了一下我的头："跟你开玩笑呢，不要介意。"

我的眼泪差点掉下来。现在想想，我自始至终是一个多么多愁善感的人啊。

小玲玲含情脉脉地和我摆手再见，回家去了。含情脉脉，我用这个词也许并不准确，可那一刻给我的感觉就是含情脉脉的。哦，多情又无情的小玲玲，你叫我怎么说？

从那以后，小玲玲经常来找我玩捆绑游戏。她的耳垂。她的小小的绿豆乳头。她的腹沟。她的轻吟。啊，我的小玲玲。循序渐进的捆绑游戏，迷人的捆绑游戏……在别人看来，这只是一些谵言妄语，只有小玲玲知道，这是我在说爱，说爱，一千遍一万遍地说爱。对心爱的人说爱，这是一件高尚的事。

熟悉了，我发现小玲玲不像刚开始那样高不可攀了。有时，她还会问我一些问题："你说人小肚子中间为什么有一条中线？"

我回答不上来。不知不觉，我的那个部位又膨胀起来。

"你怎么回事？"

小玲玲生气了，命令我脱下裤衩。她用麻绳把"犯罪分子"拴在椅子把上，自己却扬长而去。

"不许动！"

我不敢违抗她，只好等那东西软下来，等了半天不见软，相反却愈加粗壮。它渐渐不像我身体的一部分，而像一个红脸大汉，怒气冲冲地和我对峙着。就在这时，爸爸突然开门进来了。看见我那样子，大吃一惊："你这个小流氓！"说着，劈头盖脸打下来。大惊之下，那个红脸大汉立时恢复了常态，我这才得以脱身。

我从家里跑出来，沿着护城河一路疯跑。一只蜥蜴和我结伴同行，我踢它一脚，它打个滚，丢下一根尾巴跑掉了。那条尾巴还在地上活蹦乱跳，我吐一口痰，非但没把它粘住，反而它跳得更欢。我的裤裆里很不自在，以致使我怀疑它是否还在。我想，它一定是掉下来了，就像刚才那只蜥蜴断尾自救。我平生第一次感到了羞耻，我想到了小玲玲，这种羞耻是你带来的呀，我自言自语，一时说不清是忧伤还是甜蜜。这个小玲玲，你到底是妖精还是仙女？

一连几天没见到小玲玲，我忽然发现自己开始想她了。她不在，我浑身就没力气。我的小弟弟也想她，想得直难受。一只小蚂蚁在我腿上爬来爬去，我把它抓起来，放进包皮里。立刻又痒又疼。我想，自己是在做坏事。小玲玲知道我这样，她肯定会生气的。我跑到厕所里，一脬尿把那只蚂蚁冲得无影无踪。小玲玲！怦怦怦，我的心跳！

有天早晨，我一觉醒来突然尿不出尿来了，小肚子胀得就要爆炸，急得哇哇大叫。

"小兔崽子！"爸爸骂骂咧咧地把我送到医院，一检查，居然得了急性包皮炎。

"这孩子包皮过长，割了吧。"医生手里拿着一把明晃晃的柳叶刀，轻描淡写地说。

"不！"我尖叫起来。

可是，没有我说话的地方。一剂麻药针就把我放倒了。我迷迷糊糊地感觉到"嘶啦"一声，下意识地想，那玩意没有了。我真的变成了那只掉了尾巴的蜥蜴，我想自己和它一样可怜，凭什么踢人家？它掉了尾巴还能长出新的，我丢了鸡巴可就再也没有了。

王小勇来看我，他的表情少有的沉重，眼睛不停地往我那个地方看。

爸爸出去了，他终于问："听说你把鸡巴割了，是真的吗？"

"哪有的事？"我又羞又气。就在我准备掀起被子验明正身时，门又开了，小玲玲走了进来。

看见小玲玲，我的伤痛好了一半。小玲玲穿着一件白色的无袖连衣裙，刚刚洗过头，散发着蜜蜂牌洗发香波的味道。长发披散着，有些成熟有些妩媚。小玲玲告诉我，如果她妈妈看见她这样，那可要了命。小女孩的头发必须梳起来，披散着就是个疯丫头，不正经。我后来才明白其中的道理：大人，总是对孩子成长的身体感到不安。

"刘小威，你好吗？"她的声音还是那么轻快俏皮。

一日不见，如隔三秋。我就像是受到领导慰问，热泪又盈了眶。我激动地看着她，我们的眼睛会说话，我对她说：你知道吗，我这一刀就是为你挨的。她频频点头，我知道，你受委屈了，好好养息吧……那一刻，我只恨伤口不够疼，再疼一些才叫过瘾。我神经质地想，她要是不爱我，我就一刀把自己阉了。

从小玲玲进来那一刻起，王小勇的眼睛就没往别处看过。他紧盯着小玲玲，像苍蝇专叮有缝的蛋。这个比喻不对，如果不是有了后面发生的事情，我也决不会想到这句比喻。无论如何，这个比喻都是对小玲玲的污辱，污辱她就是污辱我自己。可我有什么不可以污辱的？呜呜。

然而小玲玲视而不见。

然而小玲玲心里只有我一个。

然而小玲玲和我已经秘密相爱。

然而……但是……

小玲玲和王小勇都走了以后，我躺在病床上有些犯困，想迷糊一会儿，没想到竟做起梦来。

在梦里，我看见自己戴着爷爷的老花镜，扶着门框从屋里出来，深一脚浅一脚地在天井里走着。戴上老花镜，原本平整的地面就变得高低起伏坑坑洼洼，像风吹过的麦浪。我从一个高地冲向另一个高地，又滚落进一个个山谷般幽深的陷阱里。当然，这只是老花镜带来的幻觉。我的童年充满类似这样的由于幻觉产生的欢乐。我的笑声金灿灿的，像一串串榆钱。

院子里有一棵老榆树。阳春时节，榆树开串串嫩绿的花，就是榆钱。榆钱很甜，又很面，蒸窝头特别好吃。晚春时节，榆树可就不招人喜欢了。它会生很多带黑黄相间条纹的毛毛虫，一窝一窝的，样子让人十分恶心。半月后，它们会变成黑色的指甲大小、背上带白色斑点的飞虫，铺天盖地飞得满世界都是。榆树上碗口大小溃疡的伤口，不断流着脓水。我梦见叔叔拎着一小桶石灰水，用笤帚疙瘩蘸着往树上甩，甩到那些蠕动的虫子身上。

榆树后来就砍掉了，只剩下一截二十公分高的树桩。夏天的傍晚，我喜欢坐在上面乘凉，我坐在上面时会萌生出一个奇怪的感觉：天黑得特别慢。而现在，它的身上长满了叫不出名字的菌类。我掰了一块放在鼻子上闻了闻，一种木头发霉的味道，我知道那是夏天天黑的味道。

天黑了，我也醒来。爷爷来看我了，看来是我的梦把他招来的。

爷爷年轻的时候得过一场大病，自己搬着一本《偏方大全》，愣是自己看好了。久病成良医。他经常得意地说："我给人治病最大的特点，就是敢使硫磺。"

此言不虚。东街的裁缝周便秘，他一把硫磺；西街的染坊胡老婆崩漏，他一把硫磺。歪打正着，还真管用。我爸爸对此却不以为然，"等着吧，"他说，"您老人家不把人弄死不肃静！"

爷爷对给我开刀一事很是不满："开什么刀？一把硫磺就好了。"

我听出来了，不管什么病，到了他那里都是一把硫磺就好，忍不住哈哈大笑起来。

我缠着爷爷给我讲故事，我这讲故事的本领就是来自我爷爷的真传。我已经升初中了，对听故事已经不像小时候那么感兴趣。这样做与其说是为了解闷，不如说是为了哄他老人家开心。爷爷不知我的真实想法，兴致勃勃起来。

"讲什么故事呢？"

"当然是讲您最拿手的了。"

"那就讲我带你叔叔千里相亲的故事吧。"

"好，好。"尽管这个故事我已经听过很多遍了，但还想听。如果为这个故事起个现代派的名字，可以叫"1981年四川之旅"，说的是我爷爷带着我叔叔远赴四川农村买了个媳妇回来的故事。说买，爷爷可不乐意。

"那怎么是买呢？是两相情愿。"

"好，就说是两厢情愿吧。"

首先，我得简单地介绍一下我叔叔。我爸爸弟兄三个，他排老大，我大叔六〇年饿死的，我小叔虽然没有饿死，但从小营养不良，等到成年，也只有一米六高。因为个子小，人又老实，所以直到三十好几都没找上对象。我奶奶去世早，我爷爷把兄弟二人拉扯大，实属不易。用他自己的话来说，就是"立下了汗马功劳"。

1981年秋后，一个风和日丽的天气，爷爷、叔叔在一个身材矮小的神秘女人带领下，踏上了开往四川的列车。爷爷大半生的轨迹仅限于家乡周围方圆一百里之内，而叔叔更不消说，连本县也没去过。他们中途还要在河南郑州转一次车，然后再走一天一夜才能到达目的地。这个线路是那个神秘女人告诉他们的。爷爷特意找了一本地图册带上，那是一本五十年代的地图册，上面连南京长江大桥都没有。可是，爷爷仍然信心百倍："有了它，走遍世界也不会担心迷路了。"

路上发生没发生什么事情我就不知道了，因为爷爷说到这里，打了个哈欠就伏在我的床沿上睡着了，正像他说的那样："他一上车就睡着了"。不过，故事的结局是千真万确的，即：他们终于把新媳妇也就是我的婶婶——一位漂亮、聪明的四川妹子带了回来。说起我的这个婶婶，可不是一般人物，后面还要大书特书。这个故事有些虎头蛇尾、乱七八糟，可爷爷就是这么讲的，我有什么办法？

"爷爷，爷爷。"

我唤了几声，没有反应，就跳到地上，把熟睡的爷爷抱上床，盖好床单，自己悄悄溜出了病房。我想象着第二天早晨，护士查房，掀开被子时，一定会吓一大跳，甚至大喊大叫，我情不自禁地笑了出来。

郑成自从母亲去世后，就变得沉默寡言了。我们决裂以后，他再没有别的朋友。他每天一个人上学，一个人放学，渐渐地也开始逃课。有段时间，他迷上了在护城河边看人钓鱼，从早晨一直看到晚上。那段时间正好是钓鱼热，是人不是人的都拿着根渔竿在河边候着，拉屎似的蹲成一排，包括我那不争气的父亲。郑成看钓鱼就喜欢盯着一个人看，他连着看了三天，那个钓鱼的人愣是一条鱼也没钓着，最后恼羞成怒，把火通通发在了他身上："哪里来的私孩子？我说运气这么背，鱼都被你看跑了。快走！"他挥着鱼竿赶郑成，又拎起塑料小桶扔他。小桶滚到郑成脚上，郑成吓得扭头就跑。

此后的几天，他看着我爷爷和对门的吕爷爷在马路边下棋。

爷爷问他："郑成，你怎么没上学？"

郑成没有回答。

吕爷爷问："你也会下棋？你懂'马走日、象走田'吗？"

郑成红着脸站起来走了。

再后来，他又跟着竹马市的胡大爷早晨起来遛鸟。胡大爷教鹦鹉说话，他也跟着学。

"早上好。"

"早上好。"鹦鹉和郑成同时说。

"你吃饭了吗？"

"你吃饭了吗？"鹦鹉好奇地看看郑成。

"今儿几啊？"

"今儿几啊？"

胡大爷说："停，你比那鹦鹉还鹦鹉呢。"

如果不是胡大爷制止，我毫不怀疑郑成能把鹦鹉学得惟妙惟肖。凭他那聪明劲儿，学什么学不会呢？

郑成每次看见我都躲着走，他贴着墙根走，像个小偷。可我知道他从来没偷过东西。他是临河城最好的孩子。后来，我才发现，他不单是对我，见了谁都躲着走。他只会贴着墙根走，从来不走大路。人们常常坐在屋里吃饭，看见屋檐底下一道影子闪过，就知道是那个怪孩子路过了。北关庙里的老和尚说，他这是被蛇仙害了。郑伯伯就请他带着另外两个小和尚来家做法事，法事一连做了两天。香烧了十几炷，符画了几十张，和尚大鱼大肉吃了不少，郑成的情况却一点都没见好，倒是学会了和尚们念诵的一段经文：

揭谛揭谛，
波罗揭谛，
波罗僧揭谛，
菩提萨婆诃。

郑成天天把这句经文挂在嘴边，跟说绕口令似的，没有人听得懂什么意思。毫无疑问，他的脑子出了问题。

郑伯伯并不是没想过带郑成去医院看看，可他总在想万一看出病来，那可怎么办？这样看来，郑伯伯本身脑子也有问题，弄不明白是先有了病后来才能看出病来，还是因为看病才看出病来。事实上，是妻子的死使郑伯伯对"医院""病"一类的词产生了恐惧。有一次，他终于带着儿子去医院了，可是当他们从医院里出来的时候，人们看见的却是郑成扶着他面无血色的父亲。

有一天，在大街上，郑成把耳朵贴在墙边一根木头电线杆子上。我骑车经过时，他伸手招呼我。

"什么？"我有心不理会，但好奇心重，还是走了过去。

"听，有人在说话。"

我信以为真，把耳朵贴上去。这时，我们脸对着脸。

电线杆里只有嗡嗡的电流声。我问："哪有说话的？我怎么听不到？"

"关羽在和哪吒说话。"郑成神秘地笑笑。

"说什么？"

"说皇帝长着个兔耳朵！"

"神经！"我跳上车子飞驰而去。郑成瘦小的身体半嵌入墙中，成为一座孤独的浮雕。

出走

雨季来了，雨没白没黑地下，足足下了一周。通往四处的大路都断了，临河城成了威尼斯。大街小巷都成了河，人们在大街上摸鱼，在院子里游泳，在自家门口罗网，划着小船来往。男人不去干活了，女人也不做营生了，都在水里泡着，个个泡得又白又胖。自有人类以来，这样的好日子真是不多。如果雨继续这样下去，临河城的人们肯定会把外面的世界忘了。忘了就忘了，也没什么遗憾。

和大多数人家一样，我们家里的屋顶也漏了。屋子正中放了一只大木盆，雨水滴答滴答的响声中，我渐渐睡去。半夜里，刮起龙卷风，将十几里外北郊的一口鱼塘刮到了天上，鱼又随风落下来，顺着我家的屋缝，落进屋里的木盆里。我说的绝对是真的，早晨醒来，我听见鱼在盆里蹦，满满一盆鱼，谁骗你不是人。不信你到我们家去看看，王小勇就去看过，王小勇可以为我作证。你想的没错，我们就是一对狼狈为奸的好兄弟。可除了他，又有谁会给我证明？

在我沉沉睡去的那天夜里，我的父母被一阵响动惊醒。他们打着手电筒出去一照，你猜怎么着，院子里的水洼里躺着好几条大鲤鱼。你说说，如果不是龙卷风，它们自己会飞到我家里来？在我的记忆中，那也是我的爸妈最后一次亲密合作。他们摸了满满一盆鱼。早晨醒来，看见满盆活蹦乱跳的大鲤鱼，我感觉简直还在做梦。

家家户户都在杀鱼、吃鱼，炊烟连成一片，渔网遮住天空，收音机里整天在播《打渔杀家》。河沟里漂满鱼鳔，树上挂满鱼肠，孩子们的身上开始长出一层鳞。爷爷说，人本来就是鱼变的，再这样下去，人们非退回到两栖动物不可。看着我们在水中嬉戏，爷爷也按捺不住欢喜，纵身跳进了门前的小河。他从我家屋檐下游到了对面四婆家的鸡窝旁，模仿着毛主席万里长江横渡的样子，不停地挥手向岸上的群众——不，是挥手向岸上的鸡众致意。

又一天早晨，天还没亮，仍然下着有情有义的雨，我迷迷糊糊听见窗玻璃啪啪响。刚开始，还以为是雨在作怪，后来又听见有人在喊："刘小威，刘小威！"

我一惊，醒了："谁？"

"是我。"那个声音怯弱、稚嫩。

"啊，郑成！你……你怎么来了？我们不是不在一起玩了吗？你走吧！"我为什么要这么说，我的心不是这样想的啊。难道我不是天天像渴望爱情一样渴望友谊吗？天知道是怎么回事。

"我要出去玩，你去吗？"

"出去玩？去哪儿？"

"我还没想好，反正是外边。你甘心老在临河城里待着吗？我要到世界上去！"

"到世界上去？呵呵！"我打着哈欠说，"我不去，我要睡觉。"

"那我走了。"

"你走吧。"

我刚躺下，还没来得及细想他刚才说的话，这时玻璃又响了："刘小威，你还愿意看故事书吗？"

"嗯。"我感到莫名其妙。

"那我给你留下，你看吧。"

"什么？"

"再见，我走了。"窗外由近及远的脚步声与渐次密集起来的雨声融为了一体。

"郑成，你等等！"

我睡意全无，一骨碌下了地，打开窗子，吃惊地发现外面窗台上有一只鼓鼓囊囊的旧书包。解开带子，里面满满的都是书。我这才意识到，自己不是在做梦。

风雨中依稀传来郑成稚嫩的吟唱：

> 揭谛揭谛，
> 波罗揭谛，
> 波罗僧揭谛，
> 菩提萨婆诃……

那声音渐渐被雨淋湿，最终融化在雨中。

郑成离家出走了。人们打着雨伞，穿着雨衣，蹚水划船，把大小河沟摸了一个遍，也没找到他的影子。这样的天气，他能到哪里去，人们纷纷猜测：八成是顺着河冲到大海里去了。老郑却不这样认为，他坚信自己的儿子还活着。他头戴苇笠，瞩望着烟雨中的西关大桥，目光浸透了忧郁。

雨水停了，陆地重新显露出来，像我和小玲玲水落石出的爱情。太阳又晒了几天，终于把天空晒得干干净净。地面上泛起层层白碱，如同片片鱼干。那些被雨水冲来的死猫死狗、死耗子等开始腐烂，肚子里孵出一包包的肥蛆。人一走近，苍蝇就像炸了窝的马蜂盘旋而起，空气中整日弥漫着动物尸体的恶臭。

这一天，从城外黄河码头上传来一个消息，那里发现了一具死尸。有人把这个消息告诉了郑伯伯，却没敢说兴许是你家的郑成。我爸爸难得自告奋勇要帮老郑去看看，我想跟他一起去，他却唬我："死人有什么好看的？"当着郑伯伯的面，我没跟他顶嘴，心里却说：你比我还好奇。

我陪着郑伯伯坐着。郑伯伯的眼睛直勾勾地看着我，看得我心里直发毛。头顶的吊扇吱吱呀呀地转着，我站起来，没事找事地调了一个档，"呲"的一声，旋钮处冒出一道火花。

"呀，郑伯伯，电扇漏电啊。"我夸张地甩了甩手，其实根本就没电着。

郑伯伯并没有理会，而是反问了一句："小威，你今年多大？"

"十五。"

"十五？"郑伯伯又问，"你和郑成谁大？"

我说："我们两个同岁，都是属兔的，不过我生日比他大。"

郑伯伯"哦"了一声，将头埋在两个膝盖中间，不作声了。

我连忙安慰道："郑伯伯，您放心，肯定不是郑成。"

"你怎么知道不是？"郑伯伯的头没抬起来，声音已沙哑了。

"我……"我说不出个所以然，"你怎么知道是呢？"

"我……"郑伯伯也无话可说了。

我缓过劲来，拍拍屁股站起来："郑伯伯，您放心，肯定不是郑成。要是是他的话，我输上点啥，我倒过来走。就这样——"说着，我就想来个徒手倒立，可是左右瞅瞅没个地场，正抓耳挠腮，外面门一响，我爸爸回来了。

听见门响，郑伯伯就是一哆嗦。

"老郑，"爸爸拍拍郑伯伯的肩膀，"不行啊，人家不给看啊。"

"不给看？"郑伯伯这才抬起头，"为什么？"

爸爸兜起汗衫擦了擦脸上的汗："我到了，当地的农民不让看，看一下要五百块钱，我吓一跳就赶紧回来了。看来这事还得你亲自出面。"

就这样，老郑万般无奈只得亲自去。四五里路，磨磨蹭蹭走了一个来小时。黄河是流经临河城东关，早年航运很兴盛，后来由于泥沙沉积，河床抬高，渐渐失去了作用。码头也已经废弃，一艘锈迹斑驳的轮船矗立在河边的沙地上，显示出昔日的繁华。河边现在只留下一个小小的渡口。听爸爸说，捞起尸体的就是河边摆渡的一个船夫。我跟着，爸爸没再反对，因为他知道这回反对也没用。

我们到那里时，一只小船正泊在河边的石埠上，一根狭窄的跳板伸下来，零散的几个客人正小心翼翼地往上走。有的背着包袱，有的推着自行车，还有一个老婆子抱着一只小山羊。看样子都是附近的农民，来往两岸走亲戚或赶集。一个满脸络腮胡子的粗壮汉子，叼着烟卷，打着了船头的发动机，突突突冒出一团烟。

"船老大！"爸爸大声喊。

那人回过头来："渡船？哦，又来了。嘿嘿！"

爸爸指着郑伯伯说："这位就是事主。"

郑伯伯走到船近旁，仰起脸想和那汉子说话。那汉子却低头收了跳板和缆绳，将嘴里的烟卷吐在河里，扬手指了指河对面："等我回来！"

船突突地开走了，水花像一条大鱼划水。大家坐在岸边的石头上，等那船回来。巨大的太阳饱满、灿烂，挂在我们面前。三个人谁都没说话，河在脚下无声地流淌，对岸的密林遥远得如同另一个国度，宁静充满了四周。我几欲睡去。

过了二十来分钟，那艘小船又突突地开回来了。卸下七八个客人，还有几件货物。我惊讶地发现，那个抱着羊的老太太还在其中，连同她怀里的那只羊。她看到我们似乎也有些吃惊，眼神里露出些许恐惧，站在跳板下面不敢迈步。船老大跳下船，拍拍她的肩膀："走吧，没人会抢你的羊！"老太太这才放了心，抱着羊飞跑起来。

"哈哈，傻子！"我爸爸先笑起来。

我瞅着船老大问："她怎么回事？"

船老大犹豫了一下，似乎是在考虑回答我这么一个半大孩子的话是否有失身份，但最终还是答了："疯婆子。早年间给生产队里放羊，丢了一只羊，打那就疯了。天天抱着一只羊过河，不然这一天没法过。"

"天天过河？"爸爸问，"不要过河钱吗？"

船老大脸上的表情一下子僵住了，脸上的皮肤变成了紫色，他把手里的篙往河里一插，回头冲我爸爸吼道："你娘你也要钱？"

所有的人都呆住了，就连郑伯伯似乎也忘记了此行的目的，目光带着同情和哀悯投向船老大。

"谁要看？"船老大不耐烦地转变了话题。

"我。"郑伯伯说。

"钱带了吗？"

"带了。"

船老大将手一伸："拿来。"

郑伯伯从口袋里哆里哆嗦掏出一沓钱："五百？"

船老大一把将钱夺过去，往指头上吐了口唾沫，开始一五一十地数。数完了，点点头："正好。"将钱往胸前一揣，道："跟我来。"抓住船舷翻身又跳上了船。

我们都顺跳板上去，跳板又窄又陡，走起来颤巍巍的。船老大走到船尾，勾起一块甲板，一股阴冷刺鼻的气息直扑过来。我看见阴暗的船舱里铺着一张草席，草席上面趴着一具赤裸的尸体，个子不高，像是一个十几岁的孩子。

郑伯伯"哇"的一声哭了，身子就坐在了甲板上。

船老大一把将他拽住："你先别哭，看准了是不是。"

郑伯伯这才强忍着悲痛，将头又往船舱口探了探，仔细看了看。许是光线太暗的原因，那孩子看上去皮肤很黑，头发蓬乱着。

"我记得郑成是小平头呢。"我嘟囔一句，爸爸在我屁股上拍了一巴掌："蠢材，都多长时间了？"

我一想也是，一两个月了，头发会长的呀，就不作声了。这时，郑伯伯抬起头来，沙哑着喉咙对船老大说："老大，趴着不好认啊。"

爸爸也说："就是，就是，你得把他翻过来，看正面才行。"

"翻过来？怎么不行啊。"船老大嘿嘿一笑，把手掌一翻，"那还得这个数！"

"什么？"爸爸和郑伯伯都叫了起来。郑伯伯气得直哆嗦："你，你这不是讹人吗？"

"讹人？"船老大火了，"你们以为他是自己爬到我船上来的？我是拼死把他捞上来的，你们知道这黄河有九湾十八潭吗？他就在那水最深流最急的一潭'鬼见愁'里趴着。"船老大说着，朝河心里一指："听见了吗？连鬼都发愁！"

"那你也敢下去？"我顿时对这条好汉好生敬佩。

"我？哼！"船老大略带感激地看了看我，"如果不是为了发扬革命人道主义精神，学雷锋做好事，我才不冒这个险呢。你们知道吗，他差点把我拖到旋涡里呢，幸亏我的水性好。"他说得一脸认真，我差点笑出来。

"你光给我看个背面，那算怎么回事？"郑伯伯又气又急。

"他在水里就是这个样子，我有啥办法？要翻过来不是不可以，我刚才不是说了吗——"船老大蛮横不讲理，又翻了一下他那厚厚的手掌。

"行了行了，"看僵持不动，爸爸打圆场说，"大兄弟，你也不能说要多少就是多少，是吧？我们不认了，尸首烂在你船上也不好，你说是吧？"

"谁是你大兄弟，"船老大不领情，抨了抨胳膊："我才不怕哩，实话和你们说吧，才两天的工夫，来认的主算上你们就这些了——"他又伸出一巴掌，郑伯伯条件反射地皱了皱眉头。"再说了，我在草席子下面铺了这么厚的冰，放个十天半月一点问题都没有。"说着，他又比画了大约二十厘米的样子。"再不行，我洒上点盐腌起来，早晚等着有人认了去。要是实在还没人认，我就给它绑上大石头，扔进河里喂王八，也不让别人再拾了去！"

船老大越说越眉飞色舞，唾沫星子溅到了我脸上，我听得毛骨悚然目瞪口呆，情不自禁地打了一个寒战。

"我的天啊，我真服了你了，我的亲兄弟！"爸爸掩饰不住由衷的崇敬，挑起了大拇哥，"你也不容易，想得这么全面，做得这么周细，收点钱也是应该的，我看呀，老郑也别在乎这点钱了，大热天的来一趟不容易，你看我这都出汗了，你也是。咱不能无功而返呀，你说是不是，老郑？"

船老大听了这话，脸上露出了笑容："还是你明白！"说着，他甚至递给了爸爸一支烟。

"我没那么多钱啊。"郑老大一脸无助和尴尬。

"你身上有多少钱？"爸爸和船老大异口同声地问。

"我……我……"郑老大说，"我总共才带着六百块钱。"

"六百？"爸爸转过脸去对船老大说，"兄弟，你也不能说多少是多少，我看六百就差不多了。"

船老大把头摇得跟拨浪鼓似的："不行不行，差得太远了，最少也得这个数——"他做了八字的手势，顺便拍了拍爸爸的胸脯，"这还是看老哥的面子！"

转眼之间，船老大和爸爸已经称兄道弟起来，我简直理解不了。得了船老大这一拍，爸爸一下子把胸挺得老直，他把嘴里的半截烟拔出来，发现这是一个完全多余的动作，就又把烟放回嘴里。接下来，我吃惊地看见他从自己的口袋里掏出了八十块钱："老郑，你那一百呢？"

老郑犹豫了一下，乖乖地从兜里掏出一卷钱。

"这不一百多吗？"爸爸几乎是迫不及待地把老郑手里的钱都接了过去，飞快地点了点："一百二十五。"

"一百二十五加八十，"爸爸闭着眼睛算了算，突然把眼睛睁开，"小威，你身上还有多少钱？"

没等我反应过来，爸爸已经开始搜身了。我身上总共六块六毛七分钱，全都被他捋了过去。

"那是我买笔记本的钱。"我说。

"你又不学习，买啥笔记本啊。"爸爸说。

我不言语了。爸爸太了解我的短处了，我虽然调皮捣蛋，但对他还算尊重，特别是当着外人的面，从来不会不给他面子。这一点，我比赵义武差远了。

爸爸把所有的钱拢在一起，又点了一遍："一共是二百一十一块六毛七，兄弟，你看行吗？"他可怜巴巴地望着船老大。

船老大叹了口气："好吧，谁让我心善呢。"说着，将钱全收了，一个五分的硬币掉在地上，卡在甲板缝里拿不出来了。船老大抠了半天，站起身来："算了，反正便宜不了外人。"

船老大从那个洞口下到船舱里，老郑和我爸爸也下去了，我也想下去，船老大瞪了我一眼，我就只好留在了上面。

我趴在洞口上，聚精会神地观望。船老大蹲下来，伸手去搬死尸的胳膊，老郑的腿已经哆嗦得不成样子，随时都有坐下的架势，他的脸被我爸爸挡着看不清，但我已经听见了他的抽泣，随时都会演变成号啕大哭。我也紧张到极点，心怦怦直跳。船老大终于缓慢地把死尸翻了过来，三个身子挡住了我的视线，我什么也看不见。突然一阵死一般寂静，这寂静时间之长超出了我的承受能力，我不禁大声问道："怎么了？让我看看！"

船舱里猛地爆发出一阵嘈杂的声音，是哭是笑是愤怒的吼叫，掺和在一起听不清楚。三个男人一起站了起来，这时我才看见地上躺着的那具小小的尸首，浑身浮肿，皮肤惨白，一张因浸泡太久模糊不清的脸，重要的是它的胸前——有两只突起的乳房！

不知是因为太过意外吓了一跳，还是失望、失落、厌倦、愤然——我猛地一脚将盖板踢回了原处。里面还在沸沸扬扬的争吵，变成了一致的恐惧的咒骂："开门！""小兔崽子！""小狗日的！"我一阵烦躁，快走了几步，从船舷上纵身跳了下去。

　　我离开码头，将鞋子脱下来，提在手里，赤脚走在河滩的沙地上，几只蜥蜴花瓣似的散开了。火毒的太阳炙烤着大地，脚底板子直发烫。我想着那三个人，用不了多久就会变成和那具尸体一样。那么，我不妨再回去，学着那个船老大的样子，将他们卖个好价钱。一面五百，一反一正，一反一正，一反一正，一反一正，我看着自己的手掌翻来覆去，感觉它正变得越来越厚实，忍不住哈哈笑起来。

　　前面有一所废弃的看园人的住处，房屋已经变成了土堆，留下两块大青石，在阳光下亮得刺眼。我在青石上坐下，又立刻跳了起来，石头烫得如同烙铁。我环顾身旁，有一棵茂盛无边的蓖麻，便撕了几张阔叶子，铺在青石上，借着蓖麻的阴凉，刚想躺下睡会儿。身后传来叫喊声："小狗日的，别走！"

　　我一回头，看见爸爸和老郑一瘸一拐地赶了上来。

　　"你这个小狗日的，想害死你老子啊！"爸爸气喘吁吁，拿指头点着我的鼻子。我以为他会给我一巴掌，那我就可以还手了，我还一直为刚才在船上对他的忍让懊悔呢。然而，我爸爸很识趣，只是骂了两句就扑通一声坐在了我铺好的碧玉床上。

　　老郑也坐下来，两个人比赛喘粗气。我发现他们的脸上、胳膊上都是伤。

　　"怎么弄的？"

　　老郑冷漠地看了我一眼，我就把头低下了。

　　"怎么弄的，还不是你小子他娘的使坏！我们能活着出来就不错了，你咋不把我憋死，也好让人们都知道你这个小狗日的多么不孝顺！想把老子憋死！"我爸爸刚刚安静下来，又马上来了精神。

见我不言语，他也没了脾气，狠狠地往地上吐了口白痰，白痰落在沙地上滚了滚就变成了泥丸。我看着好玩，如果不是亲眼所见，还以为他吐的本来就是泥丸。

爸爸回过头来对郑伯伯说："妈的，那小子真壮，如果不是那具尸首把他绊倒在地，我们还要吃亏呢。话又说回来了，要不是那小子有两膀子蛮力气，把盖板顶开，咱们说不定就闷死在里面了。哼，小狗日的！"矛头又冲我来了。

我不作声，把脚埋在沙土里，享受那灼热的舒服。爸爸见我这样子，也把鞋子脱了，两只脚搓了搓。

"郑老大，你听见那家伙说了吗？男的淹死都仰面朝天躺着，女的都趴在水面上。我问他为啥，他说因为女的害羞，男的不害羞。害个屁羞啊，我一看那女的两坨肉就明白了，那俩肉馒头就跟两个秤砣似的，生生地把她的身子坠过去了，男的仰着是因为男的脊梁骨重！"

爸爸继续说："老郑啊，你是不是埋怨我事先不搞清楚，你怀疑我是不是和那家伙一伙，坑你的钱？你可千万别这么想啊。世人都说黄连苦，我比黄连苦三分；世人都道窦娥冤，我比窦娥还要冤。我哪里想到这样，我第一次来的时候，那家伙连看也没给我看。我就赶紧回去跟你说，我真是一心想帮个忙，谁想到被那狗东西耍了。说到这里，刚才我还替你出了八十呢，还有我们家小威出了六块六毛七，六毛七就免了，你还我八十六就行了，你不要还小威，他拿着钱不干好事。你是不是觉得这钱花得冤枉，你心疼那钱了？是啊，那小子白拿了那么多钱，也真让人生气。可是你再往好处想想，如果真是郑成的话，钱虽然没白花，可就没了郑成了。现在，虽然花了些冤枉钱，可说明郑成有可能还没死啊，至少是有可能还没被淹死。你说是不是啊？你应该高兴才是啊，你应该感谢我啊，你得还我那八十六块钱啊，啊，你哭啥呀？！"

老郑仰起头，朝着赤日炎炎下的荒野放声大哭。我从来没有听过那样酣畅淋漓的哭声，他明明是一个人，声音壮大却仿佛千百个人同哭，像河流一样宽广，像麦地一样明亮，像狂风暴雨的交响，像悲欣交集的合唱。这哭声在野地里荡漾、回响，风一样充盈四方。

"你说他是为啥哭？他到底是疼钱还是疼儿子，你说他是高兴还是难过？"爸爸一脸惶惑，束手无措地转过身来问我。

此刻，我却被身边那株硕大无比的蓖麻吸引住。在老郑的哭声中，它像含羞草一样闭合起了叶子，转瞬间便凋败、枯萎，化为一树干柴。热风吹得它"咔吧"作响，先是冒出丝丝白烟，继而熊熊地燃烧起来。

瘟疫时期的爱情

最初，是几个住校的学生在学校食堂早餐的玉米粥中喝出了老鼠屎，引发集体呕吐，躺在校卫生室里输葡萄糖。下午刚上课，又有几个呕吐的学生送来，学校卫生室里放不下了，就被送到了一墙之隔的人民医院。学校为此成立了专门调查组，经过调查，发现罪魁祸首是学校食堂中午做的芸豆炖排骨，芸豆没熟，引发了食物中毒。于是，上午刚被停职反省的司务长又被新来的校长就地免职，几名厨师也被立即解雇。

"他娘的，挺奢侈啊，还吃炖排骨。活该！"王小勇幸灾乐祸，同时又对那个司务长免职表示坚决拥护，因为他早就看不惯那家伙一身肥肉，以及说话一口好笑的外地口音。

王小勇说这话时是下午四点，可是到了晚上，他就上吐下泻起来。"这是怎么回事？我又没在学校里吃饭。"他蹲在厕所里，"哗哗"地拉稀，心里拧成了一个麻花。病来如山倒，八点钟不到，他就撑不住了，四肢无力、眼冒金星、屁股眼生疼，并且发起烧来。于是，他也住进了医院。

王小勇的哥哥王大勇拖着拐杖到了我家，对我说："小勇叫我捎话给你，特意嘱咐不叫你去看他，医院里住满了人，都是一个毛病，连拉肚子带呕吐。"王大勇参加过战争，一条腿在战场上被炸没了。关于他的故事，留在后面细讲。

我爸爸和我妈都很关心："怎么回事？不是学校里食物中毒？"

"哪里呀，哪里。"王大勇激动地说，"是瘟疫，是瘟疫！医院里不让说，说是什么流行性痢疾，我一看就知道是瘟疫。"

"瘟疫！"我们都被这个词吓住了。

我妈妈打量了打量王大勇："你咋知道是瘟疫？"

王大勇说："我在越南见过呀，整村整村地死，浑身烂。"

"真的还是假的？"我妈妈厌恶地皱皱眉。

"骗你们做什么，你们好自为之吧。"王大勇临走时说，"我想好了，王小勇那里我也不去给他送饭了。我们兄弟两个，好歹得留一个。"

"亏你还是战斗英雄，贪生怕死！"妈妈骂完王大勇，转过头来问我，"咦，你爸爸呢？"

我指了指厕所，里面传来我爸杀猪般的呻吟。"小威，好儿，快给我送张卫生纸来！"

"掰块墙皮就行。"我大喊着，还是撕了张纸给他扔了进去。

"谢谢，"爸爸拖着哭腔，"是瘟疫，是瘟疫呀！"

第二天早晨上课，班里果然又缺了两名同学。学校里开始给每个学生发放 PPA 药片，每个班的班主任都叮嘱自己班的学生，不要喝生水、吃生菜，水果得用开水烫，饭前便后要洗手。

中午放学路过商店，我进去买了一只苹果罐头，回家带给我那没病装病的爸爸。一进屋，一股浓郁的醋酸味把我呛了一个跟头。

"怎么回事，做鱼不放葱花吗？"我捂着鼻子，寻找醋酸的来处。

"做鱼？你想得美。"妈妈笑着说，"熬醋消毒呢。"在她身后的案板上，半锅热醋冒着滚滚热气。

不仅是我家，整个临河城家家户户都在熬醋，满大街都充满着醋酸味。我沐浴着醋酸上学去，边走边踢着一只易拉罐。在一棵大槐树下面，我发现地上有样东西。我本来已经走过了，又重新返回来。那是折叠成整整齐齐长方形的一张横条信纸，我疑惑着将信纸展开，只见上面写着：

朋友：

您打开的这封信，不是一封普通的信，它将给您及您的家人带来健康和幸福。同样，如果您不按照信上的内容去做，就会给您及您的家人带来不幸，甚至是灭顶之灾。

值此临河城遭遇百年不一遇之瘟疫之际，我奉恩师龙虎山六十四代张天师之命，将济世之方广布天下。方曰：

混沌初分，盘古开天。

太极两仪，四象高悬。

燧人取火，黄帝轩辕。

中华民族，百代相传。

当今社会，尔虞我奸。

天时乖违，人世错乱。

戾气上蒸，大疾小患。

形直影正，莫敢能犯。

选用此方，除瘟不难。

大麻三钱，元参二钱。

石膏二钱，硫磺三钱。

鹅心六两，内金一副。

红枣五粒，四颗桂圆。

三更夜半，文火慢煎。

黎明即起，洒扫庭院。

另外此信，默念百遍。

抄写十份，友好相传。

如此这般，保君平安。

如若不传，灾祸相连。

海内神叟
黄帝纪元四千六百八十五年孟秋

读完这封信，我大吃一惊，像被蝎子蜇了手，想把它扔了，狠狠心却是不敢。最后，我还是乖乖地把信揣了起来。我来到教室里，刚想宣布这个神秘的发现，没想到眼前的场景让我大吃一惊，同学们正都三五成群地聚成团，像考试搞小抄似的嘀嘀咕咕，变毛变色。

小玲玲一抬头看见了我，连连招手："刘培根，快过来！"

我走近一看，她身边的一个女生正在抄写的就是"海内神叟"的信。

"累死我了，"小玲玲摇了摇手里的圆珠笔，"我已经抄了六份了，还差四份就完成了。这一份是给你的——"说着，她把一张墨迹未干的稿纸塞到我手里："你还不赶紧去抄？"

我站在那里没动。预备铃响了，小玲玲推了我一把："快去啊。"

"不，"我抬起头，看着她，"我想知道另外九份给谁。"

小玲玲的脸红了。"神经。"她轻轻地说了一声，舌尖鲜嫩、粉红。

"刘培根同学，这个黄帝纪元四千六百八十五年是哪一年？"

几个不知趣的家伙过来捣乱，我没好气地说："去查万年历！"

"万年历上没有！"他们手里还真拿着一本万年历。

谁也没想到，这封信连同瘟疫的谣言会传播得如此广泛。尽管很多人对信的内容表示怀疑，但几乎所有看到这封信的人，都老老实实地抄写了十份，分送给了自己的亲朋好友。至于张天师的药方，更是疑窦重重。起先人们怀疑是药店为了卖药，故意编写的，可药店老板却说：我们可不敢抓这样的方子，石膏二钱，硫磺三钱，吃不死才怪。人们又开始怀疑是卖鹅的干的，可哪个卖鹅的有这样的文采？还有说枣农、果农，莫衷一是。不管怎样，还是大有人信。妈妈就按方子抓了一副，只是没带硫磺。妈妈熬好了非叫我喝，我喝了一口就吐了。

"苦？"妈妈问。

"苦倒不苦，就是没放盐！"

"小兔崽子，你当是菜了！"妈妈好气又好笑。

这时，正好我爷爷进来，接过碗去咕咚咕咚全喝了下去。我和妈妈都目瞪口呆，只见爷爷抹了把嘴："火候掌握得还不错，就是没放硫磺，可惜了！"

杀鸡取卵者古亦有之，杀鹅取心也就不足为奇。杀鹅最好的，当属赫赫有名的王老六。王老六以烧鹅著名，鹅零件做得也是口味一绝。

传说王老六的祖上曾经当过前清的刽子手，菜市口杀过谭嗣同，后来不杀人，改杀鹅，传下一路好手艺。王老六不但擅做鹅，杀鹅更是一绝。王老六杀鹅时在门口放一块菜板、一只海碗，拎过一只肥肥的大白鹅，将头摁在板子上，那鹅嘎嘎叫着，拼命挣扎，脖子抻得足有半米来长。王老六手起刀落，"噗"的一道红线射出，就见那没了头的鹅身子扑棱棱直飞到屋檐上，鹅头乖乖地滚进旁边的海碗中。再取一只，如法炮制，那无头的鹅也飞了上去。如是连杀了七八十来只，无一不如此。王老六杀鹅每次都少不了人围观、叫好，他也不负众望，从未失手。唯有一次，那鹅只低飞了一下，撞到门楣就掉了下来。王老六头也不抬，说声："鸭！"众人低头辨认那俯伏在地上的尸首，果真是一只杂羽鸭。

鹅既杀罢，王老六叫老婆搬来梯子，上房处理鹅身。屋檐下早准备好了水桶，就见那鹅血如雨水一般顺着瓦槽流下来。等他处理完毕，鹅血刚好流净。王老六提一黑布口袋，缓步走下梯子。口袋里都是鹅的下水。王老六大声说道："谁要上等鹅心？"众人不顾腥臭，哄抢一空。

王老六的生意最好，因此嫌疑也最大。没几天，卫生部门便取缔了他的杀鹅表演，原因是传播细菌，不利健康。从这以后，临河城的人们也就少了一个乐子可看。

我也将那封信抄了十份，分别送给了父母、爷爷、老郑、小玲玲还有几个我看着还算顺眼的同学，我给王小勇也写了一份，请王大勇代为转交。当然，我也收到了他们的回信。我写到最后时发现只有九个人，实在凑不起数来，就给自己也写了一封。

谣言越传越盛大，说是医院已经戒严了，死尸已经塞满了太平间，临河城往外的长途车都停了，就连过路的火车也绕远了，疫情已经上报省里和国务院了，谁也不准外出，出去一个立即枪毙。这段时间里，我和小玲玲的感情急剧升温。我们一起上学，一起放学，早晚互报平安。日子不多了，我们同生死、共患难。偶尔我们谈论起我们共同的朋友王小勇，免不了也会无限伤感地说："他恐怕已经不在了吧。"

"哈哈！我胡汉三又回来了！"谁也没想到，就在我们为王小勇是死是活忧心如焚的时候，王小勇居然活蹦乱跳地出现在我们面前。把我和小玲玲都吓了一大跳。

当时，我和小玲玲正躲在学校花坛后面碰嘴唇玩，王小勇的现身坏了我们的好事。

"你到底是人是鬼？"我揉了揉眼睛，他并没在我面前消失。

"我要是鬼就好了，"王小勇还是那副吊儿郎当的德行，斜着眼，耸着肩，半拉屁股往花坛上一坐，荡悠着腿，"可闷死我了。"

他说着，抬起胳膊靠在我的肩膀上，一股浓浓的来苏水的味道呛得我打了个喷嚏。

"你怎么跑出来了？医院不是戒严了吗？死了多少人了？"小玲玲问的也是我最关心的。

"什么叫跑出来？我好了还不出来？你们想让我在里面待一辈子？"王小勇叫道，"什么戒严？扯淡！哪有的事？死人？医院哪天不死人？什么瘟疫，纯属放屁！就是流行性痢疾，流行性痢疾！给我看病的大夫说了，大涝过后，是细菌传播的活跃时期，最应该讲究卫生，防止疾病乘虚而入。我现在是饭前便后都洗手，再也不敢胡吃瞎吃了，跑肚拉稀差点把我的命都拉出来。你们看看我是不瘦了？"

王小勇用他那只饭前便后都洗的手，摸了摸自己的肩膀。随后，他又开始教育我们："你们得相信科学，破除迷信。刘小威，你给我写的那封信我也看了，写得不错，语句通顺，优美动人，可见你的作文水平又有了提高，但是有严重的问题。那个什么张天师的药方，大夫也看了，说了四个字：一派胡言。我是给你回信了不假，可我不是自己写的。我瞅见医院办公室里没人，偷偷溜进去拿你的原信复印了一份，你竟然没看出来！可见，你被封建迷信害得已经毒气攻心。"

被王小勇劈头盖脸说了这一通，我面红耳赤又有些吃惊。士别三日，当刮目相看，没想到王小勇在医院里长了本事了。更吃惊的还在后头呢，王小勇说："我上厕所时，听见两个医生说话，说起张天师的信，说公安局和卫生局正联合展开调查，查出屎做蛹者，将严肃处理。我还纳闷，什么叫屎做蛹者，反正听那个意思就是罪魁祸首，也就是，那封信的作者。哼哼，刘小威，你可得小心啊。"说完，他怪怪地看着我。

"王小勇，你别血口喷人！"我叫起来，"那封信跟我一点关系都没有，我也是捡的。我想写还写不出来呢。要不是我抄写给你，你的病能好了吗？你早见阎王去了。我好心好意抄给你，没想到你恩将仇报，反过来说我的不是。我真没想到你是这样的人，我算看透了你了。别说没什么事，就是真到了事儿上，第一个叛变的肯定是你！"

我气急败坏，口不择言，把赵义武当初说我的话也用在了王小勇身上。我说完这话，转身就走。走了几步，手腕上一紧，好像被什么东西拽住了。回头一看，正对着小玲玲桃花般的笑脸。原来，就在我刚才慷慨激昂之时，她偷偷用一根细丝线拴在了我的手腕上，另一头就拴在她自己的手腕上。

"你去哪儿？"她笑眯眯地问我。

"我……我……"我也笑了，"你说去哪儿？"

王小勇从花池上跳下来大骂："不要脸！"听得出来，他吃醋了。吃就吃去吧。

英雄与破鞋

　　王小勇的哥哥王大勇，是一位真正的英雄。当他拖着半条残腿从前线凯旋时，整个临河城都沸腾了。机关、学校、工厂、街道都请他做英雄事迹报告。我们学校自然也不例外，不同的是，他给我们做的报告稿子是我的语文老师兼级部团支书林丽美写的。她是我们学校著名的美女兼才女。自从出了那件不幸以后，她便化悲痛为力量，一心从事文学创作，先后在《临河城文学》《地方文艺》等刊物发表小诗、小散文多篇。

　　礼堂里座无虚席，王大勇身穿军装，头戴军帽，挂着单拐走上舞台，端端正正地打了一个敬礼，下面掌声一片。王大勇落了座，一束灯光从天而降打在他刀削般的脸上，衬托出他的威仪和庄严。

　　报告由学校政教主任主持，他说话结结巴巴，表情却很生动，不停地掀帽子，抓头皮。全校师生都知道，他患有严重的牛皮癣。传说沾着死，碰着亡。我们都避之唯恐不及，唯有英雄大义凛然岿然不动视死如归——什么乱七八糟！总而言之，我们都把崇敬的眼神投到了政教主任身边的英雄身上。

王大勇讲得太好了，确切地说是林丽美老师写得太好了。一个比喻连着一个比喻，一句排比又一句排比，"青松""红日""牺牲我一个，幸福十亿人""同志们向我开炮"等诸如此类的词句，让在场的所有人都跟着热血沸腾，感动得热泪盈眶。"为了给部队进攻铺平道路，我用血肉之躯以身试雷，用火红的青春谱写了一曲壮丽的凯歌。"林丽美是这样写的，王大勇也是这样念的。半个小时的演讲，至少二十次被掌声打断。演讲结束后，掌声更是经久不息，险些把房顶震塌。最后，校长出来致辞，他紧紧地握着王大勇的手说："感谢英雄同志给我们带来了这么生动感人的一次爱国主义教育！感谢感谢，十分感谢！"

一人得道，鸡犬升天。在学校里，王小勇也成了同学们追捧的对象。报告会后，林丽美老师就布置我们写作文，不光我们班，全校的孩子都要写作文。写写你对英雄事迹的感想，写写你打算怎样以英雄为榜样，努力学习，顽强拼搏，为振兴中华，实现四个现代化而奋斗。王小勇走在校园里经常被人拦住，想从他嘴里抠出一点边角余料。王小勇自然得意得很，陈年烂谷子都抖落了出来，讲着讲着，连小时候哥哥带他去掏人家鸽子窝的事都讲了，刚好政教主任走到这里，听着不对劲，就把眼一瞪："胡诌八扯，净破坏英雄形象！"当然，也并不是所有的人都买账，有个高年级的孩子就说："有什么好学的，真正的英雄早就牺牲了，活下来的都是些贪生怕死的。"

王小勇脸上的笑容顿时凝固了，他跑回家去质问他哥哥："你怎么没牺牲呢？"

王大勇的脸"唰"地变了："滚！"他挥舞着拐杖，单腿跳着，把弟弟赶到了大街上。

王大勇的一帮过去的朋友来看他了，这帮朋友全都穿着花格子衬衫喇叭裤，戴墨光眼镜。叼着香烟，打着呼哨。他们带来了啤酒和菜肴，吃吃喝喝好不痛快。王大勇给他们讲另外的故事。他说越南的男人都死光了，女人都光着身子，露着奶子，想怎么玩就怎么玩，吹声口哨就跟着走。越南的女人们长得倒不错，就是皮肤黑，个子矮。他想了想又补充了一句："比日本娘们还矮！"听这意思，他不但见识过越南女人，也见识过日本女人，才有比较。

听这一说，朋友们都肃然起敬地望着他。

王大勇指着一个外号叫"浪子燕青"的弹吉他的帅小伙说："像你这样的，到了那边肯定囫囵不出来。"

"哄！"大家全笑了。"燕青"的脸腾地红了。

"燕青"说："别扯我呀，说说你自己，你玩了多少？"

这个问题，大家都很关心，一起看着英雄。王大勇呸道："玩个屁呀，老子刚到那边就踩到地雷上了，连命都差点保不住。"

众人纷纷为英雄摇头叹息，觉着这个英雄有点亏。不一会儿，大家的焦点又转到了"浪子燕青"背的吉他上了。燕青自弹自唱了一首《热情的沙漠》，大家听得如痴如醉，伴随着节奏跳起了迪斯科。一曲终了，大家举杯相庆。

这时候，一个绰号叫"贪腥猫"的家伙晃晃悠悠地站起来，打着酒嗝说："刚才，大家弹的也好唱的也好跳的也好，我是既不会弹又不会唱也不会跳，下面呢，我给大家来个诗朗诵，啊，来个诗朗诵！"

　　这个叫"贪腥猫"的家伙，五短身材，其貌不扬，喜欢留两撇狗油胡，因为扒女厕所被抓住过，人们根据他好色的特点，给他起了这么一个雅号。一听贪腥猫要来诗朗诵，大家都笑得肚子疼，七嘴八舌地嚷："你赶快歇着吧，就你这模样还来诗朗诵，'屎壳郎诵'还差不多！"

　　"闹了半天，你还是个'湿人'呢！"

　　有人压着嗓子学女报幕员的样子："下面请欣赏诗朗诵，朗诵者贪腥猫——"

　　只有王大勇说："都别吵吵，让他念！"

　　贪腥猫又连续打了几个嗝，使劲喝了一口水："我开始朗诵了，这首诗的题目叫'无题'。"

　　"什么名字？"大家没听清。

　　"无题。"

　　"你他娘的'无题'算什么题目？！"

　　闹哄哄中，贪腥猫正式开始了朗诵：

　　　　在一个漆黑的夜里
　　　　摩托车在行驶
　　　　机关枪架在高高的汽车上
　　　　我被判处死刑
　　　　朋友们，记住我的教训吧
　　　　世上的女人都是一条条的毒蛇
　　　　她那金黄的头发
　　　　是男人们的锁链

高耸的乳房
是埋葬男人的坟墓
雪白的大腿
是男人的铡刀
咔嚓、咔嚓、咔嚓……

"好！"大家笑得一片人仰马翻，有人拿啤酒往贪腥猫的头上倒："妈的，还真有一套！"

贪腥猫显然是喝多了，朗诵完毕，"咕咚"一声就倒在了地上。大家笑得更厉害："妈的，铡了，铡了！咔嚓、咔嚓……"

王大勇却显得不太高兴，他似乎是耐着性子听完贪腥猫的朗诵，牙缝里挤出两个字："恶心！"

曾经受过侮辱和损害的林丽美老师，不揣冒昧，悄悄地爱上了战斗英雄王大勇。她经常拿着一个小本子去采访他，当时来采访他的还有好几个报社的女记者，但都没有林丽美漂亮。王大勇在林丽美老师面前只讲他的英雄事迹，讲炮弹是怎么的响，地雷是多么的防不胜防，林丽美一脸崇拜，心跳加快。

"你知道吗，"她羞涩而激动地说，"我从小就崇拜英雄"。

英雄气短，儿女情长。

两个人的交往起先遭到了林丽美家人的反对，他们不愿意闺女嫁给一个残疾人。但团县委和学校都表示对他们大力支持。县团委书记激动地说："真是'想吃海货来虾米'，要啥来啥。正需要这样的典型呢，求之不得啊，求之不得！"

街道上也找林丽美的父母做工作，晓之以理，动之以情。他们说："残疾人怎么了？身残志坚的有的是。别看王大勇残疾了，但人家是战斗英雄，一个月光津贴就有四十元，另外一年还发一件呢子大衣。"刘家的人转念一想，自己的姑娘出了那么一档子事，英雄不嫌弃就不错了，还挑三拣四，何况还有呢子大衣，也就不再反对。

就这样，林丽美和王大勇结了婚。结婚那天，艳阳高照，宾客盈堂，城里几大班子的领导以及学校的领导一应俱全，记者穿梭其间，抢拍下无数珍贵或不珍贵的镜头，少先队员还献了"啊"字诗。我和王小勇爬上屋顶放爆竹，鞭炮纸雪花一样落在人们头上、落在地上。放完鞭炮，我们又把糖撒下去，引来大人孩子一阵哄抢。

晚上，客人们走光了，我和王小勇扒着窗户缝偷看。我们不太敢相信一个战斗英雄也会和女人做那事，更不相信一个只有一条腿的战斗英雄会做那事。我和王小勇打了个赌，我赌他会做，王小勇为捍卫自己哥哥的英雄形象，当然赌不会。

我说："你说他新婚第一夜不做那事，会做啥？"

王小勇想了想回答："学习！"

"学习？哈哈哈哈！"我笑得腰都弯了。

"有什么好笑的？我哥哥虽然不爱学，可林老师会教他呀。"王小勇稳操胜券。

这倒不是没可能，就凭林丽美老师那诲人不倦的劲儿，白痴也能调教成大学生，何况是英雄？

我担心我的赌可能要输，但还是坚持要看最后的结果。我们屏住呼吸，透过窗户缝向里观望。红罗帐里，王大勇拖着他的半条腿和林丽美做爱，王大勇不知怎么就是做不成，气急败坏地抄起床边的拐杖，向林丽美的下身杵去。

林丽美嘴里发出"嗷"的一声杀猪似的惨叫。我和王小勇都吓得一哆嗦，飞跑出去，跑到明晃晃的月亮地里。林丽美的惨叫还在继续，我的心怦怦直跳，命根子却竖了起来，像一个警惕性很高的战士，随时准备投入战斗。

林丽美半夜里跑回了娘家，哭号声和着泪水像月光碎了一地，那声音凄厉、悲伤，仿佛包含着比被遭遇强暴更深的奇耻大辱。几乎整个城里的人都被这哭声惊醒了。我和王小勇谁也没输，谁也没赢。

林丽美要和王大勇离婚，王大勇不说离也不说不离。林丽美的父母陪着她四处找领导告状，比起上次为了女儿抛头露面，他们明显又老了许多。他们似乎比女儿更经不起摧残，佝偻着身子，相互搀扶着，头发花白，泪流满面。

这婚当然离不成，因为王大勇是战斗英雄。

"他是屁英雄，他是个变态！"林丽美吼叫着。

"当初是你自愿的。"领导们都这么说。

林丽美去找"燕青"，要和他好。这个"燕青"很早以前曾经偷偷摸摸追求过她，自从王大勇介入后就自动地退出了。

"你说什么？不行，大勇哥会杀了我的。"他嗫嚅道。

"没出息，他一个残废你怕什么？你不是给我唱过'你的热情好像一把火，燃烧了整个的沙漠'吗？你的热情呢？你的沙漠呢？"林丽美叫了起来。

"我……""燕青"面红耳赤，忽然"嘭"地拨了一下琴弦，霍地站了起来，"正因为残废我才怕，你没听人说瞎的狠瘸的忍吗？"

"去你娘的蛋！"林丽美的嘴里平生第一次吐出这样的脏话。

林丽美从此下决心变成一个破鞋。她想到的第一个男人是她初恋时的男朋友，说男朋友其实也算不上，他是她高中时的班长，曾经抄过北岛的诗给她。那首诗她记忆犹新："卑鄙是卑鄙者的通行证，高尚是高尚者的墓志铭……"她喜欢这首诗，也并不讨厌那个男孩，可不知道为什么两个人没有发展。她再次找到那人时，那人已经是两个孩子的父亲了。妻子长年有病，他一个人既当爸爸又当妈，累得叽叽歪歪，胡子拉碴，不修边幅。她上门去表明心意，那个男人正抓着一把小米，"咕咕"叫着喂鸡，一听这话小米洒了一地。他先是没认出她来，最后瞪着一双牛眼看了半天，猛地爆出一句话："你可别吓我！"随即手忙脚乱地关上了大门。林丽美踩了两脚鸡屎，红着眼睛出来。

后来，林丽美又花了两个星期的工夫给自己从来瞧不上眼的崔大杂碎老师织了一件毛衣。第二天，崔大杂碎的老婆当着很多人的面把毛衣砸在她脸上："你这个不要脸的骚货，再敢勾引我男人，我豁烂你！"

功夫不负有心人，当林丽美找到"湿人"贪腥猫时，贪腥猫先是吓了一大跳，最终还是慷慨接受了。林丽美在他那里获得了平生第一次性高潮，腿上磨得青一块紫一块。早晨起来，贪腥猫心有余悸地说："妈的，你可真能叫！"

"怎么，怕人听见？"林丽美大大咧咧地说，"我都不怕你怕啥？"

"是呀，你都不怕我怕啥？"贪腥猫捏了一把林丽美的乳房，脸上乐开了花。

林丽美力所能及地和她认识的每一个男人做爱，服务社会，无私奉献。从政教主任到锅炉工，还有社会上的闲杂人等，少说睡了一个连。一个团支部书记眼睁睁地变成了一辆公共汽车，就连李珍也暗地里挑大拇指："奥雷啤酒，后来居上！"她说的是当时一个杂牌子啤酒的广告词，也就是我们在西关饭店里常喝的那种。苦兮兮的，没鸟意思。一天早晨，我迷迷糊糊中被母亲的哭声弄醒。趴在枕头上，听了一会儿，才明白是怎么回事。原来，我的风流老爸也上了林丽美的床。他还偷着把母亲的一条围巾送给了林丽美，没过两天，母亲和林丽美在街上碰巧走了个两碰头，母亲一把将那围巾从林丽美脖子上揪下来，扔在地上踩了又踩。

林丽美一点都没恼，反而"咯咯咯咯"地笑起来："管好你男人比什么都强！"这是她给我母亲的忠告。

我听见母亲愤愤地唾骂："这种破烂货你也上？真是饥不择食了你！从今往后，你一辈子也别想再靠近我！"

父亲当时装得倒是很老实，一副痛改前非重新做人的样子，可那遮遮藏藏的眼神分明在说：便宜不占白不占，反正不花钱。父亲表了一通决心，没事人似的出去了。这个不要脸的。当初他就是凭着一股不要脸的无赖劲，把我妈追到手的。听街坊邻居们说，我妈年轻那会儿是国棉总厂的"五朵金花"之一，又是技术员，称得上才貌双全，追求她的小伙子排成队，可最后她偏偏就选择了我爸爸。起因就缘于一件事，我爸爸在她宿舍门外雪地里站了一夜，确切地说来其实是半夜。那天我妈下夜班，十二点半和工友们一起回宿舍，我爸就等在门口，要和她说话。妈妈又羞又气，叫他滚他也不滚。妈妈和同事进屋躺下了，那家伙在外面不停地背诗背情书，什么"生命诚可贵，爱情价更高"，什么"我爱你爱得吃不下饭，想你想得睡不着觉……"，也不知道他从哪儿找来的，反正是肉麻之至。当时，整个宿舍楼的人都听得清清楚楚，女工们"疯子""流氓"的乱骂一气，可人家愣是毫不动摇，依旧我行我素。到了两点来钟，我妈终于撑不住了，推开窗子，哭着喊了一嗓子："明天再说好吗？我求求你了……"

"只怪我当初太善良、太幼稚，被他那副可怜相给骗了！现在我算明白了，他为了满足那个欲望，什么都做得出来。早知道我就让他在外面站到天亮，冻死省事。"母亲擦了擦眼泪说，"你爸，我早晚得跟他离婚，他是见了女人就走不动路，离开女人就活不成，可什么样的女人也别想拴住他那颗猴心！"

我没吭声。妈继续说："小威，我问问你，我要是和你爸离了婚，你跟着谁？"

我木然地回答："我谁也不跟。"

"我白养你了，真是一头白眼狼！"母亲霍地站起来，声嘶力竭地冲我大喊。

有一天，贪腥猫在大街上拦住了林丽美。

林丽美一看是他，笑了："怎么，想我了？"

贪腥猫回答："是。"

"你真是只贪腥猫，"林丽美说，"说实话，我也挺想你的，可惜我还有更想的。"

"你这是上哪里去？"贪腥猫打量着花枝招展的林丽美。

"去哪？"林丽美哼了一声，"你管不着。"

"你不能再这样下去了，"贪腥猫看看旁边没人，竟然一把抓起了林丽美的手，声音颤抖地说，"你这是坠落！"贪腥猫和临河城的很多没文化的人一样，把"堕落"念成"坠落"。

林丽美没防备，被他一抓，吓了一跳，使劲抖开他的手，骂道："神经病，我堕不堕落关你屁事？你说得那么冠冕堂皇，怎么到了晚上就不老实了？我来着大姨妈，你都要上！你不就想让我光和你自己上床？你想得美啊。身子是我自己的，我愿意咋使就咋使。你要敢在大街上剥光了腚给大家看，我就相信你是好心。你敢吗？你怎么不敢？黄鼠狼给鸡拜年！你让开不让开？你再不让开，我就喊了。来人啊，都看看贪腥猫挽救失足女青年了——"

林丽美说着，解开衣领的两粒纽扣，扯着脖子就喊。

当时，刚刚过了午睡时间，大街上陆陆续续出现上班的人。贪腥猫见势不好，撒腿就跑。

林丽美望着他的背影，"咯咯"地笑了起来。笑过以后，她又有些难受。她经历这么多男人，贪腥猫是和她做得最好的。有一阵，她甚至为此很迷惘：我是不是爱上他了？可一种执拗的本能由不得她就此多想，她记起自己的一位离过婚的姐妹说这样的话：你只要记住男人没有一个好东西，就永远错不了！每当她在男女关系问题上感到迷惘时，这句话都能让她豁然开朗。她默默地系好脖领的扣子，眼睛突然有些湿润，这眼泪真让她感到羞耻。

王大勇对林丽美的折磨更厉害了，每晚惨叫声不断。我想，他一定是把林丽美当成了越南妇女，当成了敌人。周围的街坊们都对这样的场景司空见惯了：林丽美满大街跑，王大勇拖着拐杖在后面追。可是终于有一天，林丽美非但没有跑，而是转身一头把王大勇顶了一个大跟头。这种事情按说不该发生，怪就怪在王大勇做梦也没想到兔子急了真会咬人。王大勇摔了个四仰八叉，林丽美一不做二不休，上前一步夺了他的拐杖，往膝盖上一担，咔吧碎成了两半。这下，不但是王大勇，在场的所有人，包括林丽美本人都大吃一惊。林丽美只是气急了拿了个架势，没想到拐杖会应声而断。其实，原因也不难找，王大勇成天拿着那根拐杖当刑具，那根拐杖早已是银样镴枪头。

自此以后，王大勇的英雄形象彻底倒塌了。

林丽美击败王大勇后过了没几天，贪腥猫突然找到了王大勇。吞吞吐吐了半天，才说出一句话：

"大勇哥，我想告诉你一件事。"

"什么事？"王大勇没好气地说，"是不是又有什么艳遇了？说来我听听。"

"我、我……我和嫂子好上了！"贪腥猫扑通一声给王大勇跪下了。

"你这是做什么？"王大勇丝毫没有心理准备，条件反射地赶紧去扶贪腥猫，"嫂子，哪个嫂子？"

贪腥猫痛哭流涕，就是不肯起来，王大勇这才明白过来怎么回事，脸色阴沉起来："呵呵，贪腥猫，本事不小啊。都说你有贼心没贼胆，我看你是吃了熊心豹子胆！"说着，举起拐杖就要打。

贪腥猫跪在那里没有动："大勇哥，想打你尽管打吧。我知道对不起你，可我是真心的。我是真心和嫂子好，我愿意和她结婚！大勇哥，你就成全我们吧！"

王大勇的拐杖举到头顶上，却又收了回去，端端正正地坐回椅子上："你说什么？结婚？呵呵！"

"是啊，结婚。"

"是你说的，还是她说的？"

"是我先说的。"

"她同意了？"

"她起先没同意，后来点了点头说：'行啊，行啊！'"

"行啊，行啊，"王大勇模仿着贪腥猫学林丽美说话的腔调，"她什么时候和你说的这个行啊？"

"好几个月前。"

"好几个月前？"王大勇咄咄逼人地问，"是不是在床上？你直截了当地说就行，我承受得住。"

在王大勇的再三鼓励下，贪腥猫终于嗫嚅着点了点头："是，是。"

"哈哈！贪嘴猫，真有你的！"王大勇点着贪腥猫的额头说，"床上的话你也当真？女人的话你也相信！你白读了那么多黄书，怎么反而成了十六七的纯情少年？脑子进水了吧？烧坏了吧？我这句话放在这里：她要是真想和你结婚，我头朝下走！贪嘴猫，我告诉你吧，女人全他妈的都是贱货。你只要记住这句话，走遍天下都不怕。你要不相信，刀山火海等你下！"

林丽美一边继续放荡，一边坚持四处告状，学校领导找她谈话。她叉开双腿，裙子里边什么都没有穿，她说："我这里已经成了无底洞了。"

"王大勇同志牺牲我一个，幸福十亿人，这么一点牺牲你就做不到吗？"据说这个问话的人也上过她，因此问得并不怎么理直气壮。

林丽美斩钉截铁地说："做不到！我宁肯幸福我一个，牺牲十亿人！"这话说到最后，变成了咬牙切齿。

"反动！"那人一拍桌子站了起来。

林丽美已经不教我们课了，学校里让她打扫卫生。听说，要不是看在她是英雄家属的份上，早把她开除了。

一天早晨，我看错了表，到学校早了一些。在校门口碰见了林丽美。她穿着一件肥大的劳动布衣服，披头散发，看上去足有五十多岁，我当时真没认出来。她正拖着一把大大的扫帚扫着地上的落叶，看见我，叫住我，问了一句："你说人死了之后真有灵魂吗？"

我记错了，她肯定不是这么说的，这是她教过的课文里祥林嫂说的话。反正，当时我吓了一身冷汗。她的一双眼睛，也真的像木刻的一般。鲁迅这个比喻太好了，用在饱尝辛酸的林丽美身上再恰当不过。

冬天就要到了，树叶越落越疾，仿佛所有的树木都在想：趁早落光了散伙，去他娘的蛋！一天早晨，林丽美死在一堆落叶当中，她的下身仍然没穿衣服。双腿中间那个口张着，一只老鼠正努力往里面钻。她的死无人问津。只有多情的"湿人"贪腥猫，"哭得比死了娘还痛！"说这话的正是王大勇。

五一节晚上十点多，纺织厂的几名联防队员，在厂职工宿舍区巡逻时抓到了一个偷女工内裤的贼，送到派出所里一通连打带吓唬，没想到竟然供出一桩大案。他竟然就是两年前强奸林丽美的真正凶手，他的住处居然还藏着林丽美出事时穿的那件红裙子的衬裙，只是上面的血迹已经暗淡。

这个当年的强奸犯，就是湿人贪腥猫。听到这个消息时，王大勇正在吃饭，手一抖，筷子掉在了地上。等他拾起筷子，王小勇看见他的眼圈红了。

"这家伙！"王大勇欲言又止，闭着眼睛摇了摇头。

而王小勇听到这个消息的第一个念头就是：赵义武要回来了！

就这样，林丽美死了半年以后，赵义武从监狱提前释放了出来。没有人为他遭受的不白之冤鸣不平，倒是有不少人偷偷笑他是个倒霉蛋。"浪子燕青"就说："连个屄毛都没摸着，白关了两年，天底下没有比这更大的冤包了。你看人家贪腥猫，吃了第一口鲜，又回锅了多少遍，算是享尽了屄福，死了也值得！"

不过，大家都对贪腥猫自己供出这桩案子感到迷惑不解。偷个裤头、奶罩，多大点事啊，非得自己往那火坑里跳？大家纷纷猜测想必是打怕了，到底是个孬种。只有王大勇对此一言不发。

我和王小勇商量了一下，决定去看赵义武，一是出于真心的歉疚，二是怕他出来找我俩的麻烦。

我们略备薄礼，以表寸心。一个西瓜，一挂香蕉，六只苹果。

赵义武还住在他家的那口老屋里，院子里杂草一人高，屋里黑咕隆咚，潮湿阴冷，活像一间坟墓。赵义武黑了、瘦了，长了络腮胡子，只有两只眼睛比以前更加有神。我们去时，他正在窗下磨一把菜刀，认出我们，冷冷地说："你们还有脸见我。"

王小勇说："瞧您说的，我们兄弟俩没少想你呢。是吧，刘小威？"

我也赶紧说："是啊是啊，大哥，冤枉啊，我还以为偷铁的事犯了呢。"

赵义武不耐烦地把手一挥："闭上你的臭嘴，我早就说过你是一个叛徒！"

"大哥，你这两年还好吧？"王小勇岔开话题。

"好，哼。"

他脱下裤子给我们看，我们都惊呆了。他的大腿根居然有一道伤疤。

赵义武告诉我们，在监狱里，犯这种事的人最不被人瞧得起。

"那个林丽美现在怎么样了？"赵义武问，"你们见着她，告诉她，我要对她先奸后杀！这几年，我做梦都想把她办了！这个婊子王八蛋！"

我和王小勇面面相觑，半天才说："她死了。"

我们没敢提林丽美和王小勇哥哥的瓜葛，生怕引发不必要的麻烦。

"死了？真的？你们骗我！"赵义武的眼睛死死盯着我们，我们不由得连退好几步。

我们惶惶道："是真的，死了都半年了。"

赵义武瞪大眼睛，下巴抽搐着，整个脸都变了形："死了半年了？她怎么能死呢！呜——"他一边哭，身子一边往下抽，最后"咕咚"一声昏了过去。

我们两个吓坏了，顾不上他会不会找我们报仇，舀了一碗凉水泼他脸上，他打一个冷战，醒了。醒了以后还是哭，抱着我们两个哭，把我们两个脸上都弄得湿漉漉的。

"我要日她！我要杀她！我要先日后杀她！"

好不容易等到赵义武平静下来，我们请他去西关饭店为他接风。我们两个提心吊胆，生怕赵义武掏出刀子或摔酒瓶子。

然而，赵义武出奇的安静。他吃光了所有的菜，喝了一瓶景芝白干，最后，脸光红红地说："行了，我们的事情一笔勾销了，我也不会再找你的麻烦，从此你们走你们的阳关道，我走我的独木桥。"

王小勇动情地喊道："义武哥，你好仁义！"

赵义武摆摆手，将褂子往肩膀上一搭，像个电影上的英雄那样头也不回地走了。

我和王小勇目送着他的背影离去，心里既轻松又有些说不出的滋味。我们不相信除了我们两个，赵义武还有别的朋友。当时他已经二十四五岁了，也没有找对象，整天和两个比他小七八岁的孩子在一起。他的内心一定很孤独吧。

听说第二天早晨，赵义武去了林丽美的坟墓，仿佛是为了确认她的死讯。林丽美的坟前野草丛生，赵义武埋头拼命拔了一阵子草，手都被划破了，似乎是想把死者认得更清。他扑在坟头上放声痛哭，惊动了几只乌鸦哇哇大叫着飞远。最后，他站起来，朝着坟上尿了好大一脬尿，这才罢休。那天他哭得脸都变了形，失魂落魄地从墓地回来，又去了西关饭店，独自一人喝得酩酊大醉。他把身上所有的钱留给柜台上，然后光着膀子拎着衣服跟跟跄跄地来在了大街上。应该说，赵义武在我们临河城从来都没混成过一个英雄，他向来独来独往，没有什么伙众。只有王小勇和我两名忠实的愚仆，徒有虚名地拥护着他。大街上的人们有的认出了赵义武，但没有一个理他，更谈不上畏惧。这可和别的从监狱里出来的人的待遇截然不同。想想看，赵义武在很小的时候糊里糊涂地打死了自己的父亲，后来又糊里糊涂地成了一名奸污犯。这说明他是一个十足的倒霉蛋，谁会怕他呢。

"哪里来的小子？竟敢在街上晃膀子？"有几个不认识他的小流氓上前拦住赵义武，扇了他一个耳光，踢了他几脚，他居然也没反抗。这正是：长江后浪推前浪，后浪把前浪拍死在沙滩上。俱往矣。

那天午后，初夏的阳光疲倦地挂在赵义武身上，他摇摇晃晃地来到我们常去的那个水塘边，纵身跳了下去。他向着那片深水区游去，那座小小孤岛上的野草如招摇的旗帜指引着他。他一个猛子扎了下去，水面像往常一样很快恢复了平静。树上的蝉也还在叫着。几天后，赵义武钻了上来，全身被泡得发白，一丝不挂，手上还戴着那只戒指。那只戒指黑铁一般黯淡无光。

听说赵义武的尸体浮上来那天，很多人都跑去看。可是，我和王小勇没去看，我们是听别人说的。赵义武的死使人们重温了一句老话——"淹死的都是会凫的。"那段时间，这句话在很多人的嘴上整天挂着。

论武功

当年，我最崇拜的人，既不是战斗英雄王大勇，更不是倒霉蛋赵义武，而是我爷爷。我梦想能和他那样整天无所事事，却又心安理得。我曾经不止一次发愁地问过他："爷爷，我怎么还不老啊？"

爷爷不止一次这样笑着回答我："傻小子，老了有什么好的？再说了，这世界上的事往往是'紧走走不到，慢走就来到'，别着急，慢慢就会老的，死也不用着急。"

爷爷看了一辈子仓库，后来让我爸爸接了班。退休以后，爷爷迷恋上了气功。他订阅了好几种气功杂志，天天对着上面的图表打坐入定。后来，他干脆把积攒了多年的退休金拿出来，要去千里之外的河北石家庄跟一位气功大师学习。据说，这位气功大师曾在长城上打过月亮，曾参与大兴安岭灭火，全国的弟子超过几十万人，他发过功的水能治百病，与他合一张影可保全家平安。

爸爸、妈妈和叔叔都竭力反对，只有我不知持什么态度。

爸爸说："五十不出门，六十不出里。你这么大岁数了……"

妈妈也说："您老人家安安稳稳在家里比啥也强。"

爷爷把眼一瞪："屁！"

叔叔说："我看你也别去了，就近找个师父先学着。"

爷爷再把眼一瞪："你咋也这么糊涂，当年要不是我带着你去四川，你从哪儿找这么好的媳妇？"叔叔不吱声了。

大家一生气，都不理他了，最后还是我骑着自行车驮着爷爷去车站送。路过学校前面的文化街，正有人在噼里啪啦地放鞭炮。硝烟散去，我认出了该死的王小勇。

"妈的，不过年不过节，放的哪门子鞭炮？"我一只脚撑在地上，守着爷爷，不敢太吊儿郎当。

王小勇笑着将手一挥，我看见他身后的门上贴着"开业大吉"的红对子，上面的招牌写的是，"战士游戏厅"。

王大勇正在忙着招待客人，看见我，难得露出笑脸："小威，带同学来玩呀。"

"哎！"我响亮地答应。

"快点，别耽误了。"我还想多说几句，怎奈爷爷已经开始催促了。

一个月过后，爷爷从石家庄回来了，带回一大摞书和磁带。虽然风尘仆仆，但精气神十足。他把大师的相片放大成十寸，挂在明堂上。还烧上香，摆上苹果。

"这个人死了？"

相片里的大师有四五十岁年纪，肥头大耳，红光满面，西装领带，挺胸阔肚，一副志得意满的样子，怎么瞅都和我想象中的世外高人相去甚远。

"你这孩子怎么说话呢，当然没死呀。"爷爷一听气就不打一处来。

"没死摆什么水果？"我暗自心想，"还不如给我吃了呢。"

爷爷每天早晨都提着录音机在公园里练功，起先是一个人，渐渐地越来越多的人跟他学。都是一些吃饱了没事干的老头老太太或养尊处优的老干部。爷爷穿着白底黑布鞋，白汗褂，周身一尘不染。老干部们亲切地和他握手，尊称他为刘老师。爷爷很自豪。晚上看本地电视新闻，他就指着那些一本正经开会的头头脑脑们，向我一一介绍："看见那个胖子了吗？他就是本县之长，是我的学员，多咱见了我多咱先打招呼；旁边那个白头发，是政协主席，有前列腺（炎），一会儿一上厕所；那个系红领带的，别看是卫生局长，最不卫生了，爱吃韭菜爱放屁；那个女的你别看她年轻，她已经五十了，最早是剧团的演员，演铁梅出身，老宣传部长，风湿病把她折腾坏了……"

我赶紧恭维道："爷爷，你认识的光大人物！"

"一般吧。"爷爷虚怀若谷。

听说我爷爷成了气功师，王小勇非常崇敬。他非要和我爷爷"切磋切磋"，我说肯定不行。他说你就问问他，行就行，不行拉倒。我耐不过他，自己也想看看爷爷的本领，就答应了。没想到回家和爷爷一说，爷爷连连摆手："荒唐，气功哪是干这个的？"

可是，王小勇还是给我爷爷下了挑战书：

刘老前辈：

定于明日午时登门拜访，切磋武功，敬请恭候。

飞龙大侠王小勇

"飞龙大侠"是王小勇自己给自己起的外号。这小子够狠的，愣是拿圆规把这四个字刻在自己的胳膊上，又刷了一遍墨水。这四个字就长在了肉里，亮出来煞是有派。

我爷爷像电影中那些武林高手一样，看了挑战书，先是一愣，随即哼的一声冷笑，把那张纸撕为两半。

我一高兴，觉着这事成了。

第二天中午，我爷爷旁若无事地和吕爷爷下棋。大敌当前，还能如此镇定，我不禁由衷地钦佩。视线模糊中，我爷爷那佝偻的身子越发高大起来。

就在两个人呵欠连天地推翻棋盘，准备各自回去睡午觉时。王小勇来了，用评书上的话来说就是小衣襟、短打扮，腰间束着武功带，还戴着黑色松紧护腕。

他一见我爷爷，就双手抱拳："刘老前辈别来无恙！"

我爷爷和吕爷爷同时吓了一跳："干什么？"

王小勇朗声说道："久仰刘老前辈上山学艺，得到过高人真传，特来向刘老前辈讨教一二。"

我爷爷说："我不会武功，小子你找错人了。"

王小勇笑道："您老谦虚，谁不知道您老每天早晨都在公园传徒授艺。"

"那是气功。"

"气功就不是武功了？"

"你懂个屁。"爷爷没好气地说。

"去去去！"吕爷爷也狗仗人势。

王小勇表现出很高的涵养，脸上依然挂着微笑："若刘老前辈胜过在下，王某甘愿拜刘老前辈为师。"

"别跟我一口一个前辈，听着别扭！"我爷爷把眉头一皱。

"好，我再说一句马上就不说了。"王小勇清清嗓子，"如果刘老前辈败在王某手下，请刘老前辈广为宣传，就说我飞龙大侠武艺高强，您老甘拜下风。"

我爷爷和吕爷爷面面相觑："这孩子没病吧？"

王小勇不耐烦了："刘老前辈，废话少说，请出招吧！"

吕爷爷附在我爷爷的耳朵上说了些什么，我爷爷没好气地甩了甩肩膀："扯淡！"

说着，我爷爷就向王小勇走过来。我也赶紧提醒王小勇："小心，我爷爷要发功了！"

王小勇不敢怠慢，一个马步站好，拉开架势。我爷爷走到王小勇近前，抬起右手，看样子是想给他一耳光。就听王小勇"嗨"的一声，左臂将我爷爷的右手架开，接着下边就是一勾，我爷爷扑通就倒在地上。吕爷爷半天才把他搀起来。

"刘老前辈承让！"王小勇又一抱拳，转身扬长而去。

"王小勇！王小勇！"我在后面追，他头也不回。我理解他的傲慢，电影上都是这样演的，也需要有我这么个配角。

"小兔崽子！我操你祖宗！"爷爷破口大骂，一点前辈的风范都没有。

爷爷虽然败给了王小勇，但照旧天天早起练功，传道授业解惑，乐此不疲。

有一次，省里来了个退休的大官，老干部局请我爷爷去表演。大热天午后，人家都在凉伞下扇着扇子喝着汽水。他一个人在太阳地里伸胳膊撂腿，晒得头顶流油。

表演完后，一阵掌声。领导们坐上小卧车去宾馆吃饭，回头对我爷爷说："老刘，你回去吧。"

我爷爷说："不急，等我收了功。"

我爷爷不紧不慢地在那儿收功，爸爸正好骑车从这里路过，目睹了这一幕，骂了一声："傻逼！"

爷爷一听，气得浑身打哆嗦："你说什么？"

我爸打下车子，大声说："你以为自己是个人物，人家把你当猴耍，这么大年纪了自己一点数都没有。不是傻逼是什么？"

爷爷怒发冲冠，抬起胳膊就想打，手扬起来却怎么都落不下去，紧接着就"咕咚"栽倒在了地上。

爷爷再也站不起来了，他指着我爸爸，对来看他的对门的吕爷爷说："我的功被这狗日的给废了。"

爷爷和吕爷爷是多少年的好朋友，爷爷中风以后，吕爷爷来得更勤了。爷爷不承认自己是中风，说是"练功出偏"。

吕爷爷嘿嘿一笑："什么狗日的，还不是你日的？"

爷爷一瞪眼："你这个驴圣。"

驴圣就是驴的阳具，吕爷爷大号叫吕绅，爷爷就管他起了这个谐音名字当外号。因为吕绅这个名字，他"文革"时被当成土豪劣绅没少挨批斗。

"刘老财！"吕爷爷也不甘示弱。

爷爷想反击，吕爷爷中指敲打着棋盘说："快走！"

两个人走起棋来才叫有意思，嘴里骂骂咧咧，互相瞧不起对方。

"要不，我让你个车马炮？"

"扯淡！我让你还差不多！"

"有本事你就和我换！"

"换就换！"

"操他来，你还真损！"

"我日，再损也不如你损！"

我喜欢看他俩下棋，两个人的棋都很臭，还都爱悔棋。记得爷爷腿脚还好的时候，有一次把吕爷爷的手拧了一个花："你放下不放下？"

"不放！"

"你放不放！"

"哎哟哟，疼死我了，你这个刘老财还真有劲！"

"哼，我这才使了三成功力，你要逼我使出十成功力，你就死定了！"

"不放就是不放，怕死不是共产党员！"

"哼，你多咱也不是共产党员。"

"你是？"

"我也不是，不过我是气功协会会员！"

"屁功协会！"

爷爷一听真急了，侮辱他不要紧，不能侮辱他所在的组织。我爷爷将牙一咬，开始发功。他一发功，吕爷爷就受不了了："刘老财，快别发功了，我的手都掉下来了。"

"你放不放？"

"你把我手松开，你不松开我咋放？"

爷爷把吕爷爷松开，吕爷爷夸张地抖了抖手，然后飞快地把棋子塞进了嘴里，咕噔一翻白眼。

"棋呢？"

"咽下去了。"

"你，"爷爷急了，"你咽下去也得让我弹两下。"

他们两个立下的规矩，谁输了，就让对方在自己的额头上弹两个栗凿。

吕爷爷哪肯认账，转身就跑。

爷爷吼道："站住，你往哪儿去！"

吕爷爷回头扮了个鬼脸："上厕所！"

"哼，懒驴上磨！"

"操你啊，刘老财，不上厕所咋把棋子拉出来？"

吕爷爷走后，爷爷瞅着棋盘说："娘的，少了个象！"

我问："吕爷爷真能把棋子拉出来？"

爷爷头也不抬地回答："能啊，他是头驴，啥拉不出来？"随后，他又一指棋盘，"来，你陪爷爷杀两盘！"

我只爱看棋不爱下棋，就说："少了子怎么下？"

爷爷随手从地上摸了一个酒瓶盖，扣在"象"那个位置上："这就是象。"

我还是摇头："我不和你下，我下不过你。"

爷爷瞪了我一眼，把那个酒瓶盖抹掉："这下行了吧？"

爷爷自打病了以后，就天天盼望着县领导们来看他，虽然腿脚不便但每天都坚持坐定吐纳。可是一个多月过去了，却没有一个领导来看他。他看着电视里那些天天大讲特讲的熟人，自我安慰道："都忙啊，倒不出空来呀。"他不放过任何新闻，仿佛不定哪位领导讲着讲着话就会冲着电视外头来一句——"老刘，你身体还好吧？我开完会就去看你啊。"

后来，倒是公安局来了两个人，全都戴着大檐帽，不苟言笑。他们是来调查爷爷所练的功的。他们把爷爷的书都没收了，并把大师的相片撕成了碎片。苹果滚了一地，我赶紧捡起一个咬了一大口，咬出半个虫子。原来，那个大师涉嫌坑蒙拐骗，在全国骗了几百万元，已经被逮捕了。公安局的人反复问爷爷教练功有没有收钱，爷爷倒不是没想过要钱，可有人给才是啊。爷爷所做的都是义务的。爷爷指着电视里的人说："不信，县长可以给我作证。"

警察嘿嘿一笑："县长知道你是谁？"

公安走后，爷爷伤心得大哭一场。

就在爷爷生病的那个当口，爸爸和妈妈离了婚。他们为啥离的婚，后面我再说。离婚后，爸爸就不在家住了。爷爷不能动，妈妈也没地方去，还得生活在一个屋檐底下。

说起来，我妈是一个很孝顺的媳妇。这一点我不否认，比起我爸，她对我要好得多。爸爸撒手不管了，爷爷就由我妈来照顾。吃喝拉撒，面面俱到。现在想想，她那么甘于忍辱负重，可能是因为对我爸爸还心存幻想，可这幻想最终是会破灭的。

生理卫生课讲到"生殖泌尿系统"那一章时，我们都聚精会神，屏住呼吸。没想到，那个戴眼镜的死中年女教师却来了这么一句："这一章大家自习就行了。"

半年的期望一下子落了空，我那兴奋的小弟弟顿时就蔫了。

王小勇的课本和我的一样，那几页翻得都脏了。他还用碳素墨水在上面的插图上画了一气，我问他画的啥，他回答："胡子。"

"胡子？不对吧。"

"下边的胡子。"

我捂着怦怦乱跳的心："女的也长胡子？"

"长！"他斩钉截铁地点了点头。

"你见过？"我的心简直要浮了上来。

没等王小勇回答，一颗粉笔头落到了我的鼻子上："不许说话！"

"我当然见过。"下课后，王小勇回答了我刚才的问题。

"你见过谁的？李珍？"

"李珍？不是，"他把头摇得像拨浪鼓，"她是个白虎。"

"什么叫白虎？"我皱着眉头问。

"白虎就是——"王小勇欲言又止，把手一摆，"算了，不和你说了。"

"不说就不说。"我有些生气。

"反正谁要是和白虎办那事，谁就没好下场。"王小勇说。

"你这些知识从哪里来的？"我越发好奇了。

"听我哥哥说的。"

"你哥哥？他不是战斗英雄吗？"

"战斗英雄怎么了？"他白了我一眼，"战斗英雄才见多识广！"

上课铃响的时候，我忽然想起了刚才没问完的问题："你还没说看过谁的呢？"

"什么？"王小勇一愣，随即就露出一副故作高深的笑容，"不能告诉你。"

给爷爷日常护理、洗澡变成了我的事，我很不乐意干，又不得不干。热气腾腾的澡盆里，爷爷衰老的躯干仿佛一棵枯树干，散发着一种奇怪的味道。这气味让我想起那具千年古尸，我知道这是死亡特有的味道。爷爷的那玩意真丑，浮在水面上，简直叫人可怜，我对自己的身体也产生了一种由衷的厌倦。

人们常说越老了越怕死，这话一点不假。爷爷总是哀叹去日苦多，一次小小的伤风感冒，都会令他心惊肉跳。每当我父母吵架，他总是说："你们好好的日子不过，还要死要活的！你们不知道，只要活着就好！"

"活着有什么好，活着就是受罪！"爸爸抢白道。

爷爷叹口气："死了连受罪都捞不着呢，只要活着就好！"

有一次，爷爷的神经性头疼犯了。他自觉离大去之日不远了，就把全家都叫到身边，交代后事。

为了止疼，爷爷头上包着一块毛巾。他首先进行了一番忆苦思甜，从日本鬼子、解放战争一直说到文化大革命。他说从他记事起，从来没有这么太平的时候，以此提醒我们珍惜当前来之不易的幸福生活。

爷爷说："我想好了，我死以后把我所有的财产都捐给国家。"

爸爸没好气地说："你快歇着吧，国家不缺你那点东西。"

"国家缺不缺，是国家的事，捐不捐是我的事。"爷爷的态度很坚决，他冲我招了招手，"小威，你记记。"

我应了一声，取来纸笔待命。

爷爷扳着指头开始数："棉衣一箱、单衣两箱、棉鞋三双、单鞋六双、双卡录音机一台、宝石花袖珍收音机一台、磁带三十六盒……"

我正一笔一画地记，爸爸一把将纸抢了过去，揉成了一个团："记个屁呀，净鸡毛蒜皮。"

妈妈也说："就不要数了，我们保准一件不留。"

随后，爷爷又总结回顾了自己平凡但革命的一生。他引以为豪的是这么多年的风风雨雨，自己从来没有被一次运动所伤害，而他的同龄人中家破人亡的数不胜数。他将这归功于自己行端影正。

这时，他的大儿子又插话了："你就一个普通工人，多咱也运动不着你！"

"你能不能不插话？"爷爷生气地看了我爸一眼，继续说，"我晚年来，积极发挥余热，做得最大的一件功绩，就是给老二找了一个好媳妇。"

这时，我看见婶婶脸一红，低下了头。接着，爷爷就开始讲他的四川之行，刚讲了一个头，就被叔叔打断了："行了，说点别的吧。"

爷爷愣了："那我接下来说啥？老大，你说说。"

爸爸乐了："我哪儿知道您老人家说啥？"

"想起来了，"爷爷看看爸爸，又看看我妈，"我想起来了。我最不放心的就是你们俩了，你们别以为什么事都不和我说，我就什么都不知道。告诉你们，我的心里明白着呢。刘解放，"他叫着我爸爸的大名，"你那个毛病我知道，爱往女人堆里钻。从来都是家花不如野花香，可野花带刺害人多……"

爸爸一听，站起来就走。

爷爷说："你再也找不到像秀丽这么好的人了，癞蛤蟆吃天鹅肉还不知道珍惜！"

妈妈红着眼睛也走了。

爷爷叹了一口气，这时他的身边只剩下我一个。他招呼我到他跟前，像是下了很大的决心才说出口："小威，金无足赤，人无完人，爷爷也不例外。"

我心里一愣，不知道爷爷想说啥。

"虽然我这一辈子走的都是光明大道，但偶尔也有犯错误的时候。有一件事，爷爷一直埋在心里，从来没跟任何人说起过。爷爷的日子不多了，憋在心里实在难受，我想来想去，准备把这件事情告诉你。但是，你得答应我，不能说给别人，包括你爸、你妈。"

"什么事这么神秘？"望着爷爷严肃的表情，我不由好奇心切。

爷爷还是说："你得答应我的条件，我才能说，这可关系到爷爷一世的英名啊。"

"爷爷您放心就是了，"我叫起来，"我要是说出去，出门让车把我撞死！"

爷爷一听不高兴了："小孩子别胡说八道！"

"哦，对不起，爷爷，我是说着玩的。"我自知说错了话，连忙道歉，"爷爷，您放心我绝不说出去就是了。"

爷爷点点头："好，我相信小威。小威，你还记得去年闹流行性痢疾，有一封传播迷信的信吗？我就是那个海内神叟！"

"啊？"我惊叫起来，"那个张天师的药方呢？"

"哪有什么张天师？"爷爷哭丧着脸，"都是我自己编的……"

那一刻，我想自己的眼睛大概都圆了。亲爱的爷爷，你知道我有多崇拜你！

小玲玲把我拴在门把上，给我穿上一件黑色的紧身衣服。这衣服我在马戏团见过，清凉的尼龙，绷在身上，像又一层皮肤。

"你爸爸和我妈常做这事。"她说。

我不想直接说出来，从小玲玲的这句话里，你就听明白了。我爸爸娶了她妈妈，我和小玲玲成了兄妹。这简直是一夜之间发生的事情。我和小玲玲差点就成了《血疑》里的幸子和光夫。这是大人们之间的事情，我们弄不懂。就像王小勇经常挂在嘴边的一句话："大人比小孩流氓得多！"

"他们也喜欢捆绑游戏？"

"不，他们更喜欢办事。"小玲玲说着，在我的脖子上咬了一口。我疼得一哆嗦，眼里却涌出了幸福的泪。

话说有一天晚上，小玲玲洗澡出来，我爸爸那个老不正经在她屁股上轻轻捏了一下。小玲玲当时没反应，却把这个告诉了任红梅。晚上，小玲玲听见隔壁传来了吵闹声。我爸爸对天发誓不是真的，任红梅在骂在哭。小玲玲情不自禁地笑了。

那天下午，小玲玲第一次当着我的面脱了衣服，她的皮肤白皙富有光泽，乳房和屁股都很小、很翘，双腿羞涩地紧闭，夹着一丛淡淡的绒毛。我血往上涌，面红耳赤，说话的声音也颤抖了："小玲玲，你知道什么是白虎吗？"

"白虎？你听谁说的？"

"你就别管了。"

"听说过，"她双手托着自己的乳房，转到我身边，"它美吗？"

我猛地抱住她，想把她摁倒。她用力反抗，对着我的脸来了重重一巴掌。我愣了一下，随即又扑过来。

"刘小威！"她抬起脚尖踢我的胯下，我哎哟一声捂住那里，跪倒在了地上。

她有条不紊地穿好衣服，拉开门走了出去。

"不要碰我。"她说。语气平静中透着无法抗拒的威严。我的喉头发紧，滚过几声干涩的呜咽。

冒名者

瘟疫风波过后，临河城又恢复了以往的安宁。郑伯伯上门把他家的钥匙交给我妈妈保管，他要出门找儿子。

"世界这么大，你到哪里去找他？"我妈妈问。

"他再跑也跑不出这个世界去，"短短一个多月的工夫，郑伯伯的头发白了一半，"我在家是一会儿也待不住啊。我就这一个儿子呀，呜呜……"说着说着，这个虎背熊腰的大男人捂着脸哭了起来。

"哎！"我妈嘴唇动了动，最终没说出什么。

日子随着落叶飘散，秋去冬来，北风渐紧。我偶然会想起郑成，心里爬满了惶恐不安。我总觉着他的出走，自己负有责任。如果我能对他好一点，也许就不会这样了吧。如果我跟他一起走呢，那会怎么样？我想都不敢想。

冬至那天夜里，下了那年的第一场雪。雪从绛紫色的天穹里漏下来，哗啦哗啦，密密麻麻。早晨七点多钟，一大一小两个不速之客突然出现在临河城的大街上。他们刚刚下了火车。两人都风尘仆仆，衣衫褴褛，一眼看上去就像一对落难的父子。

我们正在吃饭，这时外面有人敲门。

我妈去开门，我听见她问："你找谁？"

"是我，郑老大，我来拿钥匙。"

"啊！是你，我都认不得了，你回来了？"

"回来了。"

我妈连忙把他让到屋里，郑老大满身满脸都是灰，胡子眉毛老长。

"瞧你这副模样！"妈妈看了看他身边那个孩子，愣了，"这是？"

"这是郑成啊，你不认得了，找回来了，呵呵。"说着，郑伯伯揪了揪那个孩子的袖子，"快叫阿姨。"

"阿姨。"那个孩子口齿十分的伶俐。

"啊……啊？"妈脸上的表情变了好几变，最终堆起了笑容，"啊，郑成啊，回来了，回来就好啊！"

爸爸也说："好好，是财不失，是儿不散。"

"郑成回来了？"我从房间里跑出来，愣在了那里。

这个男孩个头、模样确实和郑成有些相似，但比郑成长得要漂亮，特别是一双眼睛仿佛会说话，只是又黑又瘦，头发打成绺，浑身脏兮兮。他歪着脑袋看我，目光流丽而狡黠。

"小威，从前你们不天天在一起玩吗？"郑伯伯捅了捅那孩子的肩膀。

那个孩子猛地抓住我的手，嘿嘿笑了起来："刘小威！"

他奇怪的口音我吓了一跳，我却不敢说不认识他。

"听说郑老大把儿子找回来了？"

这个消息很快传遍了全城，但紧随其后的另一个说法比前面那个消息传得更快，而且很快就把前一个消息覆盖了——"那个孩子根本就不是郑成！"

人们蜂拥而至，都想看看这个郑成的真伪。郑老大似乎没看出大家的来意，忙不迭地端茶倒水拿糖果，脸上始终乐呵呵的。

"真是个好事啊！"人们脸上挂着笑，眼睛却瞅着那孩子。

这个郑成也真是好样的，脸不红心不跳，该叫啥叫啥，只是口音怪怪的。

"这孩子的嘴变巧了！"

"就是黑了，呵呵。"郑老大说。

"说话……"有人说了一半就不说了，等着看郑老大的反应。

"在外面学饶了，别说是孩子了，就是大人天南海北地跑，口音也变饶。前街磨房刘家的小儿子，在北京上了两年大学，说话一口京片子呢。呵呵。"郑老大坦然大方。

"哈哈！"大家都笑了，"就是，就是。"心里却都暗笑，人家磨房刘家的儿子是北京大学生，你这不知道从哪里捡了这么一个野种，还当成宝贝！

没过多长时间，全城的人都知道郑老大认了个假儿子来。但没有人敢当面戳穿他，因为谁都知道郑老大的倔脾气。但是，人们都在背地里嘲笑他，管他叫"大傻屌"。

我们那里的人实在粗鲁，没办法。

腊月二十三过小年，晚上爸爸请郑伯伯过来吃饭。他们两个喝得都不少，我爸爸是贪杯恋酒，郑伯伯则是心情不好。

他们边喝边拉呱，说到郑成时，郑伯伯终于吐露了实情。他说他跑了很多地方，都没见到儿子的影子。在东北沈阳火车站，一个讨饭的孩子突然抱着他的腿，管他叫爸爸。

郑伯伯学着当时的场景："他突然抱着我的腿，扑通跪下来，哭着说：'您快带我走吧，我上您家去，我给您老人家当儿子！'寒冬腊月的天，连件棉衣都没得穿，手和脸上都是冻疮。"

看着他那么可怜，郑伯伯就把他带回来了。从此，这个孩子就成了他的儿子。

"也多亏了这孩子，不然我还不知道能不能回来呢。"说到这里，郑老大的眼泪瀑布似的往下流。

放学了，郑成背着书包跟在李珍后面问："听说你是白虎？"

当然，这个郑成是那个假郑成了。他长得个子很高，模样很英俊，很多女孩都喜欢他。可惜，他是个彻头彻尾的流氓。

"放你娘的屁！"李珍毫不含糊。

郑成只是嘿嘿一笑："我娘早死了。"

一天早晨，在学校食堂门口，郑成给李珍买了两个烧饼，李珍送给郑成一盒云门香烟。我们都看见了，从这开始，他们两个有了外号。郑成的外号叫"一盒烟"，李珍的外号叫"两张饼！"

"两张饼，一盒烟！"难怪当王小勇看见李珍和郑成在一起，也挑起大拇指，"般配！我甘拜下风。"接着，他又问我："你知道他们两个为什么能成吗？"

"为什么？"

"李珍是白虎，郑成是青龙，青龙白虎正好一对。"

"什么是青龙？"

"你这小子，生理卫生怎么学的？"

我说："生理卫生课本上没有。"

"没有？没有的多了。"王小勇不屑地把嘴一撇，就是不肯告诉我。

别看王小勇懂得这么多，可他的生理卫生考试却考了个零蛋。"静脉""动脉"，他答成了"任脉""督脉"，五脏六腑里心、肝、肺都落下了，却多出了丹田。他还自作主张地在五官图上两眼中间的位置，又画上了一只竖眼，标注道："天目。"

他拿着满是红叉的试卷唉声叹气："可惜不考穴道，考穴道我就考第一了。"

他常常捏着我的手掌心说："这是劳宫。"拍着我的头顶说："这是百会。"趁我不备，又掏了一下我的裤裆："会阴！"

"丹田在哪？"我问。

"脐下三分！"

打败了我爷爷之后，王小勇开始自学气功。他每月初都到报刊亭买《气功》《气功与科学》等杂志。有一天，我去买《少年文艺》正好碰上他，就奚落了他一句："你也成书呆子了？"

王小勇一笑，神神秘秘地对我说："我的小周天就要通了。"

"什么是小周天？"

"不和你说了，对牛弹琴。"

"你和我说，这个小星期天开了有什么好处？"

"什么小星期天？是小周天。"

"不管什么天了，你先和我说说有什么好处。"

"小周天开了，你就想看什么就看什么。比方说隔着抽屉就能看见里面，隔着衣服可以看见身子。"

"隔着衣服可以看见身子？"

"那是自然，"王小勇说，"想看什么就看什么。"

这些我爷爷可从来没说过。

爷爷瘫痪以后，叔叔伐了院子里的那棵榆树，给他做了一架轮椅。这架木制轮椅，全身没用一只铁钉，刷上桐油，晶莹剔透，简直就是一件艺术品，见者无不为之赞叹。上等的桐油散发出甜蜜的香气，引来了西伯利亚一百万只蜜蜂，把整个天空都遮蔽了，它们留下的蜂蜜整个临河城吃三年也吃不完。最妙的是叔叔还在轮椅上设计了发条，拧三圈刚好走一百米，时速大约在五公里左右。叔叔说不能太快，快了人受不了。我问要是最快能多快，叔叔笑笑说："和火箭一样快！"

"我的天啊，"我一蹦多高，"那不把爷爷一下子发射到月亮上去？"

叔叔微微一笑："可不咋的？"

城里的记者们听说立即赶到，又是采访，又是拍照，最后写了一篇文章：我县青年成功研制出木牛流马。这条新闻很快就随着新华社的电波传遍了五湖四海。爷爷坐上轮椅，鹅毛扇一摇，俨然就是《空城计》里的诸葛亮："我本是卧龙岗上散淡的人，凭阴阳如反掌保定乾坤……"

正像爷爷时常感叹的那样："龙生九种，个个不同。"叔叔虽然和我爸是亲兄弟，但他和我那好色无耻的爸爸截然不同。他善良淳朴，做事认真，心灵手巧，多才多艺。小时候，我的玩具都是叔叔做的。我印象最深的是一只万花筒，用手轻轻往左一转，看可以看见海底的珊瑚林；再往右一转，可以看见天上的银河流光飞舞；三一转可以看见草原小姐妹；四一转可以看见星球大战；五一转——再转它就会爆炸，变成一枚定时炸弹。你不信吗？你还见过呢。你不小心摔碎了，我哭了很长时间，最后，你赔了我一块收录机上的磁铁。我把磁铁放进沙堆里，再挖出来上面长满了黑头发。你把那些铁屑放在纸上，将磁铁放在纸下面，吸引着铁屑跳舞。铁屑变成了一个小黑人，伸伸胳膊踢踢腿……"

叔叔是粘知了的高手、摸知了猴的高手。知了猴就是知了的幼虫，虫卵伏在地下三年才能长成幼虫，夏天的傍晚，幼虫从洞里钻出来往树上爬，天亮就蜕变成蝉。天将黑不黑的光景，叔叔拿着手电筒，往树林一转，能摸二百多只。扔在咸菜缸里一腌，再用油一炸，真是香呵。后来我走南闯北，发现很多地方都不吃这东西，任由它变成知了，真可惜。

我缠着叔叔讲故事，他讲来讲去都是那个仙女或妖精的故事。一个猎人扛着枪进了森林，突然听见头顶上有人在笑，抬头一看，一棵大树上有一个妖艳的女人，猎人知道这是妖精，举起猎枪就是一枪："砰！"烟雾散去，再看那树上，什么都没有。叔叔讲到这里就不讲了，微笑着看着我。

"然后呢？"

"没有然后了。"

"这就完了？"

"对啊。"

"这怎么就完了呢？"我满以为接下来会说那个妖精是什么变的。可是，却什么都没有了。

"我不是说了嘛，一枪下去，什么都没有嘛。"

我泄气了。现在才知道，这是多么好的故事啊。说没有就没有了，什么都没有了。

叔叔教我下象棋，我学了一半就自以为学会了，跑出去教王小勇。不懂得将，拿起对方老将来就吃，被我爷爷看到了，他说这棋还活，支了个"士"就化解了。我理直气壮地说："该我走，为什么不能吃？"爷爷既好气又好笑："谁教的你这样？"我说叔叔教的。爷爷说："怪不得，你不要跟他学了，他是个臭棋篓子。"叔叔的棋臭不臭，我说不上，反正我从来没赢过他。

叔叔最出众的，还是演奏手风琴。"文革"期间，省里有一位下放的音乐家曾经在我爷爷家短暂寄宿，每天晚上，他那悠扬的琴声都引得半街人来。叔叔是最痴迷的一个。一位姑娘爱上了这位音乐家，他们在我家屋后的树林里有了美好的交往。没过多久，这个姑娘怀孕了，事情一败露，音乐家就被抓走了。那位姑娘听说这个消息，立马就上了吊。这事在当时太稀松平常了。

音乐家走了，手风琴却留了下来。叔叔拾起那架手风琴，无师自通地来了一段《天女散花》。我爷爷惊呆了，半天才明白过来。随后，抢过那把手风琴就往火塘里扔。叔叔不顾一切地扑上去，双手伸进火塘，把手风琴救了出来。手风琴的一侧烧焦了，我叔叔的双手也烧伤了。爷爷心软了，叹息着，拿出自制的烫伤药给叔叔抹上，一边说："你看看那个家伙的下场，就知道这不是好玩意！"

叔叔抬起闪烁着泪花的眼睛，执拗地喊道："我不管！"

从此以后，叔叔拉得更痴狂了。

城里的人知道我叔叔这样子，就给他起了一个绰号："贝多芬。"

我们来到大街上。天空依旧是乌七抹黑的，看不出放晴的迹象。风不大也不小，刚好能吹乱我们的头发，使我们感到一点微冷。坑坑洼洼的路面上到处是明晃晃的水洼，汽车溅得满街都是泥。落叶铺满了人行道，踩上去很脏。人们都换上了长袖衣服，个个脚步匆匆。这样湿漉漉的天气，谁会像我们一样这么有闲情逸致？我和王小勇在破破烂烂的街道上东游西逛，如同两个外来的观光客。那时候的夏天总是漫长得让人心里发慌。

"没鸟意思，再见！"吃完一只冰棍，我们分道扬镳，各自回府。

夏天的漫长中午，我躺在床上，闭着眼睛开始按照王小勇教我的办法冥想。我的眼前起先是一片黑暗，渐渐地变成了一片雾，雾气越来越明亮，越来越透明，雾后的东西脱颖而出。

我看见我爸爸和任红梅在做爱。我爸爸又瘦又黑，任红梅又白又胖。两个人叠在一起，像一个汉堡。我努力想看清中间夹着的部分，可惜他们夹得太紧，我什么也看不见。

我看见小玲玲光着身子躺在隔壁的床上。自从小玲玲给我看过她的身体以后，一闭上眼睛，它就会出现在我面前。一种从未有过的美妙感觉，从内心深处冉冉升起。我感觉自己飘飘然就要飞起来了，又似乎要和她一起沉入神秘的谷底。醒来的时候，两腿中间湿漉漉的一片。

我跳到厕所里洗澡。这时候，母亲的房门突然开了一条缝，一个男人从里面溜了出来，蹑手蹑脚地打开走廊的门，影子似的飘了出去。

我吓了一跳，打了一个哆嗦。那个人的脸我没看清，只注意到他的耳朵后面有个葡萄干大小突起的肉柱。

我洗完澡回到自己房间，隔着门缝看见我妈从她房间里出来，也进了卫生间。妈洗了好长时间，出来时双腮通红。

从那以后，我留心观察。这个长着肉柱的人常来，每次来了待半个来小时就走。有几回，我还听见人只有藏在被子里才会发出的那样的咳嗽声。

那段时间，我满城里寻找耳朵后面长肉柱的人。电影院门口相面的先生告诉我，这叫"拴马桩"，是大福大贵之相。我问他，这样的人多吗？他沉吟片刻，摇摇头："我三十年来就见过三个。一个早已作古，一个去了美国，一个现在中央！"

我一听就知道他是在胡言乱语，钱也没付，扭头便走。

我像个便衣警察，穿过狭窄拥挤的市场街，穿过那些水果摊子，穿过苍蝇云集的咸菜铺，搜寻一张张陌生的面孔。我没看见那个长肉柱的人，却看见了王小勇和小玲玲。

　　他们站在一张台球案子旁边吃雪糕，有说有笑。远远看上去，像一对金童玉女，别提多般配。

　　他们看见我出现，脸上的表情都很不自然。他们为什么不自然呢？

　　"刘小威。"小玲玲的声音分明在打颤。

　　王小勇讨好地说："刘子，你吃吗？我再去买一根。"

　　"不吃。"我冷冷地从他们两个中间穿过，小玲玲手里的雪糕触到了我的脸。像一个冰冷的吻。这支雪糕曾经在她舌头底下……我心乱如麻，只想一死了之。

　　"要不，我们来两杆？"王小勇抓起一根台球杆，扔过来。我没接，球杆顺着桌案划到了地上。

　　"我和你打，别理他，小气鬼！来，开球！"小玲玲提高了声音，她是故意想气我吗？我的泪水在眼圈里直打转。

　　晚上，小玲玲来找我。我不理她。

　　"至于吗，不就是一支雪糕吗？"

　　"不就是一支雪糕？哼，鬼才相信。"

　　她瞪起眼睛："刘小威，你把话说明白，什么叫鬼才相信？"

　　"谁知道我看不见的时候，你们干了些什么？"我吼起来。

　　"你！"她的眼里涌出了泪水，"你怎样才能相信我？"

　　"你要我相信吗？"

　　"你不相信，我证明给你看！"

　　证明？我还没反应过来。她背过身去，开始脱衣服。她脱去外衣，露出一副武装背心似的小玩意。接着，她开始脱裤子，我感到浑身的血往上涌。她三下两下，把自己剥得精光，像一段葱白，转过身来："过来呀！"

我定定地站住我。她一下子抱住我，我感觉天旋地转。我们摔倒在床上，她在我耳边说："我还是个处女，不信你试试。"

我想起曾经听王小勇说过，处女第一次会流血。又是王小勇，我不想提他，我愿意自己在实践中摸索。可是，我的头被一阵馥郁的香气熏得窒息，渐渐失去了知觉。

我醒来时，小玲玲已经走了。我一个人躺在床上，慢慢地我明白过来，小玲玲根本就没有来。是我做了一个梦，可是这香气还在，是怎么回事？

我得好好问问她。

爷爷坐上轮椅没几天，父亲上门来了，带着一包野山菌，一包茶树菇，鼓鼓囊囊的，像腰间缠着两个炸药包。原来，他去武夷山出了趟差，顺便带了几包野味回来。

"这样更好，不用再到处丢人现眼了。"父亲嘿嘿一笑，"茶树菇炖仔鸡，大补！"

爷爷冷冷道："难得您老人家这么孝顺，留着您自己补吧。"

妈妈刚好上班去了，不在家。爸爸拧了拧门。妈妈的房间里很整洁，可是爸爸用力吸了吸鼻子。然后，他把我叫到一边："小威，你妈是不是给你找了新爸爸了？"

"没有啊。"

"没有？不对，"他再次掀动鼻子，像一条狗，"我怎么闻到一股腥味？"

"什么腥味？"

"不和你说了，"他把手一摆，"我走了。"

随后，到我爷爷屋里张了一眼："爸，您老人家好生养着，我走啦！"

爷爷鼻子里哼了一声，眼皮也没抬。

爸爸临走时，又对我叮嘱道："小威，你看好你妈。"

"她还用我看吗？她是大人！"

"你小心她给你找个后爸回来，天天打你骂你，就有你好看的了！"

这个倒是我没想过的，"他敢！"我接着说，"你都娶了媳妇了，还管我妈干什么？"

"你！"爸爸被我问了个干瞪眼，半天才拍了拍我的肩膀，拿出一副称兄道弟的样子说，"你设身处地地想一想，假如你媳妇跟别的男人上了床，你难受不难受？"

父亲居然对我说这样的话，他忘了我是他儿子，真是无耻啊。我忍无可忍，恶狠狠地说："滚！"

爸爸吓了一跳，放在我肩膀上的手像一只青蛙似的蹦走了。他后退了两步，上下打量着我："好小子，长大了，是长大了！"然后，冲我挑起了大拇指。

爸爸走了，我心里很难受。不是因为他说我妈和别的男人上床，而是因为我想起了小玲玲。她如果和别的男人上床，我一定会心碎的。

我这样一想，就感觉自己的心一点点地裂开了，像一堆泡碎了的饼干，把胸腔撑得满满的。仿佛被电击中，我嗷的一声尖叫，拽开门跑了出去。

外面烈日如毒火，空气随时准备爆炸，树梢像点燃的药捻子，哧哧地叫着，冒着火花。街道在我失魂落魄的狂奔中变得倾斜起来，像簸箕里倒出的米。我闷头狂奔，我不知道能跑到哪里去，只是想发泄。我心里难受啊。我发疯般的难受。要是你爱过一个人，你就能体会我是什么感受。我跑得上气不接下气，几乎被汽车撞飞。即使被车撞中，我也是心甘情愿的。我难受啊。我跑出繁华的城中心，跑到南门外，一汪碧水拦住了去路，我二话没说就跳了下去。水接纳了我，水淹没了我，水抚慰了我，水无微不至……我缓缓沉向幽深的水底，像一具死不瞑目的千年古尸。摇曳的水草，是我挥别的衣袖。我看见岸上的人们在没有我的世界上幸福地生活、工作、学习，亲嘴做爱，繁衍生息。我早就该意识到，自己对于这个世界可有可无，那我何苦还非要去爱什么人呢？

透过玻璃般透明的水面，我看见父亲坐在护城河边钓鱼，甩开银光闪闪的丝线，甩下金光闪闪的鱼钩。鱼钩上挂着穿纱裙的小玲玲，她那样小巧玲珑，像一枚钥匙坠，她冲我微笑，冲我飞吻。于是，我挺身游了上去，怀着蜜一般的仇恨一口将她吞了下去。我感觉从未有过的充实，我想，我是满足的，我是幸福的。再没有谁能把她从我身边夺走，她只属于我。我折下一棵芦苇，想剔掉牙缝里的丝线，但试了半天都没有成功。这时，丝线在收紧，我拼命挣扎，那边的力量很大，我身不由己，最终被拖出水面，我听见人们在欢呼："上来了，上来了！好大一条鱼！"我躺在地上，眼前又出现了乳白色的雾气，像冬天的早晨。什么都看不清，什么都不真实。我感到一张热乎乎的脸贴到我的脸上，我听见一个粗鲁的声音在呼唤："小威，小威，你醒醒！"接着，是一个女人的哭腔："小威，我的小威！"我的脑海像散了戏的会场，一些人影晃来晃去，像一个个提线木偶。我在想：小玲玲呢，小玲玲呢？我正想喊，一团软绵绵的肉乎乎的东西堵住了我的嘴，一股臭气从牙缝里钻了进来，我的胃里一阵痉挛，险些吐出来。我随后明白了，是父亲的嘴巴，他在帮我人工呼吸。他吹两口，吐一口，同时还按着我的肚子，喊着："一二一，一二一……"我的胃里翻江倒海般的难受，终于坐了起来，一侧身"哇呀"大吐起来。我知道自己是被父亲的恶臭熏吐的，而别人还都以为是他的人工呼吸起了作用，齐刷刷地欢呼起来。

我吐出了一些小鱼小虾，吐出了一只不知什么人掉了的金牙，吐出了一个封着口的玻璃瓶子，里面装着一张纸条。父亲把小鱼小虾拾到筐子里，当作自己的战利品。母亲赶紧捡起金牙用自己的牙咬咬，随后满意地把它放进自己的口袋。我拾起瓶子，拔开瓶塞，一团香气扑面而来。我把那张小纸条取出、展开，上面写着八个字："海枯石烂，永不变心。"我的头脑一阵晕眩，我感到自己没有白活，为了这一刻我死也值得。为了这句话，我九死不悔。过去发生的一切都已过去，只有我爱你，你爱我，我们生生死死爱下去。我的眼泪滔滔不绝地流了出来，湿了一地。它流啊流，流成一条小溪，周围的人们纷纷躲避，只有我溯流而上。幸福的眼泪流啊流，爱情的眼泪流啊流，直流到小玲玲脚下。你掬一把洗洗脸吧，你脱光了衣服洗个澡吧。什么叫共浴爱河，这就叫共浴爱河；什么叫地老天荒，这就叫地老天荒……

我连着烧了两天，第三天早晨才醒过来。一醒来，就听见爸爸在骂："娘的，还会寻死了。一个臭小子，丢人啊，真丢人！我救你做啥，你死球去吧！"他一边骂，一边把一碗姜糖水灌到了我嘴里。我呛了一口，姜糖水流到脖子里，那个不舒服！我喝完了，看看四周，发现是在小玲玲家里。我爬起来就想走，爸爸一把拽住："你干什么去？"

"回家！"我说。

"这里不一个样吗？"

"不！"

在我出门和投河中间肯定还发生了别的什么事情，很可能跟这个地方有关。不然，我不会这么愤怒。发生了什么？我忘记了，但愿我忘记。我不想记住，要是有一种橡皮，能把它擦去就好了。我的小玲玲！

我刚走到门口，正好和小玲玲撞了个对面。她背着书包，刚放学。看见我眼睛一亮，露出灿烂的笑容："你醒了？"

那笑容绝对是灿烂的，我被那笑容软化了，眼泪哗哗地流了出来。

"瞧你，这么多愁善感，哪像个男孩样？"小玲玲说着，挽着我的胳膊，把我领到客厅椅子上坐下。我刚想起来，她又把我摁住："坐好！"

她的语气温柔却又不容反对，她的手柔弱无骨，却似乎有千钧力量。

她飞快地拿了一块毛巾过来，示意我擦一擦。毛巾有一股淡淡的香气，是她用的。我将毛巾捂在鼻子上，使劲吸了两口，止住了啜泣。

"你就在这里住吧。"小玲玲说。

可是我说："不，我要回家。"

"回个屁家，"爸爸说，"光你爷爷就够你妈忙活的。"

我看看四周："不走也行，我睡哪儿呀？"

爸爸抬手一指："睡沙发！"

我一下子火了："什么？你就让我睡沙发，你怎么不睡！"

"你这个熊孩子！"爸爸咬牙切齿。

"行了，不要吵了，"小玲玲走过来，"这个沙发放开是可以当床的。"说着，她抬手一扳，沙发打开了，果真变成了一张床。

"这下对得起你了吧！"爸爸说。

我和小玲玲相视而笑，心潮澎湃。

没有爱就没有恨，可人的心里一旦真有了爱，就怎么也恨不起来了。爱使人变得没骨气，我竟那么轻易地原谅了小玲玲。因为她是小玲玲啊。

阁楼

爷爷没有死，给我继续讲那过去的故事——叔叔和婶婶结婚没几天，派出所就把爷爷和叔叔抓去了，原来，有人举报他拐卖人口。这还了得，要定大罪呀。最后婶婶跑到派出所，把他们保回来了。

"你多大？"

"十八。"

"身份证呢？"

"还没办下来。"

那时候，刚开始办第一代身份证。没领下来也在情理之中。

公安局的同志说："你们不许同居啊，抓紧办结婚证。"

第二天，叔叔和婶婶去领结婚证。爷爷在前面背着手带路，两个人亦步亦趋地跟在后面。

领了证，挂在墙上。爷爷咋瞅咋欢喜，说："二子，把被窝搬到你那屋里去。"

叔叔嘿嘿傻笑，不肯动。爷爷抱起叔叔的被窝，扔到了院子里，吭哧锁上了门。叔叔敲了半天门，爷爷不肯开："敲错了！"

爷爷躺下了，忽然想起了一件事，从梁上摸下一个薄薄的宣纸册页，从门缝里塞出去："好好看看这个，小兔崽子！"

叔叔捡起来，看了半天，上面写的都是老字，一个都不认识。画总算看懂了，是一对古代的男女正在交配。

叔叔肯定没认真看这本书，每天晚上，我都听见叔叔给自己的新媳妇拉手风琴。他听不懂四川话，新媳妇也听不懂我们家乡话。于是，只好通过琴声交流。叔叔拉过《手风琴圆舞曲》《阿拉木罕》《森吉德玛》，拉得最多的还是《康定情歌》。每当他拉起这个曲子，婶婶的脸上就露出甜美的笑容。因为这是她家乡的民歌，听起来自然亲切。

婶婶有一天晒被子，把那本"宝书"带了出来，她没有发觉，"宝书"掉到地上，我捡了起来，偷偷据为己有。我把它拿给王小勇看，王小勇的眼睛都绿了："这可是武功秘籍啊。"

"是吗？"

"你看，这不是写着吗：九阴真经。"他指着上面的篆字。

"放你妈的屁，我又不是不认识，是房中秘戏。"

"我说相当于，相当于。"他嬉皮笑脸地，突然一挑大拇指，"看不出来，你连篆字都认识，佩服、佩服！"

我笑笑："那是自然。"

我有一套中国戏曲故事连环画，封面有一幅压图的篆刻，其中就有这个"戏"字。

"送给我吧！"王小勇很大方地说，随即又堆起笑，"卖给我，卖给我。"

"你有多少钱？这可是无价之宝。"我把册页从他手里拿了过来，放回兜里。

"再让我看看！"王小勇不死心。

"你小心看到眼里扒不出来了。"

"小气鬼，不看就不看，什么了不起的。还哥们呢，屁！"

后来，我常想起他这句话呢，还哥们呢，屁！

我答应把秘籍借给王小勇，条件是让他帮我找那个耳朵后边长肉柱的人。

"好办，这事包在我身上"。他把胸脯拍得山响，把册页藏在贴身的海魂蓝背心里。

王小勇想起了反特片里的办法，他挨家挨户地敲旅馆的门，问人家："有没有来过耳朵边长肉柱的人？"。

人家都摇头。

王小勇来到供销社招待所，招待所是一座红砖旧楼。大厅不大，中间镂空，抬头可以看见二楼的旋梯，一个披头散发、穿着拖鞋的女人正倚在栏杆上，嗑着瓜子。由于光线暗淡，看不清年龄和长相。楼顶上挂着一盏巨大的吊灯，有两个干部模样、戴鸭舌帽的人正坐在吊灯下面的桌子边喝茶。

"你找谁？"一个家伙端着大碗茶，觑着王小勇。

"我找一个脑袋后面带着肉柱的。"王小勇边说边比画。

"哪里来的个小杂种？你耳朵后边才长肉柱呢，你爸爸、你妈，你全家耳朵后边都长肉柱！"

一句话把王小勇说蒙了，他下意识地摸了摸自己耳朵："不对，我们家才没有呢！"

"咯咯咯咯！"柜台后面，两个小妖精似的服务员一起笑了起来。

王小勇的脸一下子红了起来："我操你妈！"

说完，转身就跑。那家伙勃然大怒，放下杯子追了出来："你给我站住，小狗日的！"

正好一辆汽车拦住他的去路，王小勇这才得以逃掉。

汽车喷了那家伙一脸灰，可他全然不顾，对着王小勇的背影喊道："小狗日的，回去告诉你妈，叫她在家里等着！我今天晚上就去！"

我见到王小勇时，他还满脸惊恐之色："你这个活我不干了，差点丢了性命。"说着，把那本小册页还给我。

我感到很奇怪："你今天怎么了？我从来没见过你怕过谁。"

王小勇把经过一五一十地说给我听，临末了又说："我也不知道怎的，就是怕那个家伙。"

我安慰他，鼓励他，又把《房中秘戏》塞给他，开导他改变工作方式。

得到我的信任，王小勇的脸上重新露出了笑容。他说："奶奶的，老子豁出去了。为了兄弟，裤裆着火，在所不辞！"

王小勇在生理卫生课上看《房中秘戏》，被眼镜女老师抓住了。她把书没收了，交给了班主任崔大杂碎。

崔大杂碎让王小勇交代书是从哪来的。王小勇说是捡的。

崔大杂碎对那本册页爱不释手，手指蘸着唾沫，翻了一遍又一遍，嘴里还不住地啧啧赞叹。最后，他把册页往自己抽屉里一锁。

"我说这么眼熟，原来是我丢的，现在完璧归赵了。"

王小勇目瞪口呆。我们也不敢要，只好认倒霉。真没见过这么不要脸的人。

我们离开学校，翻窗进到电影院里。我们躲在帷幕后面，蹲下身，一点一点地往外挪，最终贴着墙边挪到座位跟前。

那天放的是《白发魔女传》。这部电影当时传得可神了，据说在上海吓死了六个人，在北京吓死了五个，买电影票必须先到公安局开证明。

"开个屁证明啊，我们票都不买，不都照样进来了。"王小勇说。

"人们都是自己吓唬自己。"

"这个电影不知道有没有黄色镜头？"

"哈！"我拍了他的脑袋一下，"就知道黄色。"

"不黄什么鸟看头！"王小勇义正词严。

我们坐在倒数第四排，吃着瓜子，旁若无人地大谈特谈。

太平门的门帘晃了一下，"嘘，那边来了一个人。"我说。

王小勇也看见了："嗯，像是查票的。"

那人顺着墙根朝这边走来，突然揿亮了暗藏的手灯。我们扔了手里的瓜子，踩着椅子上的活动坐板朝后门飞跑过去。灯光把我们的身影打在银幕上，很多人回头来站起身看。

"小兔崽子，给我站住！"那人喊叫。

我们头也不回，一口气跑出黑洞洞的大厅，跑到灯火通明的大街上。外面下起了毛毛细雨，卖瓜子零食的小贩不慌不忙地收着摊，看见

我们，有一搭无一搭地吆喝道："五香瓜子，五毛一包！"可是我们险些
撞倒他们的摊子。还有一个影迷凑上前来问我们退不退票，真是好笑。
我们一直跑到街心公园的巨型水银灯前才站住，这时，银色的雨线大网
一般罩了下来。

　　我在小玲玲家的沙发上躺下，却怎么也睡不着。小玲玲她妈房间里
传出呻吟声。

　　我把耳朵贴在门上。

　　"轻着点，你儿子在外面呢。"任红梅说。

　　"他听不见。"

　　父亲粗声喘气。

　　我明白他们在干什么，伴随着里面一声沉闷的响声，我也达到了高
潮。在这过程中，我的脑海中一直想象着小玲玲的胴体。

　　半夜里，小玲玲出来上厕所了。我跟在她后面，进了厕所，她刚要
提上裤子，"啊"的一声。我抱住了她。

　　"你干什么，放开我！"

　　"放开我！"

　　"小玲玲，我爱你。"我终于说了出来，浑身蹿过一阵火。

　　"你放开我，再不放开，我喊人了！"

　　我吓了一跳："你不要喊。"

　　"你想干什么？"

　　我勇敢地褪下了自己的裤子："我们小时候玩过，我们来个真

的吧！"

"不，"她看着我那东西，"真丑，快穿上！"

"我不！"

她动手给我穿裤子，我不肯穿。这样一来二去，我的脸上挨了重重的一巴掌："不要脸！"

"谁不要脸了！"我被打火了，使劲抱住她，往马桶上摁。她站立不住，一屁股坐在马桶盖上。

"你疯了？"

"我没疯！"我喊叫着，恨不得她浑身都是孔，随便哪里就能插入。

小玲玲终于喊了起来："妈！妈！救命啊！刘小威，刘小威，你给我滚开！"

她一边喊一边拿头顶我，抬腿踹我。这样一来，我再也控制不住自己。一腔怒火冲天而起，今天非做不行了。

我进攻，她反抗。就在这时，灯突然亮了，我一回头，我爸爸和任红梅出现在我面前。我爸爸光着上身，任红梅披着一件睡衣。没顾上戴胸罩，半个奶子露着。

"小兔崽子！"我爸爸一把把我拽起来，照着脸上狠狠一耳光。我扑通倒在冰冷的水泥地面上，号啕大哭。血顺着嘴角流出来。爸爸还不解气，冲着我的屁股上又是几脚："你这个不要脸的东西。"

小玲玲伏在任红梅的怀里，纯洁得像一只羔羊，一脸无辜和委屈，眼睛里噙着泪花。我迎着父亲的拳脚站起来，不管三七二十一，点着小玲玲的鼻子骂道："你这个婊子！"

　　小玲玲"啊"的一声尖叫，任红梅也是一声尖叫。父亲冲我屁股上踹了一脚："滚！"

　　我二话没说，咆哮而去。外面天色微微发亮，雾气很重，露水冰凉，露水夫妻，露从今夜白……我只穿着一件单裤，冻得瑟瑟发抖，还止不住胡思乱想。我转过楼角，父亲和小玲玲她妈的影子投射在窗户上，像两具僵尸。我听见任红梅在歇斯底里地叫嚷："是吧，老刘！我说早晚会出事，这个小狗日的，一看就不是个好东西！他都敢盯着我的胸看。"

　　我爸的声音："别一口一个小狗日的，我是他爸爸。你那个胸，你那个胸垫了多少海绵自己还没数吗？"

　　任红梅又说："你也不是个好东西。有其父必有其子，你这个老杂碎，儿子还能好到哪里去！"

　　爸爸哼了一声："你算说对了，我不杂碎你能看上我？"

　　我没工夫听他们狗咬狗一堆毛，哆里哆嗦地抱着肩膀在街上晃。天色太早，街道上灰蒙蒙的，冷冷清清的。我遇到的唯一一个人，是一个扒着垃圾箱找东西的疯子。他冲我扬起手里的木棍，嘴里发出"嗷嗷"的吼叫。

　　我走着走着，稀里糊涂走到了长途汽车站。汽车站的大铁门还关着，对面的露天农贸市场水泥柜台空荡如也。我坐在一股鱼腥气的水泥柜台上，望着雾中的那扇铁门，眼前恍惚出现了车水马龙的场景。

　　在我很小的时候，我对世界充满了形形色色的幻想。其中，最有意思的一个想法是这样的：我认为世界上只有我居住的临河城这么一批人。打个比方说：当你乘车去往另一座城市时，临河城的人们就先你之前到达了那座城市，使那座城市变得和临河城一样生气盎然，当你离开那座城市时，那些人们又先你之前返回了临河城。这样，虽然你到了两个（甚至更多）的城市，可看到的实际上却是同一帮人。等到小学四年级学了地理课以后，我就对神秘的地图产生了浓厚的兴趣。我望着那一座座像星星一样缀满平原、峡谷、河流两岸的大大小小的城市，以及将它们连接在一起的纵横交错的道路，心里布满了重重迷津。我在想，那些人们什么时候建筑了这么多城市？我明明天天看见他们在临河城吃喝拉撒睡、斗鸡遛鸟，把狭窄的街道弄得乌烟瘴气。我总在怀疑这件事情，要么地图上出了错误，根本没有那么多的城市，地图上的世界是临河城的人编出来的，他们出于某种不可告人的目的，肆意地绘出了一份份虚假的地图，绘出一座座并不存在的城市。如果地图是真的，那么在这个世界上很有可能存在着一些不为我知的暗道。临河城的人们就是通过它们，实现从一座城市到另一座城市的转移。而那些现实世界里被太阳晒得冒烟的条条大路无非是掩人耳目的幌子，因为仅靠它们和它们上面屈指可数的车辆，人们是不可能那么短的时间完成这庞大的迁徙的。这还不是问题的全部，最重要的是：自己身为临河城的居民，为什么对这些全然不知？人们为什么要背着我做这些？究竟还有没有人和我一样被蒙在鼓里？

我惊讶地发现，临河城的人多得出乎我的想象，每天，都能在大街上看到形迹可疑的陌生人。他们操着临河城的方言，长相、穿着也和我熟悉的本地人没有任何差别，可是我偏偏就不认识他们！这些本地的陌生人是最令我恐惧的。有一次，我独自走在路上，有一个人晃晃悠悠地从对面走过来，恶狠狠地拿眼睛瞪我，并且嚷着说要割我的小鸟，那年我五岁。更恐怖的记忆发生在更遥远的年代，那时候我大概只有两岁。坐在门口的板凳上玩，一个穿着红色棉袄的女人，手里拿着一只苹果，笑嘻嘻地叫我跟她走。我被那个又红又大的苹果诱得流下了口水，我乖乖地跟了上去。就在这时候，母亲从屋里出来了，大呼小叫地追了上去，那个拿苹果的女人转身拔腿就跑，像一阵风，转眼间就消失得无影无踪。当我长大以后，回想起童年里这惊险的一幕，我并没有感到多么后怕，相反我对那个试图拐走我的女人充满了好奇和遐想。她是谁？她为什么想拐走我？是想卖钱，还是她自己没有孩子，想把我收为己养？如果跟着她走了，将会怎么样呢？什么样的命运和生活在等待我？我对这些问题痴迷不已，我想唯一能告知我答案的只有那个陌生女人。可是，我从那以后再也没有遇见过她。

"为什么我不是另外一个地方的另一个人？谁说我就一定是现在的这一个人？如果我是别人的儿子，又会拥有怎样的一对父母？"我在心里不停念叨着，我想我是冻得着了魔。

车站门口有一家小吃店，亮着一盏枯黄的灯，门口一眼炉子刚刚燃起炭火。一个小伙计正在埋头添煤。炭火毕剥毕剥地响着、摇曳着，散发着温暖的香气，雾在火焰前躲闪、跳跃，像一个轻盈、乖戾的女人。

我本能地走上前。听见脚步声，那名伙计转过身来，是一个年龄和我差不多大的清瘦的男孩，戴着一顶帽子。

"还早着呢。"他说。

我抱着瑟瑟发抖的肩："我知道，能不能让我烤烤火？"

那个孩子看看我，没作声，转身拿了一个小板凳，递给我，身子闪出一个地方。

我道声谢谢，坐下来，伸出手去，抚摸着那团火焰。那个孩子还在添柴，借着火光，我看见他一双手修长、白皙，像女孩子的手。

他侧身掏炉灰的工夫，我突然觉着他有几分面熟，仔细看了看认出来了，他竟然是曾与王小勇同一病房的白面。

他也认出我来了："怎么是你？"我们两个异口同声。

白面又加了一点炭火，挨着我坐下，我们慢慢聊了起来。

原来，为了给白面治病，他们家里花光了所有的钱。等他出院，父亲终于累死了。没别的办法，他只好辍学，干点零活养活自己。

"你的身体还好吗？"我望着他那双小巧的女孩气的手。

"还可以，"他笑笑，"说也奇怪，父亲死后，我的病情倒稳定下来了，只要不是太累的活，什么都能做，不然怎么养活自己？"

"挺好，"我由衷地说，"早一点独立。"

"有个算命先生说过，我和我父亲是一条命呢，不过我父亲不信这套。"白面弯腰挑着炉膛里的柴火，火苗焰火般闪烁。

"别信那鬼话。"

"你还上学吗？"他问，眼里满是巴望。

"恩。"我感到很不好意思。

"还是上学好，"白面的眼睛里浮现出晶莹的泪光，"有时我真怀念学校生活。"

我不以为然，本来想说"学校有什么好的"，但嘴唇动了动，没说出来。

雾气缓缓隐退，太阳从我们背后升了起来，又一个平淡无奇的白天开始了。燃烧的湿木炭的顶端凝结着汗珠似的露水，火在天光的映衬中逐渐暗下去。不知不觉，我和白面的手紧紧握在了一起。

我本来是想出去走走，因为与白面邂逅，就打消了这个念头。

我再回家时，家里已经多了一个男人。

"这是上海来的胡科长，快叫伯伯。"母亲穿了一件崭新的紫色的花衣服，别提多难看。

我"哼"了一声，没搭理他。

这个胡伯伯白白净净，浓眉大眼，穿着整齐，看上去很年轻，像《平原游击队》里的李向阳。李向阳——不，胡伯伯很和蔼："小威啊，已经长成大小伙子了，快坐。"他说话带着上海口音，听妈妈讲他是上海一家大工厂的供应科长。看来是到我妈她们工厂采购原料时，顺便把我妈也采购了。

我没坐下，围着他转来转去。我想看看他的耳朵后边有没有肉柱，左耳还是右耳，我记不清了。我左边看了右边看，两边都没发现。这男人被我看得莫名其妙，晃着头直躲："小威，你，你看什么呀？"我不说话，还是看，仿佛那个肉柱会像蘑菇一样瞬间冒出来。

胡伯伯终于站起来："丽丽，这孩子是不是有毛病啊？"

我妈妈叫罗秀丽，他却管她叫丽丽，叫得那个亲切那个瘆人，叫得我鸡皮疙瘩掉了一地。

妈一把揪住我的耳朵："你犯啥毛病？"

我还在纳闷："奇怪，哪去了？难道是割了？"

"你丢了啥了？丢了金子还是银子了？"

"我啥也没丢。"

"你丢了小命不是刚捡回来吗？我看你是丢了魂了！"妈妈气不打一处来。

我怎么回答？总不能说丢了肉柱。我盯着那个男人看，发现他整个长得就像一根大肉柱，忍不住咧开大嘴笑了起来。那人被我笑得毛骨悚然，丢下一句："丽丽，我，我先走了。"帝国主义一样夹着尾巴逃跑了。

"小兔崽子！"妈妈松开我，追了出去，边追边喊那人的名字，"胡科长，等等，等等……"

我看看四周，发现房间焕然一新，墙壁是新粉刷的，还多了几件新家具。我打开自己的房间，里面还是乱糟糟的一片。我敲敲爷爷的房门，没有反应，我想他是睡觉了。我推门进去，大吃一惊，里面空空荡荡的。我的脑袋嗡的一声："爷爷，爷爷！"

我冲出去，妈妈正回来，脸上挂着心满意足的笑容。

"妈，我爷爷呢？"

妈说："看你大呼小叫的！你爷爷还没死呢！"

我心里的石头落了地："我爷爷呢？"

"你叔叔接走了。"

"叔叔接走了？"

"恩。"

"为什么？"

妈妈看看四周："进屋说。"

"我要结婚了。"妈妈的语气很平淡。

这并不出乎我的预料，但我还是没有心理准备，问了一个很愚蠢的问题："和谁？"

"你不看见了吗。"

"那个呢？"

"哪一个？"妈的脸红了。

我顾不了那么多了，大声："那个耳朵后面长着肉柱的男人呢？"

妈瞪大了眼睛："你，你听谁说的？"

"听谁说的干吗？我看见了。"

"小兔崽子。"妈低下了头。

"那个人呢？"

"死了！"妈妈大吼一声，眼泪却掉了下来。

我的心少有的一阵痉挛，仿佛触电。我试了好几试，都没能把手放在母亲的肩膀上。

"不要难过。"我挤出这四个字，自己的心里先难过起来。我知道妈妈一定是被那个长着肉柱的人欺负了。我很想像很多电影里演的儿子拥抱母亲那样拥抱她，至少应该帮她拿块毛巾，可是内心无名的羞耻却使我什么也做不出来。

晚上，我找到白面，他正忙着给客人端包子。回头看见我，很是高兴："你怎么来了？吃饭了？"

我说家里不想住了，可不可以搬到他那里住。他一听高兴得跳了起来："好啊，我一个人正孤单呢。"

白面给我上了一盘包子，又端来蒜泥、辣椒油，我叫他一起吃，他不肯，我抢着到丧门星似的老板娘那里付了钱，倒惹得他很不乐意。

我吃完了，又等他忙了一个多小时，最后他又吃饭，他吃饭是不花钱的，吃的是锅里剩下的凉包子、烂包子。

八点半，小饭馆打烊了。白面带着我七拐八拐，来到一处大院的深处，那里有一栋三层旧楼，楼顶上有一座鸽子笼式的小阁楼。

"就这里。"他在前面带路。顶层到楼顶是一段续加的木制楼梯，年久失修，嘎巴直响，走在上面似乎随时都有一脚踩塌的危险。

"没事的，你瞧我——"白面看出我紧张，居然跳起来跺了几脚。这下好，整个阁楼都晃了起来。我突然感觉这个小小的阁楼，就像是树上的一个鸟巢，虽然随风晃动却又固若金汤，心里反而不害怕了。

打开阁楼门，一股凉飕飕的霉气直冲脑窍。白面伸手在墙上哗啦一摸，一盏最多二十五瓦的灯泡照射出昏黄的光，房间的内景一览无余。房间大约只有十几个平米，一张地铺，堆着几床破旧的棉被。墙角的一张破桌子、一口旧大衣柜是仅有的两件家具。最显眼的是墙上贴得满满的一圈奖状，足有一二十张，"三好学生""数学竞赛一等奖"什么的，都是些和我无缘的东西。远远看上去，像教室里的学习园地，让我有点不舒服。

学习园地旁边是房间里仅有的一扇窗户，窗台上放着许多药瓶子，我问他："你还吃药？"

"早不吃了，"他笑笑，"医生让吃，吃了也不管用，不吃也无所谓。"

我推开窗子一望，一弯可爱的月牙，月牙下面是一座宫殿般大屋的屋顶。我认出来了，巧得很，正是百货公司仓库。

白面从衣柜里拿出一条洗得干干净净的床单，铺在地铺上。他是一个爱干净的孩子，看得出来。他开始收拾东西，像个女人一样一丝不苟。

我叫道："白面，我要娶你当媳妇！"

他一愣，脸红了，羞涩地说："去你的！"

我哈哈大笑，在地铺上来了一个徒手倒立。这一倒立不要紧，我蓦地发现墙上还有一个人，顿时吓了一跳，跌坐在床上。我爬起来再一看，原来墙上挂着一件奇特的雨衣，这件雨衣是用透明的塑料布缝制而成的，黑线走的粗大针脚十分明显。我忽然想起我曾经见过，那时我和白面还不认识。有一个下雨天，白面的父亲就是穿着这件特殊的雨衣去接他，引得同学们一阵嘲笑。我记起那个男孩伏在他父亲的背上，手持着一把露着伞骨的黑破伞，清秀的脸庞上挂着雨水，目光忧郁而深邃。那件雨衣像一只受伤的仙鹤，蹒跚着远去，在雨幕中显得那样孤独、落拓又超凡脱俗。

半夜里，我被一阵咳嗽声弄醒了。开灯一看，白面弯着背，虾米似的趴在床上，双手抓着床单，手背上都是汗。

我给他捶背，他摆摆手："别动，很快就会好的。"

他的背很凉。不知不觉，我的手里也渗出了一层汗水。

"水。"他轻声说。

我冲到桌子前，抓起暖瓶，暖瓶很轻。我晃了几晃，倒出半碗拔凉的泥汤。

白面接过去，咕咚咕咚喝完，然后又躺下了。

"行吗？"我小心翼翼地问。

他吃力地摆摆手，不要我说话，翻了个身，捂着胸口又睡了过去。他睡觉的样子看上去很可怜，像一只冬眠的刺猬或老鼠。

黎明时分，什么东西从我的鼻子上爬过去，我"啊"的一声惊叫，拉开电灯一看，是一只寸把长的蟑螂。

"大惊小怪。"白面已经在穿衣服了，他说，"我得去干活了，你再睡会儿。"

门"砰"地关上了，我的声音追了出去："你行吗？"

"没事！"那声音简短有力，他好像变了一个人。

我又睡了一会儿，磨蹭着起来去上学。在学校门口碰见小玲玲，她站在那里东张西望。我转身想躲开，但已经被她发现了，"刘小威！"她追上来急切地拉着我的手，"你跑到哪儿去了？我到处找不见你！"

我冷冷地说："你管我干什么。"

"可把我急死了，我还以为你又，你又……"她说着，眼圈红了。

我茫然不知如何应对。

"你要是真……真什么了，我也不想活了。"

我看着她，她也看着我，眼睛像一汪泉水清澈透明。

"你还不相信我吗？"

她要我相信什么？凭什么要我相信？我又凭什么不相信？她的眼睛，沉淀着彩虹似的梦，我的心软成了一团春泥。

"你昨晚去哪儿了？"

"去一个朋友那里了。"

"朋友？我问王小勇，他说没见你。"

"他说谎。"我灵机一动。

"为什么？"

"我不让他告诉你。"

"原来是这样。"小玲玲抹了把眼泪，大大方方地抓起我的手。

王小勇见了我也是一惊："我还以为见不着你了呢，你上哪儿去了？"没等我回答，他推了我一把，"你快去吧，你爸爸带人在河里捞你呢。"

我的头又是一炸。我跑到河边，可不是，岸边很多人在看热闹，河里好几个人在扎猛子。我爸爸不会凫水，在最近处不知所措地立着。

我站在河边，高喊："爸爸，快上来吧，我好着呢。"

他看见我，眼睛里放出光来："好儿子，你可把爸爸害惨了！你等着，我上去非宰了你不可！"

没等他爬上来，我已经走开了。

"谁宰谁还不一定呢！"这是我丢下的话。

人群哄笑声中，父亲吐出嘴里的水草，筋疲力尽地趴在岸边的草地里，活像一只半死不活的黑鱼。

我从阁楼窗户里爬出去，就来到了仓库的屋顶上。我扒着仓库的天窗往下一望，正看见爸爸和任红梅坐在值班室里。任红梅盘了一个高发髻，在有一搭没一搭地拨算盘，爸爸在抠鼻子眼。

"反正也没事，闲着也是闲着。"爸爸说。

"你闲着我不闲。"

"你那笔破账都算了十遍了。"爸爸走到门口看看外面，回手把门虚掩上。

爸爸央求任红梅，任红梅半推半就，扔了算盘，一撩裙子坐在父亲腿上，搂着父亲的脖子，两个人晃了起来，任红梅开始哼哼唧唧。整个仓库都晃了起来，货架上的东西开始沙沙地响。

望着这对苟合的男女，我不由得可怜起他们来。他们就这么点空，还得做爱，真称得上争分夺秒。不做爱，他们就过不下去，就连这么一小会儿都过不下去。我倒挂在天窗窗户上，像一口大钟的钟锤，我感觉时间过得好快，一眨眼一辈子就下来了。又好像过得很慢，他们还在做爱，一直做了好多年，还在做。我看见他们的黑发都变成了白发，衣服都褪了颜色，慢慢地，他们的肉体已经腐烂，变成了两具骷髅，可还是紧紧地抱坐在一起，骨骼"咔吧、咔吧"富有节奏地响着，抽送、迎合着……我倒挂的时间太长了，鼻子突然一酸，鲜血"啪嗒啪嗒"地滴落下去，掉在两个人的脚底下，可是他们没有觉察，还在一丝不苟地做。我不再可怜他们，内心充满了庄严和欢乐。至少在那一刻，我感觉我是爱他们的，远远胜过爱我自己。愿他们好好活着，天天做爱，永远活着，永远做爱……

红字

王小勇带我去他哥哥的电子游戏室玩。一间低矮的房子里，摆着六台红白机，周围挤满了孩子，王大勇坐在门口的桌子旁，黑着个脸抽着烟，拐杖横在脚底下。

我搭讪道："大勇哥，生意不错。"

王大勇淡淡地说了声："还行。"他知道我通常只看不玩，因此并不热情。

"刘小威，过来！"有人在喊我，我从人头缝里一看，就见郑成嬉皮笑脸地坐在南边的角落里。那是他的老位置。

"干吗？"我没好气。

"你过来就行。"

我按捺不住好奇，走过去。他指着花花绿绿闪烁着的屏幕向我炫耀："你看我又战门胜利了！"

"什么？"我没听明白，探头一看。原来，郑成在打《魂斗罗》，每过一关屏幕上都会出现"戰鬥勝利"四个字。郑成把繁体字的"斗"当成了"门"。

"还战门胜利呢！"我刚想奚落他两句，就觉着一只手在我身上摸来摸去。

"你干吗呢？"我捂住那只手。

"带钱了吗？"郑成仍旧嬉皮笑脸。

"没带。带也不给你。"

郑成迷电子游戏上了瘾，逮谁跟谁借钱，借了从来不还。

"没钱就别玩了。"王小勇挤过来。

"谁说我没钱了？"郑成站起来，就想和王小勇急。

"没你的事，一边待着去。"王大勇走过来把他弟弟推开，笑着将郑成按回原来的位子："郑成，你尽管玩，没钱不要紧，可以记账。你现在打到第几关了？"

郑成转怒为喜："第七关了。"

"嘿，真棒！再有一关就通关了！"王大勇在郑成肩膀上擂了一拳，回头对旁边几个孩子说，"你们都看看，人家郑成是怎么打的。"

几个孩子围拢过来，纷纷嚷嚷："你这第六关怎么过的？"

"你怎么搞出三十条命的？"

郑成得意扬扬，大谈经验。王大勇在一旁笑着提醒道："郑成，千万要戒骄戒躁、步步为营，不能高兴得太早。再说了，玩完了《魂斗罗Ⅰ》，还有《魂斗罗Ⅱ》、《魂斗罗Ⅲ》，尽情地玩吧！过了这个好时候，想玩也没处玩了！"

"傻逼！"王小勇恶狠狠地骂道。可郑成正玩得热火朝天，根本就听不上。

街坊邻居们都说，老郑对他这个假儿子才叫心疼，要啥买啥，指哪上哪，说一不二。那是个儿吗？比那亲爸爸还难伺候呢！

此言不虚，我在游戏室里好几次遇见老郑来叫他回家，有时一等等到半夜三更。

"孩子，别玩了，咱回家去吧。孩子，明天再玩吧——"昏暗污浊的空气里，老郑唯唯诺诺地站在那里，真叫可怜。

郑成忙着，顾不上回答。

老郑又说："你渴吗？你饿吗？你晚上吃没吃饭呀？"

"你上一边去吧，别烦我！"郑成头也不抬，随手一推，把老郑推了个趔趄，碰到了另一边的机子。

"哎呀，你干什么？"那个孩子叫起来。

"对不起，"老郑刚站稳了身子，又凑到郑成跟前，"孩子，回家吧，天不早了，都十点了。"

"你！"郑成怒目圆睁，拍拍口袋想起了什么，"出去给我买盒烟！"

老郑答应一声，乖乖地退了出去。不多时，买了烟回来。郑成一看就不乐意了："连个过滤嘴都没有，算了吧，将就着点吧。"叼了支烟，刚想抽，一看游戏局势不好，手忙脚乱起来。

"呲！"一簇火苗，老郑划着了打火机。郑成愣了一下，瞟了一眼老郑，把烟点着。老郑叹了一口气，离开了游戏室，眼里依稀有泪花闪烁。

"嗨，刚拆包，归我了！"一个绰号叫"宝子"的孩子不知从哪儿钻出来，抓起操作杆旁的烟就跑。郑成正心急火燎地玩游戏，被宝子碰到了一个键，死了一条命，屏幕上映出 GAME OVER 的字样，不由勃然大怒。站起来就追宝子算账。

宝子在人缝中躲来躲去，最后还是被郑成逮住，掐着脖领摁在墙上。

宝子笑着大叫："成哥，我不敢了，还你的烟，一根没少！"

"你还我一条命！"郑成的眼睛里露出凶光，抓起旁边的一个杯子就砸了下去。宝子的笑声僵住了，鲜血顺着他的额头流下来。

"啊！"周围的孩子全都闪在了一旁。

"怎么回事？怎么回事？"王大勇一瘸一拐地过来，瞅瞅瘫坐在地上满头是血的宝子，又瞅瞅郑成，"妈的，你小子有种啊，玩真格的？你真以为你是魂斗罗啊，来来来，想玩老子陪你出去玩，别他妈的在我这里捣乱！"说着，拖着郑成就往外走。郑成显然也没意识到自己出手如此之重，愣愣的像只木鸡，任由王大勇拖着。王大勇转身又一把抓起地上的宝子，对一旁愣着的几个宝子的同学说："赶紧他妈的送医院！"

老郑闻讯赶回游戏室时，游戏室里的孩子已经都没有了，机器也关了，只有王大勇一个人正在灯下算账。

"大勇，我儿子呢？"老郑焦急地问。

"早他娘的颠了，"王大勇说，"颠了更好，不然人家回头报复他，小命都保不住。"

老郑神情十分紧张，说话都结巴了："那……那个孩子不要紧吧？"

"不要紧，"王小勇一脸无所谓，"破个头算啥，脑袋掉了不才碗大个疤？缝两针，上点药，照旧！"

听了这话，老郑的神情稍稍有些放松，转而又关心起自己的儿子来："你知道他上哪儿去了吗？"

王大勇面无表情地摇了摇头。老郑垂头丧气地往外走，又被王大勇叫住："老郑叔，你别急着走呀。"

老郑一愣，回过头来："有事？"

王大勇把桌上的账本往老郑面前一送："郑成还有块账呢，你给他结了吧？"

"多少钱？"

"一共三百八。"

"这么多？"老郑插进胸前口袋的手又拔了出来，"我没带那么多钱？改天行吗？"他用央求的眼光看着王大勇。

"随便您吧。"王大勇把账本收回来，啪地合上："父债子还，子债父还，都一样！"

老郑刚走一会儿，游戏室的门被人撞开来，冲进来好几个提着棍子的家伙，吵吵着："郑成在哪儿呢？那个小屌操的呢？"

王大勇拄着拐杖慢吞吞地站起来，问为首的一个大胖子："你是郑成的什么人？"

"我是郑成的什么人？我是宝子他哥！"大胖子气急败坏地嚷着。

"哦，郑成不在，有事和我说就行。"王大勇平静地说。

大胖子上下打量了一番王大勇："你是谁？"

王大勇回答："我是郑成的哥哥，郑成是我弟弟。"

听说假郑成不见了，妈妈安慰老郑："是你的，怎么都跑不了，不是你的，强求也不行。凡事都是该着，这个孩子反正——我也不怕你听了不高兴，这个孩子在这里只会给你惹祸、添麻烦，将来还不一定作多大的孽呢。他要是真走了，还好呢！"

老郑的眼神空空洞洞，他看着树上的麻雀说："假如说，你捡到了一只受伤的鸟，你把它救下来，喂它小米，它好了，突然又飞走了，你会不心疼？"

妈妈愣住了，一时说不出话来。老郑走了，妈妈才回过神来，红着眼睛对我说："哎，这个老郑，忒善良了，把我都感动了。罢、罢……"

没想到，过了一两天，郑成又回来了，照旧大摇大摆地坐在战士游戏厅里打《魂斗罗》。这时，我和王小勇惊讶地发现，他居然和王大勇成了称兄道弟的弟兄。

"你怎么又来了？我还以为你死了呢！"第一次重新看见他，王小勇冷冷地把他拦在了门口。

"呵呵，哪有那么好死，我有三十条命呢！"郑成笑着轻轻推了推王小勇的胳膊，"没你的事，我找你哥。"

王大勇听见郑成来了，笑着迎出来："兄弟，回来了，哈哈。"

"多亏了大勇哥，多亏了大勇哥！"郑成激动地握着王大勇的手，一个劲儿地说，"我算服了大勇哥了。今后，我就唯大勇哥马首是瞻，马首是瞻。"

王大勇一听，仰天大笑："自家兄弟，不用客气。"

他们这番寒暄，令我和王小勇都大惑不解，逐渐才理出个眉目。王大勇出手帮郑成摆平了郑成与宝子的恩怨，并且免除了郑成在游戏室的欠款。为表示双重感谢，郑成在西关饭店摆下酒席，宴请王大勇和宝子兄弟，请王小勇作陪。王小勇有心不去，但又想看看他们到底是什么名堂，就答应下来。可是，晚上王大勇见到弟弟时倒吃了一惊，随即笑着对郑成竖起大拇指，称赞他："全面。""全面"在我们那里就是礼数多的意思。

这边是大勇弟兄，那边是宝子兄弟，郑成在中间，两厢里称兄道弟。宝子头上还缠着绷带，傻乎乎地就知道吃菜。王小勇好比是打入威虎山的杨子荣，暗地里察言观色，见机行事。只见郑成端起杯子，王大勇和宝子哥轮流敬，宝子哥一口一个"英雄"来把王大勇称颂。

"你是我的偶像啊，我做梦都想上战场，杀敌卫国保家园。本来我已报名把军参，一听说中国和越南恢复了关系正常化，我的心一下子凉了大半截。"

"战争是为了和平，和平才是战争的目的。"王大勇态度严肃，语重心长。

"你说得太好了，太好了！"宝子哥挑着大拇指，"不愧是时代的皆模，时代的皆模！"宝子哥和郑成一样爱念白字，"楷模"念成了"皆模"。王小勇听成了"芥末"，举起筷子挨个菜尝了尝，没发现芥末，一头雾水。

总而言之，那天的场面是很热烈。除了王小勇和宝子，全都喝得东倒西歪。我看见他们俩搀着三个醉汉，步履蹒跚地出了西关饭店的门。宝子头上缠着绷带，王大勇人虽醉了仍没忘记拄拐，郑成和宝子哥互为支撑。这场景让我想起了语文课本上一幅表现狼牙山五壮士的插图，禁不住脱口而出："蹉跎岁月！"

王小勇听我一喊，从他哥哥的臂弯里探出头来，没好气地说："去你妈的差它岁月，快过来帮忙！"

"插你，不是插他！"我又把王小勇的白字做了转换。哦，那满嘴污言秽语的年轻时代……

王大勇酒醒以后，王小勇问他："你对那个烂人那么好，到底是图啥？"

"哪个烂人？"王大勇打了个哈欠。

"你说还有谁，郑成啊。"

王大勇脸上的表情顿时严肃起来："不许你这么说他，郑成很好。"

"好？哪点好？"王小勇差点把鼻子气歪了。

"这你就不懂了，"王大勇的语气少有的深沉，"兄弟，我出生入死这么多年，走过的桥比你走过的路还多，认识的人比你见过的人都多。这个郑成不一般，他是能做大事的人。他身上有股子邪劲，不是一般的邪，是真邪。他是哪吒投胎，混世魔王转世！你难道不觉着他很特别？"

"不觉着。"王大勇一番话，把王小勇说懵了。他原封不动地转述给我听，最后又加了一句："我看不是郑成邪，是我哥邪，是我哥中了郑成的邪，他俩一个比一个邪。"

男人之间的友谊，比男女之间的爱情还令人捉摸不定。不管我们怎么百思不得其解，王大勇和郑成的关系是越来越好，他们形影不离，同吃同住。郑成渐渐地跟以前不一样了，不但不搭理李珍了，甚至连电子游戏都戒了。下雨阴天，王大勇腿疼，郑成就自己料理店务。他把营业的收入一分不动地交给王大勇，王大勇数也不数就收下。有一回，王大勇感冒发高烧了，天正好下着大雨，郑成背起他就往诊所跑，深一脚浅一脚地趟着水。一把雨伞罩在王大勇头上，他自己却淋得浑身湿透了。诊所的老先生得知他们不是亲兄弟，感动得不得了，逢人便讲郑成是活雷锋。

"他要成了雷锋，雷锋还不得气死？"王小勇对郑成成见难消。

"你哥哥都是时代芥末了，人家就不能成了雷锋？"我专爱和他抬杠。

王小勇一听"芥末"就笑了："去你的芥末！"

听王小勇说王大勇吃药都是由郑成喂，王大勇有时不爱吃，郑成就像个小媳妇似的哄他。要是郑成不高兴了，王大勇就会倒过来求他："成成，别生气了，是我不好，都怨我，我下次再也不敢了。"郑成穿件新衣服，王大勇说声不好看，他立马就脱下来。王大勇没事有抠耳朵眼的习惯，郑成只要看见就把他手里的火柴棍夺过来。

"再抠耳朵都抠聋了！"郑成三番五次地说，王大勇渐渐地真给改了。

过了没多久，郑成不知道从哪儿弄来一只假肢给王大勇装上。二十九岁的王大勇扔掉了拐杖站了起来。我第一次见他腰板挺得那么直，重现了战斗英雄的英姿。又过了一个月，是郑成十七岁生日，王大勇送给了他一件红毛衣。最令人吃惊的是，这毛衣居然是王大勇自己织的。如果不是郑成喝了酒一高兴，自己讲出来，我们做梦也想不到。毛衣的左侧胸口还用金线绣着一个英文字母"W"。

"这是什么意思？"王小勇的目光有些发呆。

"王！真是笨蛋！"我不屑一顾。

"啊？！"王小勇一揪运动服的领口，把头缩了进去。这是他独特的一种表达方式，意思就是：无地自容。显而易见是在说，哥哥的举动令他蒙羞，没脸见人了。

一看他这样，我就来了精神，拍着他的头，大声说："你不要太难过，我马上去买针和线，也给你织一件，保准……"话还没等说完，王小勇的脑袋裹着运动服就向我撞了过来，一下子把我撞倒在地。

这两个人似乎在"比学赶帮超"地变好。不仅是我和王小勇，整个临河城里的人都很奇怪。要说林丽美的死，已经彻底毁坏了王大勇战斗英雄的形象。这一番改天换地的变化，更让人摸不着头脑。不过，有头脑的人擦亮眼睛看一看，就会明白这么一个事实：王大勇只有在郑成面前才雄姿英发，郑成只有对王大勇才表现出雷锋式的热情，而对待别人仍然像冬天一样残酷，像秋风扫落叶一样无情，包括对待大老郑。

郑成不像原先那样吊儿郎当，老郑最高兴。我妈妈看见他，说："这不，你的小鸟又飞回来了，还带着一个伴。"

老郑似乎听不出话中有话，但明显地也为什么事情忧心。他觉着郑成上次闯祸回来以后，离自己更远了。这个孩子怎么这么让自己看不透？一种莫名的恐惧时时刻刻萦绕在他心头。

话说王大勇重新变成英雄之后，渐渐又有些人给他介绍对象。人们似乎很快忘记了他和林丽美的事，反倒常常说林丽美作风不正，弄得王大勇满头绿帽子实在可怜。往事的迷雾扑朔迷离，存真去伪谈何容易。这真应了那句话：好在历史是人民写的。

不管别人介绍什么样的，王大勇都一概婉言拒绝。其实，那些女的也无非是些离异的女人，丧偶的寡妇。不过话又说回来，以王大勇这样的条件，还能找个多好的呢？那些女的都比他有钱，有几个长得还是蛮可以，要脸蛋有脸蛋，要屁股有屁股，要身材也不赖。我和王小勇渐渐看出了门道，王大勇不找，很大程度上是怕郑成不高兴。

有一天晚上，郑成给大勇按摩剩下的那半截腿。王小勇在隔壁偷听到了他们的谈话。

郑成说："我不是反对你找对象，相反是一百个赞成。我是希望你要么不找，要找就找个最好的。"

王大勇笑："哪有这样的事。"

郑成又说："你得找个真心对你好的，要比我对你还好，我才放心。不管你找谁，必须得经过我同意。"

王大勇的声音似乎有点沙哑："好，我听你的。我也不是非找不行，找那个有什么用？我也清楚，没有谁比你对我更好。"

听到这段对话，王小勇大吃一惊。早先，他也听到过一些风言风语，说他哥哥不喜欢女人，就喜欢男人。他记起以前游戏机房刚开业时，有个打游戏的十三四岁的小孩的家长找上门来，说是听孩子说游戏机老板老是动不动摸他的头，问问是怎么回事。当时，王大勇表现得很镇定，他说，他虎头虎脑的那么可爱，谁见了谁都想摸摸。那名家长听听这话也没错，就走了。当时，王小勇在现场，还觉着这位家长无理取闹，很气愤。可是，从那以后那个孩子再也没来过。王小勇越想越害怕，他找我商量，说一定要把他哥哥和郑成拆开。

我听了以后，摇摇头："不对，不对，你忘了郑成还和李珍拍拖过？"

王小勇一想："也是。"随后又说："别在我面前提那个婊子的名字，我听了就起腻！那是一个妲己托生！"

"还是顺其自然，静观其变吧。"我说，"虽然你哥哥和郑成很亲密，但不一定就是那种关系。可能他们就是很铁很铁的哥们，就像咱们俩一样纯洁。"

"纯洁？"王小勇白了我一眼，"你纯洁还是我纯洁？爷俩比鸡巴——一个鸟样！"

秋后，老郑住在乡下的老母亲去世了，他带着郑成回去奔丧。郑成本来不想去，被王大勇骂了一顿："奶奶去世，孙子能不回去？妈的，你还是人吗？"

郑成嗫嚅道："回去是肯定的，我只是不放心你。"

"我有什么不放心的？你老老实实地去，到了那里就痛痛快快地哭，别他妈的光打雷不下雨。眼睛哭不肿，别回来见我。"

郑成瞅了瞅旁边的王小勇，似乎有什么话想说又没法说，咬了咬嘴唇说："好吧，你可放心，我到那里一定尽量地哭。"

晚上十一点多，一个女孩溜进了已经打烊的游戏室。黑暗中传来下面的对话：

"听说你是战斗英雄，我什么样的男人都试过，就是没试过战斗英雄。"

"别靠近我，小心我杀了你！"

"我倒要看看你是不是真英雄。"那个女的翻身骑到了男人的身上。

一阵闷哧闷哧的搏斗过后，传来男人的尖叫。

那女的说："你这是战斗英雄吗？怎么这么不行呢！呵呵！……"

殒

郑成奔丧回来，眼睛红红地对王大勇说："我去了，听你的跪下去只管磕头，偷眼看了看我爷爷的照片，根本就不认识。"

忘了从什么时候开始，郑成在我们面前不再避讳他的冒牌身份。有几次他还偷偷问过我："刘小威，你说说那个真郑成到底什么样？"

"比你好一百倍、一万倍！"我说。

郑成突然变得忧郁起来："我知道，在你们眼里，是个人就比我好。"

"你们？"我疑惑地问。

"所有的人，"郑成吼叫起来，可是接着声音就温柔了，"除了王大勇。"

我的心里猛地一颤，那种温柔只可能对自己爱的人才会有。他说那句话的神情，使我联想到自己默默呼唤小玲玲名字的时候。我第一次改变了自己对郑成的态度，一时竟有了惺惺相惜的感觉。

郑成说他到了乡下，见到那么多亲戚，老郑让他叫什么他就叫什么，可是没有一个人答应。他们全不认识他，他也不认识他们。在临河城，他只认识两个人。一个是老郑，一个是王大勇。你们都不算，他指了指我和王小勇。

他这样直率，还是让我们很尴尬。我清了清嗓子问他："那你还记得以前的事情吗？比如说，你的亲生父亲和母亲，还有你的老家。"

郑成摇摇头说不记得了，他很小就被拐卖了。经过了好几个师傅的手，流浪了十几个省，受尽了世间的苦。

"那你就应该对老郑好一点！"王小勇说。

郑成脸上的肌肉动了动："会的。"他说，"我答应自己了，除了对王大勇好，就是对老郑好。"

他这一说，王大勇突然变得羞涩起来，脸都红了。

"你最好颠倒过来，我哥用不着。有毛病！"王小勇将脸一沉，很不高兴。

王大勇最近好像有什么心事，眼神飘忽不定的。

"你怎么了？"郑成说，"我才走了两天，你就这个样。如果不是你同意，我才不去奔那个什么丧呢。"

"没，没怎么，"王大勇说，"我有点头疼，不舒服。"

"是不是感冒了？来，我给你量量体温。"郑成拿出一根水银温度计，甩了甩。

"不用，不用，我自己待会儿就好了。"王大勇坐了起来。

第二天，郑成神情严肃地问王小勇：你哥哥这几天和谁在一起了？"

"没有啊。"

"谁来找过你哥哥？"

王小勇还是回答说没有。

郑成又来问我，我说不知道。郑成看了我半天，转身走了。

第二天，王小勇也来找我。

"刘小威，我问你一件事。"

"别来问我，我不知道。"我以为他问郑成同样的问题，不耐烦地先堵住他的嘴。

"这么说你知道？"王小勇一脸奇怪。

我被他弄糊涂了："什么呀？"

"你见我哥哥的假腿了吗？"

"什么？"我吓了一哆嗦，把头摇得跟拨浪鼓似的，"没见，谁会拿那玩意儿？"

"奇了怪了。"王小勇把眉毛拧成一个"川"字。

"怎么，不见了？他不是天天戴着吗？会不会被老鼠拖了去了？"

"去你娘的，你家有那么大的老鼠！我问你正事呢，你到底见没见？"

见他严肃起来，我也不得不认真起来，拍着自己的腿说："王小勇，丢了东西别来找我！没错，我以前偷过铁、偷过书不假，可那都是我们一块儿干的。再说了，我只偷公家的，不偷私家的。我即使偷，也不会去偷那玩意，有啥用？卖也没处卖，留着是祸害。你要相信我，咱们从今往后还是好朋友，你要是不相信，从今往后咱划地绝交，你走你的阳关道，我走我的独木桥！"

我一番义正词严的表达，令王小勇不得不信。可他还是嘴硬："那为什么我还没等说什么事，你就此地无银三百两，一口一个不知道呢？"

"我……"我把手一甩，"我懒得和你解释。"

王小勇刚走了，郑成又来找我了。他俩前后脚，好像是约好的。

"刘小威，我问你一件事。"

"别来问我，我不知道。"我就知道他问与王小勇同样的问题，不耐烦地先堵住他的嘴。

"这么说你知道？"郑成一脸奇怪。

我被他弄糊涂了："什么呀？"

"你见王大勇的假腿了吗？"

我把头摇得跟拨浪鼓似的："没见，谁会拿那玩意儿？"

"奇了怪了。"郑成把眉毛拧成一个"三"字。

"怎么，不见了？他不是天天戴着吗？会不会被老鼠拖了去了？"

"去你娘的，你家有那么大的老鼠！我问你正事呢，你到底见没见？"

于是，我又不得不拍起了自己的腿："郑成，丢了东西别来找我！没错，我以前偷过铁、偷过书不假，可那都是王小勇逼迫、唆使的。再说了，我只偷公家的，不偷私家的。我即使偷，也不会去偷那玩意儿，有啥用？卖也没处卖，留着是祸害。你要相信我，咱们从今往后还是朋友，你要是不相信，从今往后咱划地绝交，你走你的阳关道，我走我的独木桥！"

我一番义正词严的表达，令郑成不得不信。可他还是嘴硬："那为什么我还没等说什么事，你就此地无银三百两，一口一个不知道呢？"

"我愿意！"我双手叉腰，把眉毛拧成一个"王"字。

郑成回到王大勇那里，对他说："我找到你的假腿了。"

"它，它在哪儿？"王大勇一脸的惊愕。他看看郑成，郑成肩上背着一个狭长的旅行箱，有点像剧团里盛乐器的箱子

"它在它不该在的地方。"郑成说，"它在哪里你最清楚，总不会是它自己跑了去的吧？"

"我……我不清楚。"王大勇吞吞吐吐。

"你说谎了，如果没有，你怎么不敢看我呢？"

郑成的眼睛里冒着火，王大勇低下了头。

"你真让我失望，你怎么不珍惜自己呢？我说过，不是反对你找，是希望你要找就找个最好的。你倒好，是谁都上了？"

"你原谅我这一次吧。"王大勇哀求道。

"告诉我，你爱她吗？"

王大勇摇摇头。

"我想也是，你连林丽美都不爱，怎么会爱她呢？那为什么要和她在一起？"

"求求你，不要再问我了，没有为什么。"

郑成叹了一口气："我原谅你这一次。来吧，我帮你戴上。"他从背箱里取出那条假腿，俯下身子，给王大勇装上，一边装一边说："如果不是她跑得快，我非要了她的命不可！"

王大勇把假肢穿好，郑成扶着他起来："你听清楚，不许再有下一次了，如果再有的话——"他沉吟了片刻，继续说，"我们谁也活不成！"

王大勇打了一个战栗，很快他的脸上露出了微笑。

"好。"他的声音异常的轻松。

郑成又说："以后要是再卸下来，就把它装在这个箱子里，省得弄脏了。"

"你信不信？下次我还能卸下他的那条假腿！"李珍站在女生宿舍楼顶楼的栏杆前，扬扬得意地对楼下的郑成说。

"你敢下来，我就敢杀了你！"郑成仰着脸，望着楼上的李珍，脸上的表情一半是残忍一半是悲愤。

"哼，你说什么是什么？"李珍说，"我又不傻。"

"你要再勾引他，我就杀了你！我说到做到。"一只风筝划过天空，有那么一小会儿，郑成的目光被它吸引，随即又回到李珍身上。

"他是自己愿意的。"李珍穿着一件吊带式的白色睡裙，风撩起裙角，露出一抹白色的大腿。

"放屁！你不能羞辱他！"郑成吼道。

"要是他喜欢被羞辱呢？"李珍反问。

这个问题郑成从来没有想过，他愣了一下，声音低了一些："不能拿他的假腿开玩笑，不然我卸下你的腿！"

"你说什么，我没听见。"李珍用手挡开被风吹到脸上的长发，"起风了。"

"你不能羞辱他！"

李珍在楼上回了一下头，似乎是有什么人叫她。

"我没空和你废话，"她对郑成匆匆说，"你信不信？下次我还能卸下他的那条假腿！"然后人就不见了。

自从郑成和王大勇勾搭上以后，我就很少去游戏室了。这天下午上学看错了表，早了半个小时，一时心血来潮，就想到游戏室消磨一会儿时间。没想到，我到那里一看，游戏室竟然关着门。

我很奇怪，悻悻地往回走。刚走了两步，一眼看见宝子骑着个车子正在街上晃，我喊一嗓子叫住他："宝子！游戏室怎么关门了？"

宝子抬脚往车前轮上一踩，借助摩擦刹住了车，嘿嘿一笑："老板都死了，还不关门？"

我的脑子里嗡的一声，第一个念头就是：郑成把王大勇杀了！

杀人的现场不在游戏室，也不在王大勇家里，而是在西关饭店。时间就在这天中午，一个小时前。西关饭店的服务员看了个全场。

当时，王大勇和郑成一前一后来到了饭店，王大勇来的时候，郑成已经点好了菜，坐在那里等他，身上就穿着王大勇给他织的那件红毛衣。郑成坐在靠窗户的位置，背对着大街，王大勇坐在他的对面，面朝着窗外的车水马龙。因此，很多路过的人都看见了他，但并没有认出杀他的郑成。街上的人们都说王大勇那天气色不错，正午的阳光照得他红光满面。那天，他们点了不少菜，有鱼香肉丝、蚝油牛柳、虾爆鳝背、老厨白菜、木须肉、水煮肉片……当时，王大勇还说太多了，吃不了。郑成却说：好好吃一餐吧。王大勇又说：那也不能浪费。但不再阻拦郑成的疯狂点菜，而是试探着说了一句："今天算我的吧？"

郑成摇摇头："那还行？该谁的是谁的。"

两个人客客气气让了半天，最后王大勇说："好吧，就算你的。"

饭店的服务员回忆说，他们两个人当时都很平静地吃饭，气氛没有任何异常。她们本来对这两个传说中的人物的关系很好奇，但看了半天，他们就像正常的朋友一样，也就渐渐没了什么好奇，不再注意。不过有一点得到了她们的一致肯定，那就是郑成和王大勇在谈什么事，好像是在谈生意，又好像是在话家常。

王大勇说："我倒没什么问题，主要是你得想好。"

郑成说："我想好了。"郑成的声音很温柔，像一片水上的树叶，有个女孩感觉很有磁性，所以就特别注意。而另一个女孩则不屑地说："有什么好听的，女里女气的。"

王大勇又说："你再考虑考虑，我还是觉得你不值得。"

郑成说："有什么值得不值得的，做了就值得。"

王大勇就不再反对了，他沉默了一会说："好吧，我听你的。"

"这就对了，"郑成的脸上露出了笑容，他夹了一筷子西湖醉鱼，放到王大勇的碗里，"这是你最喜欢吃的，多吃点。"

王大勇吃了那筷子西湖醉鱼，吃得很慢很慢，足有五分钟。几个服务员叽叽咕咕地笑他，说他别看五大三粗，扛过枪，打过仗，没想到吃起饭来像个小姑娘。"不是像个大姑娘，是像一只小猫。"她们中间一个顽皮的女孩说，并且还"喵喵"地学了两声猫叫，引得伙伴们咯咯都笑了。

学猫叫的女孩是一个假期打工的中专生，长得很秀气，既顽皮又胆小。当时郑成狠狠地看了她一眼，她被那目光吓了一跳，就离开前台去了后面洗碗。她一边洗碗，一边回想郑成的目光，不知为什么那目光像一把刷子刷得她心里直发麻。她洗完一大摞碗，又抱着它们放回碗橱，碗橱最上面那层有点高，她不得不踮起脚跟挺起胸，这时就听见前厅传来一个女孩"啊"的一声尖叫。与此同时，碗橱深处一只漆黑的罐子上面突然反射出那束刷子般的目光。她手里一抖，一摞碗从怀里滑落到了地上。

王大勇似乎并没听到女孩学猫叫，他把碗里的鱼吃完，突然来了这么一句："今天的太阳真好啊。"

郑成说："是吗？我没看见。"

王大勇呷了一口酒，微笑着说："你背对着太阳自然看不见了。你看，你看——"说着，他举起筷子在空中划来划去，似乎想把阳光夹住。街上的人们这时看见王大勇哭了，眼泪一流老长。他们不知道他为什么哭，也听不见声音。就像看一场无声电影。郑成有没有哭，就没人知道了。但是我想，他脸上的表情至少会有所变化。

"你是不是后悔了？"他轻轻地问。那话语似乎加了密，只有对面的人能听到。

"不后悔，"那个流泪的男人摇了摇头，"可是，"他又说，"你看这阳光多好！我好像第一次看到这么好的阳光。"

"我看不到。"对面那个年轻人快快不快，"我不喜欢婆婆妈妈，既然决定的事情就不要改了，不然今天怎么过去？"

王大勇深吸了一口气，笑笑，举起了手里的杯子："喝酒。"

"不喝了，"郑成说，"时候已经不早了，完了以后我得留下点时间处理处理。"

王大勇端了端酒杯，又放下了："好吧，我听你的。"这句话他已经说过一遍了。

"这就对了。"郑成的脸上又一次露出了笑容，这似乎是他最喜欢听的一句话。

"可是，还有一道菜没有来，"王大勇突然想起了什么，转身问服务员，"菜齐了吗？"

"我看一下。"服务员还没等说完，就听见另一个声音接上了，"齐了！"

厨师又往锅里打了一勺水，翻起浆来，倒入一旁炸好的鲤鱼中，"哧啦啦"一串脆响，香气四溢。厨师满意地点点头，将菜端入盘中，又对了对盘子上的桌号签，确认无误后，把手一摆。传菜员端着鱼，穿过狭窄逼仄的走廊，来到前厅，吃惊地发现大厅里没有一个服务员。只有最远处那张桌边还有两个客人。传菜员看看桌号签，径直朝那张桌子走去。

"5号桌——锦绣鲤鱼，你们的菜齐了。"他将盘子从外首那个客人的肩膀上越过去，放在桌上。他猜这位客人趴在桌子上睡着了。

"谢谢。"坐在阴影里的那个年轻人点了点头，他的声音很轻，像水上的一片树叶。

警察在十分钟后赶到，他们闯进餐厅，发现杀人的凶手正坐在那里悠闲地吃着一盘鲤鱼，听见响动，动也没动。

"别动！"警察喊了一句废话，隔着桌子将枪对准他的脑袋。

他的手稍微有些迟疑，慢慢地吐出了嘴里的鱼骨。他旁边的地上放着一只乐器盒式的箱子，警察拿过去打开一看，里面赫然躺着一条假肢。

我的朋友王小勇，就这样永远地失去了他相依为命的哥哥。这位当年的战斗英雄，以他不同寻常的死再次轰动了整个临河城。公审郑成的布告贴到了我们学校的门口，校长在广播喇叭里发出训话，说这是建国以来学校发生的最大的一起学生犯罪事件，血的教训发人深省。他还说，郑成道德败坏，作风恶劣，是害群之马，死有余辜，罪有应得，望广大学生引以为戒，云云。

郑成并没有被判死刑，因为他还差十天才满十八岁。他被判处无期徒刑，关在几百公里外一座专门看管重犯的监狱。据说那里从来没有人活着走出过。

我没想到死亡毁灭了那么多人

郑成留下的那些故事书，我全都看完了。每当看到这些书，我都会想起他。

我手捧着书，常常陷入遐想之中。我多想知道郑成是死是活，如果还活着，现在怎么样？

我把故事书里的那些地名列到一张纸上：魔方大厦、聪明谷、白雪岭、无名岛……然后猜想郑成会在哪里。我总有一种感觉，他一定还活着，在世界的某一个我不知道的地方，过着我不曾有过的快乐生活。这时，我心底就油然升起一种向往。

我把这些书带到阁楼上，给白面看。白面虽然爱学习，但不像郑成那么喜欢书，他只喜欢唱戏。他经常咿呀呀地唱，唱得最多的是："马大宝喝醉了酒，忙把家还，只觉得天也旋来地也转……"

每当他唱到这里，我就会捂住耳朵叫他别唱了。倒不是他唱得有多难听，我只是不喜欢这唱腔。苍凉中带着凄惨，让人听来阵阵心寒。白面告诉我，这是他们家乡的吕剧，他父亲生前最喜欢唱的。

"什么？驴剧？"我没听清楚。

白面笑笑："对，就是驴剧。我们家乡以前出门讨饭的多，牵着驴卖唱的多，久而久之人们就把它称为驴剧了。文人嫌驴字不雅，就取了谐音的吕字。"

"哦，是这样。"我的眼前恍惚出现了这样一幅场景：一个饱经风霜的老人牵着一头跛脚的驴子，行走在风雪中。驴背上驮着一个小孩。凄凉的弦子颤巍巍地响起，骤然间滑过一个高音，我的心跟着一紧。

每天晚上从店里回来以后，白面都要出去跑步。他拉我一起跑，说是锻炼身体有好处，我懒得动。他也不勉强，自己换了运动服和运动鞋，舒展一下腰身，就跑出去。

我在屋里看书，看闷了，就从窗户里爬出来，在仓库屋顶上散散步。我走到临街的那边，正好看见白面跑回来。他跑得很慢，但脚步非常有节奏，听着也很有力。他边跑边给自己喊着号子："一二一、一二一……"这让我想起学校里出早操，不由地笑出声来。白面没有听到我的笑声，还在一丝不苟地向前跑，煞有介事地甩着胳膊，不像个病人，倒像运动健将。我忽然觉着这动作似乎在哪里见过，低头想起以前在学校操场上常见到的那个孤单的身影，原来就是白面。

白面回来后，我问了他一个问题："你为什么不早晨跑？"

白面羞涩地笑了，拿毛巾擦了把汗："那……那多不好意思……"

下午上着课，叔叔突然到学校里来找我。问我有没有见到婶婶。

我摇摇头："没见，怎么又不见了？"

叔叔腼腆地点了点头。我说："那还犹豫什么？快找呗！"

当初，叔叔和婶婶结婚不到半年，婶婶已经怀孕了，全家人都很高兴。可是有一天，婶婶突然不见了。有人告诉叔叔，说看见你媳妇往火车站去了，许是要回老家。

叔叔跑到火车站，没有找见。

全家人都行动起来，四处找，找了整整一天也没见到婶婶的人影。爷爷问叔叔："你们吵架了？"

叔叔说："没有啊。"

他们找到太阳落山回到家，远远看见屋顶的烟囱冒烟。这真是奇了，出了田螺姑娘了。

叔叔推开门一看，婶婶从灶口前抬起头。

"你怎么回来了？"

"我只是想出去转转，转够了自然就回来了。"婶婶笑着说。

叔叔露出密而小的黄牙，也笑了。

可是，婶婶的肚子却瘪了。她不知道什么时候把肚子里的孩子丢了。

"我不想当妈妈……我还没玩够呢……"她扑到叔叔怀里，呜咽起来。

"没孩子就没孩子吧，只要人回来了。"叔叔紧紧抱住婶婶，哽咽着说，"我要的是你，我要的是你。"

可是从那以后，婶婶就像是逃跑上了瘾。隔个十天半月的，就会失踪一次。叔叔就到处找她，每次都找不着，婶婶自己又回来。

人们觉着有趣，管我婶婶叫"跑"，管我叔叔叫"找"。一到了婶婶出走的时候，人们就说"跑"和"找"又比赛了。有人出于好奇，有人出于好心，帮着叔叔一起找"跑"，结果还是找不着。叔叔悻悻地回到家，发现婶婶正坐在屋里。

"回来了？"叔叔高兴地说。

"哼。"婶婶冷若冰霜，"我问你，你为什么让他们和你一起找？"

"我没有啊，"叔叔说，"是街坊们热情。"

"以后，只准你自己去找我，不然我就再也不回来。你听见没有？"婶婶提高了嗓门。

"听见了。"叔叔痛快地回答，"只能我自己去找。"

婶婶这才缓和："好了，我饿了，你做饭吧。"

"是！"叔叔兴高采烈，像得着了一个宝。

从那以后，"跑"和"找"再比赛的时候，就没人敢再帮忙了。叔叔会把想帮忙的人统统赶走，自己投入地去寻找。脖子上挂着手风琴，边找边唱着自己编的歌："跑啊，你快快跑；找啊，我慢慢找。你就是那神话里的宝，你是我心中唯一的宝。"他一唱这首歌，婶婶就会像从土里钻出来一样出现在他面前。

"几天不往外跑，心里就痒痒啊。"婶婶心情好的时候，也会跟邻居们唠上几句。

"你们不知外头那个好，几天不出去，草也绿了，花也开了，河里也解冻了，蛤蟆也叫了，大雁也飞回来了……"人们这才明白，婶婶一直在野地里跑。

叔叔在黄河滩里追上了婶婶，阳春三月，河滩里密密麻麻的都是盛开的油菜花，叔叔把婶婶按倒在满地的芬芳里："跑，看你这次往哪里跑？跑，你还敢不敢跑？"

一边质问她，一边拿胡子、头发、整个的脑袋拱她，拱得她心花怒放。

"敢啊，哈哈，还跑！"

"还敢？"叔叔用了些力气，婶婶笑得叫得更欢了。

"就是敢！敢敢敢敢敢……"

叔叔脱下棉袄，护在婶婶腰上，下边就开始用力气。两个人在温暖的河滩上，当着太阳的面，好一通地爱。

做完爱以后，婶婶拔腿又跑。叔叔这时却没有了力气再追，反倒是舒舒坦坦躺下来，枕着油菜花，睡了一觉。他梦见自己举办了音乐会，梦见自己和妻子手拉着手在天上飞。他睡得安详，因为他知道妻子这会儿已经在家给他做饭了。

时间久了，"跑"婶婶也会学懒了，宁愿串门子、做家务，不怎么爱跑了。叔叔就不高兴了，他把妻子从邻居家拽回来，把她手里的毛衣抽了线，和她严肃深沉地说话：

"你要堕落下去了，你知道吗？孵蛋、打鸣鸡也会，我要的不是你这个。我爱你就是因为你会跑，她们都不会，她们都死在这里了。只有你，跑得那么好！你有多长时间不跑了？你告诉我河滩上的老聒（乌鸦）做了几个窠？冬瓜和面瓜说什么？狐狸一家搬哪儿去住了？你说不上来了吧？你统统丢到了脑后了吧？当初，是你启蒙了我，现在你却放弃了梦想，甘愿扎下根来，你真让我失望！"

叔叔的话让婶婶无言以对，眼泪像掉了线的珠子一个劲地往下落。

最后，她抬起袖子坚定地擦了擦红肿的眼睛，扬起脸，狮子似的吼道："啊——跑！"

第二天一早，叔叔和婶子都不见了。大家兴高采烈，知道久违的比赛又开始了。

假郑成在监狱里给郑伯伯写信说：我不是郑成，我欺骗了您这么多年，辜负了您这么多年。

老郑回信说：我早就知道了，虽然你不是郑成，你也是我的亲儿子。

这封信老郑写了一夜，哭了一夜。

假郑成在那封信里说：我本来应该和他一起死的，可是有一件事情我还没有做。做完这件事，我在世上就了无遗憾了。

老郑回信问他什么事，他却再也没有了回信。

又过了半个月，天空下起雪来。半夜里，郑老伯听见有人敲门。

"谁？"

没人回答，敲门声却在继续。

郑老伯披上衣服，打开门，借着月光，他看见门口站着一个十五六岁的孩子，乐呵呵地看着他。

"你是谁呀……"郑老伯话说到一半，"啊"的一声叫了出来。原来，这个孩子就是他走失了三年的亲儿子郑成。他憨笑着，手里捏着一张纸片，郑老伯把纸片夺过来，看见上面写着一行字："爸爸，我把弟弟给您找回来了，我死而无憾了。其实我罪本当死，因为冒用弟弟的生日才侥幸活到现在。"

"啊！"郑老伯大叫一声，抡起胳膊冲着那孩子的脸上就是一巴掌，"滚！你不是我儿子，我儿子坐监狱了。"

鲜血顺着郑成的嘴角流出来，他抬起手背抹了一把，依旧呵呵笑着，望着眼前的父亲。

早晨天还没亮，警察就找了过来。从他们那里，老郑才得知那个郑成上个月打死了一名狱警，抢了一支枪越狱了，自己家一直处在警察的监控中。

这个消息很快又传遍了临河城，人们又一次蜂拥而至。只是郑老大没有上次那样的好心，他抓起一把扫帚，舞动如飞，把人们统统赶出门去。

人们退到路上，惊愕地望着老郑，猜度他是不是发疯了。这时，一个柔弱的少年从屋里走了出来，他目光呆滞，行动迟缓，走到老郑身后，伸手拽住他的衣角，嘴里嗫嚅道："饿、饿……"

老郑回转过身，手里的扫帚落到了地上。接着，这个五大三粗的汉子抱着自己的头蹲了下去，发出狼嚎般的呜咽。看热闹的人们见此情状，这才摇头叹息着，心满意足地陆续离开。

又过了几天，半夜里，郑老大一阵心绞痛从床上坐了起来。望着窗外一轮惨白的月亮，他的眼泪哗哗地流了下来，他恍惚听到了千里之外传来一阵枪响，知道那个半路捡来的孩子已经不在人间。这一夜，恰好是七月十五中元节。

我又想起王大勇说过的话："这个郑成不是一般的人，他是哪吒投胎，混世魔王转世！"心里就释然了，他无论做出什么事来，也不足为奇。

那段时光在我的记忆里，始终保持着暧昧的姿态。阳光穿过层层的云霭抵达我的脸上时，常带有某种不怀好意的微笑。空气中散发着呛人的煤烟味，高低起伏的街道蛊惑着我的双脚。总是有人死去或者发疯的消息从四处溢起，试图动摇我天真烂漫的青春。那时候，我还没有读到但丁的诗歌，是的，我从来没有想到死亡毁了这么多人。当然，我更不知道在一本叫《圣经》的书里藏着这样的诗句："爱情如死之坚强，仇恨如阴间之残忍……"

躲紧

妈妈找到我，要我回家。我说："不回去，除非你不结婚。"

妈妈哭了，她说："你怎么不为我着想？刘老狗都结婚快一年了，快给你弄出小弟弟来了。"她的面容浸透了悲哀。

我说："不可能，小玲玲也不会同意的。"

妈妈抽泣着反问："小玲玲能管得着？"看样子，任红梅怀孕给她的打击似乎超过了任红梅和爸爸结婚。我才明白妈妈一直心存幻想，她还是爱我爸爸的。我实在觉不出爸爸有什么值得妈妈留恋的，也不想同情妈妈的遭遇。

于是我说："那你也不能结婚。"

最后，妈妈伤心地走了。望着她的背影，我再次感觉到自己常常有一种没来由的残忍。妈妈对我一直很好，从来没打过我。

任红梅真的怀孕了，就是在仓库里和爸爸做爱怀上的。她怀孕后死活不肯堕胎，爸爸没办法，就只好跟我妈离了婚。这是我爸爸的一家之言。我觉着妈妈的说法更接近真实："你爸爸这个人啊，眼馋的毛病多咱也改不了。人又没一点主见，我帮不了他，干脆就成全他吧。"原来，爸爸居然跪在妈妈面前，求她给他想个办法。妈妈气得脸都青了，指着爸爸的鼻子破口大骂："三条腿的蛤蟆好找，你这样的男人不好找。我什么也帮不了你，唯一能帮你的就是和你离婚！"就这样，妈妈拉着爸爸离了婚。

"小威，这可不怪我，是你妈硬要离！"事后，爸爸一脸无辜地对我说。

"刘小威，你要是长大了和你爸一个德行，我就当没你这个儿子，你也别管我叫妈！"妈妈流着眼泪冲我咆哮。我惶惑地望望爸爸，又望望妈妈，心里别提多么厌倦。桌下有一只青瓷蒜臼，我一脚将它踢飞起来，撞到墙上，哗啦摔成粉碎碎。他们两个都不作声了，一起看我，我没理会，推门大步迈将出去。到了院外门口，眼泪掉了下来。

有一天，我在菜市场门口遇见了任红梅。她手里提着一只白斩鸡，挺着肚子，一步三摇地向马路对面走去。看见她的肚子，我的心里充满了莫名的愤恨，也许还带着些隐隐的嫉妒。我真想她走路被车给轧死，可实际情况非但不如此，反而那些车辆个个似乎回避着她，让着她。

看着任红梅过马路，我突然又想到了母亲。想当年，妈妈怀着我的时候，也是这样骄傲吧，走在路上也是这样受人尊敬。想到这里，我的目光竟然凝住了。直到脑袋被什么东西敲了两下，这才清醒过来。

"看什么呢？"王小勇收起手里的折扇，又竖起一只指头在我眼前晃了晃，"这是几？"

"一呀。"我迷惑不解。

王小勇如释重负地点点头："嗯，还好，没傻。"

"傻你个头！"我勃然大怒，冲他肩上重重擂了一拳。

王小勇疼得龇牙咧嘴，我自觉理亏，又不想道歉，就去夺他手里的扇子："从哪儿弄的？给我看看。"

王小勇不肯，扇子却已被我劈手夺了过去，"啪"的一声打开，上面现出一幅水墨山水：桂林山水甲天下。旁边四行歪歪扭扭的黑字，却是用碳素钢笔添上的：

> 五六七八月
> 扇子不可借
> 虽是好朋友
> 你热我也热

"妈的还不可借，我借定了！"我笑起来，跑起来。

任红梅一休产假，单位又调来一个临时工顶替她。是一个十八九的女孩。女孩嘴很甜，一口一个刘主任地叫，官虽小但好歹也是个主任，后来，又改成刘叔叔，再又改成老刘哥，再后来变成了"老东西"。

我第一次听见她喊我爸"老东西"，吓了一跳，因为从天窗上面往下看，人物比例有些失调，我看着就是父亲怀里蹲着一口麻袋，声音却有几分耳熟。等我看清她是谁，差点从天窗上掉下来。原来，她竟然是已经被学校以行为不端为由开除的李珍。她的外号早不叫"两张饼"了，而是被人称为"小林丽美"，这说明她在性方面的开放程度已经不亚于当年的林丽美。爸爸在男女关系方面老犯错误也是情有可原，总有好善乐施、投怀送抱的。按照王小勇的理论，秃头的人性欲强，爸爸恰恰就长着一颗三毛式的脑袋，天天拿着梳子往中间梳，还美其名曰"地方保卫中央"。那些淫荡的女人正是看中了他这一点也未尝可知，不然我实在看不出她们图个啥。

我从屋檐上抓了一窝麻雀，连窝带麻雀扣到了李珍的头上。

"妈呀！"她"啊"的一声尖叫从我爸爸腿上掉了下来。两个人仰起头往房顶上看时，我已经消失得无影无踪。

我去找任红梅，任红梅说："你这个小流氓还有脸来？快走，不然我报公安局来抓你！"

我笑笑说："我来是为你好，你知道我爸爸现在和谁好了吗？鸠巢鹊占了！"

任红梅挺着个大肚子到仓库去闹了一阵子，李珍和她大吵了一顿。最后的结果是，我爸爸的仓库主任被免职，调到保卫科看大门。

听说任红梅本想把孩子流掉，怎奈孩子太大已经流不掉了，只好生了下来。结果是个男孩。

小孩满月酒那天，我妈送了一篮子鸡蛋去。她把鸡蛋放在门口就走了。有个客人一不留神，踢倒了篮子，鸡蛋破了好几只，居然都是毛鸡蛋。爸爸兴起，再打了几只，还都是毛蛋，就叫着我妈的名字破口大骂起来。

第二天正好是星期天，我回家吃了一顿饭。妈妈见我回来，明明高兴却故意板起脸来："你来干吗？有点小子骨头就不要回来。"

我嬉皮笑脸地说："馋你包的蒜薹烫面包了。"

　　我说的一半是实话，妈妈包的蒜薹烫面包确实是一绝。皮薄馅厚，汁多味浓，一咬满口香。另一半则是因为，上次对妈妈说了狠话，心里有些过意不去，想来安慰安慰。

　　妈妈果然转怒为喜："你这只馋猴，多咱也改不了好吃的毛病。话又说回来了，不是你妈夸口，我包的蒜薹烫面包，就连机关食堂的大师傅也不能不服。"

　　我道："那是那是。"

　　妈妈立即开始动手，和面、拿开水烫面、调馅。我擀皮，她包馅，配合得十分默契。

　　妈妈一边包一边叹气："你比你爸爸强多了，他到现在还不会擀皮。这么多年，过年包饺子都是我一个人。"说着说着，又忍不住想哭了。

　　我心里忽然升起一阵强烈的厌弃，真想扔了擀面杖就走，最后还是咽了口唾沫忍住了。因为我已经答应自己好好陪陪母亲，因为热腾腾、香喷喷的包子以及一家人围坐在饭桌前吃饭的画面，唤醒了某种温馨的情愫。我就像一个死去多年的祖宗，偶尔怀念起人间的生活，忍不住回家转转。仅此而已。

　　妈妈终于结婚了，在我们常去的西关饭店摆了好几桌。她没有叫我，也许她知道叫我也不会去，也许她不想让我看见她结婚的场面。

　　就在妈妈结婚的那天中午，我把小玲玲骗到我住的阁楼里，再次试图强暴她。她再次跳窗逃跑了，像一只猫那样灵活。

　　"回来！回来！"我拼命喊，她都不听，我恼羞成怒，又喊，"你这个婊子！"

她猛地回过头来："你说什么？"

"婊子。"

小玲玲瞪大眼睛："我就是婊子也不和你搞，我和谁搞也不和你搞！"说完，她沿着屋檐头也不回地跑开了。

我头顶炎炎烈日，含着热泪走在大街上，我看着那些活生生的姑娘们，我想我为什么就不能随随便便找个人爱？爱那个长着象腿的，爱那个长着兔唇的，爱那个胸前两只气球的，爱那个满嘴黄牙、说话一口韭菜味的。可是，我谁也不爱。我只爱小玲玲。我对着每一个迎面走来的人说：我爱她、我爱她。

一阵倾盆暴雨不期而至，我向着雨的深处奔去，盼望这雨淹没我心中的烈焰。不负我望的雨，发出白炽灯一样耀眼的光……

我感冒了。发着高烧。滚烫的身体像在沸水里煮过，脑海里如放电影闪过众多画面，却没有一幅是清晰的。一会儿是怀孕的任红梅，一会儿是母亲和他的新丈夫在招待客人，一会儿是捆成粽子状的小玲玲。

白面一直在身边照顾我。

"我送你去医院吧？"

他用试探的口气说。

我摇摇头。

我知道他也只是说说，他没有钱，我也没有钱。我预感到我要死了，我想起爷爷说过的话：人老了，考虑最多的就是死在哪里的问题。死是无所谓的，可死在哪里可得好好讲究。死是有尊严的哩。爷爷说的总是很有道理。我记得从书上看过大象临死之前会离开它的伙伴，找一块谁也看不见的地方藏起来，凤凰会集香木自焚。我不知道这样死在一处小小的鸽子笼里好不好，可是我更不愿意死在家里，不愿意被任何亲人看见。想想在这个世界上，我最爱的其实应该是我爷爷，其次才是小玲玲。我叫白面拿笔来，我要写一封遗书。我想等我死后把我葬在水底，身穿金缕玉衣，寄身于鱼群之下。我的脑子烧糊涂了，到哪儿去弄金缕玉衣？朦胧中，我看见了自己的葬礼。四匹黑骏马拉着一艘雪白雪白的船，蹚过幽蓝幽蓝铺满月光的河面。岸边，我的子嗣和人民全都披麻戴孝。最前面就是小玲玲。她穿着王后的礼服，哭得最痛。我的父亲母亲，作为奴隶，穿着粗布衣服。最滑稽的是我爸爸，戴着一顶马戏团小丑那样的帽子，手里拄着一根魔术棒式的哀杖。

白面不知从哪里弄了一把药塞进我嘴里，一种又苦又腥的味道。我想吐出来，可随后的一碗糖水使我放弃了抵抗。

那些药下了肚，很快五脏六腑都烧了起来，肚子里咕嘟咕嘟冒泡。我想自己完了，说不定那是一些毒药。我想挣扎着爬起来，浑身却没有一点力气，手胡乱地划了几划，渐渐失去了知觉。

我醒来时，已经是第二天中午。太阳火辣辣地照着，让我几乎睁不开眼睛。

"你醒了？"

白面高兴地说。他就坐在我身边，他的眼睛里满是血丝，看来一夜没睡。

等我穿起衣服，洗完脸，白面已经把一碗香喷喷的鸡蛋面端在我面前。

"嗯，好香啊！"我的肚子正空得难受，端起碗吃起来。吃完才想起一个问题："白面，你昨晚给我吃的什么药？还真管用！"

"什么药？"他一努嘴，我才明白他给我吃的是窗台上那些乱七八糟的药。

我吓了一跳，大叫起来："好你个白面！你想药死我呀！"

白面笑了："你死了吗？你这不好了？"

"妈的！"

"是药就能治病，何况说那些药连我的病都能治，还治不好你？"他竟然扬扬得意起来。

我又去上学，居然没有一个人问我这几天怎么没来。看来，我死了也没有人在乎。我止不住为自己羞耻。我想等自己养足了力气，真要好好地死一次。

中午，我坐在学校树下看一本故事书，树上传来几声猫叫。我抬头望去，望见了小玲玲，她正变成一只猫吓唬一只喜鹊。我掏出弹弓，射出一粒黄豆，把喜鹊救下了。猫抖抖毛变回了原形。小玲玲怎么会变？你净瞎说。我知道你一定会这样说我，她就是会变。这是她和我之间的秘密。

我就知道是你，我说。

她笑了，笑得那样纯洁无辜。

我们走出城，来到野地里，在碧绿的梧桐树底坐下。瓜田翻滚着绿浪，金龟子飞来飞去。树林的尽头凝结着浅蓝的雾气，像仙女们舞动她们的衣裙，她们在林间的树冠上飘舞，一刻也不停息，树叶发出沙沙的声响，其实是她们在为爱情歌唱。灼热的地气冉冉上升，像一件白色的纱巾，裹住了我和我的爱人。

黄昏将逝，夜晚来临。为什么天上有弯红月亮，河流里漂着一颗水晶心？在羊绒般柔软的草地上，小玲玲像蚕蛹一样赤裸着柔软的身躯。乳房洁白，伸手一碰，便羞涩地躲紧。我发明了"躲紧"这个词，以便更准确地称颂它们。我愿意为它们献诗一首，可惜我不是诗人。

我已经说了这么久了，允许我发挥一下吧，不管是真是假。我发出爱情臆想症患者特有的含混不清的呻吟。

生理卫生与思想品德

郑成一动不动地坐在学校门口的石礅上，见谁都冲谁笑。这个自然是真郑成了，我那才华横溢的朋友，如今变成了一个痴子。穿着用他父亲的旧衣服改成的蓝色劳动服，斜背着写有"振兴中华"字样的旧书包。书包里总是放着一个半个的馒头。

他个子长高了一些，但模样并没有多大变化。他比出走之前更加沉默了，就连那几句我都会背的经文也不念了。不过，神态却很安详。谁也不知道他这几年去了哪里，那个假郑成是怎么把他找回的。

放学了。嘈杂的人群和自行车流中，一个歪戴着帽子的家伙走过来揪揪郑成的耳朵："你不记得我了，我是你爸爸呀。哈哈。"

郑成抬起眼睛，木然地瞅了瞅他，还是不说话。周围一阵哄笑。

"操你妈！"

我抡起书包，冲着那家伙的脑袋就是一下。那家伙不服气，和我扭斗在一起。

我不是他的对手，被逼到墙角。那小子上前揪住我的衣领，嘴里骂骂咧咧。王小勇及时赶到，一脚把那家伙踹开，那家伙爬起来找王小勇算账。我又追上去打，却被另一个孩子伸脚险些绊倒。不断有人卷进来，有拿着链子锁的，有手持握力棒的，逐渐演变成一场混战。

"妈呀！"一个孩子的头上挨了一记铁锁，鲜血汩汩地流了出来，他用手一抹，血顺着指头缝流到了地上。紧接着，那边又是一声惨叫，一个孩子的后脑勺磕在了水泥花池上。

郑成安详地坐在原地，好像什么都没看到。

一阵哨声，众人作鸟兽散，地上留下串串血迹。

这次事件的最终结果是，王小勇和另外一名孩子被留校察看，我被记大过。

我们是在第二天上午课间操前听到学校广播的处理决定的。王小勇当即把校服一脱，狠狠地扔到地上："妈的，此处不养爷，自有养爷处。"说着，昂首阔步走出了队列。他的背影迷倒了一大批人，包括我在内。我想追他回来，跑了两步，忽然意识到已经了无意义，又垂头丧气地回来。这时，广播操的乐曲已经响起，我迷失在整齐划一活动的四肢与躯干中。

"丢人！"父亲把寄到家里的处分通知掷到我脸上。

"你也别说我，你还不如我呢。"我不吃他这套。

"王八操的，你给我滚！"父亲又一次恼羞成怒。

"滚就滚，又不是滚了一次两次了。"我毫不示弱。

"行了行了，"任红梅奶着孩子打圆场，"谁也别说谁，爷俩都是，一个鸟样。"

那个小孩长着一只鸟脑袋，两只眼睛大而无神。我觉着他哪儿有些不对劲。

父亲和李珍出了那档子事后，任红梅就闹着离婚。因为已经有了身孕，闹着闹着就没了力气。她怕流产疼，年轻时她曾数度流产，没想到临生产挨了一刀更厉害。医生都说，像她这个年龄了不该再要孩子。她眼泪哗哗的，她一直稀罕男孩。终于如愿以偿了。

父亲扳着手指算："我今年四十二，他一岁，等他二十，我六十二了。俗话说，四十得子，巴结到死。等他娶媳妇，我就该完蛋了。"

任红梅说："怕什么，我们老了，叫小玲玲管。"

小玲玲撇了撇嘴："凭什么呀！到时候我自己也有孩子呢。"

任红梅骂道："这个死丫头，一点也不孝顺。"

小玲玲指着那个孩子说："我孝敬你呀，还是孝敬他呀！"

任红梅唉声叹气："你说说，你说说，半大闺女家！"

父亲嘿嘿一乐："谁的孩子随谁家，你自己的女儿怨谁。"

小玲玲老在我面前嘟囔，说她妈一直欺负她，根本不拿她当女儿待。

我点点头："我也觉着。"

小玲玲歪着辫子："你说，要是我们有了孩子会怎么样？"

我心里突然一颤。我们两个人的目光对在了一起。

"我们不能有孩子"，小玲玲又说，"我们是兄妹。"

"什么兄妹，"我说，"你妈跟我爸爸结了婚，我们才成了兄妹。可我们之间没有血缘关系，我们和幸子、光夫不一样，这就不要紧。虽然我们长得确实很像三浦友和、山口百惠。"

"呸！别不害臊了。"小玲玲拢了拢头发，"什么不要紧，你从哪里知道的？"

"《生理卫生》上写着呢。"

"你也就光知道《生理卫生》。"

我提议看看小玲玲那个地方，只是看看。她不同意："我才不相信你呢。你都强奸过我两次了。"

"我没强奸你。"

"你是强奸未遂，我要是告你的话，你早坐了牢了，判个三到十年。你就得和假郑成一起待着去了。"

我害了怕："你……你从哪里知道的，三到十年，那么准？"

"什么？"

"三到十年。"

"《思想品德与法律常识》课本上写着呢。"

我心虚，小玲玲用食指使劲点了点我的额头："记住，你是个罪犯！"

小玲玲的话在我的心里扎下了根。我宁肯自己是个罪犯，关在高高的围墙里面。一天一天。不用为明天发愁，明天总是一天接一天的来。我发愁的只是今天怎样度过。

又是一个雨天，阴雨绵绵中，我再次回忆起郑成出走的那天早晨，我仿佛看见他正从雨中向我走来。

雨过天晴，阁楼上霉菌爬满四壁，屋角漏雨的地方留下一片尿迹斑斑。蟑螂、蜘蛛、潮湿虫碰头打脸。我们点起劣质蚊香来熏，结果害虫没死多少，我们反倒呛了个半死。

白面上班去了，小玲玲带了一瓶杀虫剂来看我。我们俩花了一整个下午时间打扫卫生，干得很有劲。

"累死我了！"清理完垃圾，她躺在床上，嘟囔一声就睡着了。风从窗外吹进来，窗帘荡来荡去，像一只手在我心里不停地挠，挠得我心里直发痒。她穿着白色的短裙，双腿叉开，蹲下身可以看见里面粉红色的三角裤。我脱下裤子，将那已经坚硬的东西掏出来，就要碰到她的大腿时，她突然翻了一个身，嘟囔道："你不会。"

原来，她根本就没睡着。我无地自容，恨不得地上有个缝钻进去。

后来，小玲玲真睡着了，均匀的呼吸，嘴角挂着轻俏的微笑，似乎在说：喜欢我就来吧！可是，我却再没有亲近她的勇气。

我坐在窗前，一直看着窗帘摆动，目光追逐着它墙壁上的阴影。爱上了阴影，爱上了摆动。外面不知哪座建筑上有一面看不见的镜子，把点点滴滴的光反射到我的眼睛上。时间几乎感觉不到存在，我沉入寂静的悲哀里。直到她一骨碌爬了起来："你知道我梦见谁了？"

"谁？"

"我梦见白面了。"

我本以为她会说梦见我，"哼"了一声。

"你不高兴？"

"无所谓。"

"我们是兄妹。"她睡得汗津津的手搭到我的右臂上。

"去你妈的，谁和你是兄妹。"我一甩胳膊。

"那你想干什么？"她咄咄逼人。

"我想操你！"我喊。

"你敢！"

"我为什么不敢？"

"你没那个本事！"

我猛地抱住她，她果然用力挣扎。她的肩膀裸露出来，连同一根红色的胸罩的肩带。她已经开始戴这玩意了，这让我有些陌生又惶恐不安。她脖子上的筋一跳一跳的，那里没有任何值得注意的标志，哪怕是一枚小痣。我费了九牛二虎之力，好不容易把舌头塞进她嘴里，还没来得及品尝，就被她狠狠咬了一口。疼得我"嗷"的一声惨叫，她趁机挣脱了我，抓住窗帘下摆，飞快地荡了出去。我吐了口唾沫，很多血丝。我生起气来，也学着她抓住窗帘，往外纵身一跳，窗帘"刺啦"一声断了，我重重地摔倒在仓库的房顶上。我们在屋顶上展开追逐，虽然我自觉身手还算敏捷，可是她比我轻快得多。她就像只蜻蜓，这里停停，那里落落，如果她不愿意，我根本近不到她身边。突然"呼隆"一声，——我不小心一脚把屋顶踩漏了，小玲玲也"啊"地尖叫起来。好在我只掉下去一条腿，我用力拔，却怎么都拔不出来，我气急败坏，真想不要这条腿了，可惜腰间没有宝剑。小玲玲见我并没有危险，远远地站在山墙上呵呵地笑，却不肯过来帮忙。

这时候，有两个人惊慌失措地从仓库里跑出来了，正是我的爸爸和李珍。爸爸一看是我，扯着脖子就喊："小兔崽子，我还以为日本鬼子扔炸弹呢！"

我眼尖，看见他裤子前门还没拉上呢。

我顾不上理他，继续拔我的腿。爸爸的身影消失了，只有李珍在喊："你可小心呵。"假惺惺，完全是假惺惺。

过了一会儿，爸爸搬了一架梯子来，搭在屋檐上就往上爬。李珍给他扶着，一边还在说："你可小心呵。"

这是对我爸爸说的，声音比刚才稍微那么不假。

这时候，小玲玲冲我扮了一个鬼脸，展了展翅膀飞到了街道对面烟酒公司的屋顶上，三晃几晃就不见了。我说过她是只蜻蜓，你们别不信。她真会飞呵。

爸爸的光头从屋檐上一点一点地露了出来，我想起了爷爷泡在澡盆里的那只龟头，情不自禁地感到一阵恶心。爸爸的头光秃秃的，王小勇说：这样的人性欲强。我宁愿性欲不强，也不愿意长这么一个头。话又说回来了，我既然是他的儿子，性欲能不强吗？可是一想到将来自己有可能也和他一样谢顶，就怨恨丛生，心说到那时候还不如一头撞死。

爸爸慢慢地爬到我身边，为了好听起见，姑且称之为匍匐前进。总而言之，他来到我身边。一边骂骂咧咧，一边和我齐心协力拔萝卜似的拔我那条腿。李珍在下面喊着号子："一二一、一二一，王八抬蹄！"我有心发火，却顾不上了。我一使劲，鞋子掉了下去，发出清脆的一声响。我们终于把那条腿拔了出来，膝盖、脚踝骨等地方蹭破了好几处皮，露出血红的伤口，整条腿上覆盖着一层土灰。

我顺着梯子下来，为的是不暴露阁楼这个秘密。

爸爸说："快滚，再也不要让我看到你。"

我点点头，飞快地跑了。他不知道我已经不在家里住了。

不知道这样的事情发生了多少次，我和小玲玲之间达成了这样的默契。我一见到她，就要强暴她，她呢就拼命反抗。最后的结果是，两个人都累得筋疲力尽。这种游戏太刺激了，有时，她放浪地喊："亲爱的，你怎么还不来操我了？"

我二话不说，挺枪便刺，她便奋力抵抗。

"这样有劲吗？"她一百次问。

"有劲！"我一百次用这样愤怒的回答结束这战斗。

我们的捆绑游戏渐渐玩得炉火纯青，我们两个紧紧地绑在一起，喘不过气来。

"我就喜欢和你绑在一起，你呢？"

我点点头。

"你愿意一辈子和我绑在一起吗？"

"愿意。"

我们汗都流了出来。我们相互舔了舔舌头，内心如蜜甜。

自从我的右腿从房顶掉下去以后，我总觉着这条腿有些异常。它变得轻了，不听使唤了，好像是一条假肢。经常，我脑子里想着往左转，这条腿就条件反射般地往右翻。而且，它走起路来飘悠悠的，一点声音都没有。有时候，它像个陌生人似的悄悄来到我身边，吓我一大跳。有一次，我在阳光底下发现它居然没有影子！

天啊！我渐渐害怕起来。故意走得很慢，生怕这条腿把我带到别处去。真想躲着它走，它却跟得更紧，几次把我绊倒。

我倒不是没想试试它到底能带我到哪里去，我闭上眼睛走路，结果，它每次都把我带到了小玲玲那里。还有一次，它把我带到了高高的水塔顶上，想让我扮演一个殉情的傻瓜。更多的时候，它喜欢带着我跳，总是想跳，看见什么都想跳。跳也跳不高，最多一米二三。我想不通它到底想干什么。

我再次出现在妈妈面前，她很吃惊："我以为你在你爸爸那边呢。你来干什么？"

我说："我来要钱。"实际上，还是那条腿带路。

"要钱？要钱干什么？"

"看病。"

"看病？你哪里出毛病了？"我妈上下打量打量我。

"我的腿坏了。"我拍打着那条腿。

"怎么了？疼吗？"

"不疼，就是不怎么听使唤。"

"你感觉重还是麻？"

"不重不麻，轻，很轻。"

我妈笑了："我知道了，你是在装病，要钱可以，但不准乱花。"说着，她掏出十块钱。

我说："不够，再给我十块。"

我妈"哟呵"一声："要这么多钱干吗？"

"再给你六块，我身上就这些了。别老跟我要，跟你爸爸要，跟你后妈要。"

我接过钱，道声谢谢。我妈在后边说："省着花！"

我走到人民医院门口，这条腿就开始拼命打哆嗦，不肯进去。

我单腿跳着进了医院，上面有两个窗口，一个中医一个西医，那条腿带着我往中医那边靠。

医生摸了摸，"拍个片子吧。"他说。

花了十五块钱拍了片子，那时候便宜啊，结果什么毛病都没有。医生说："你这是运动性神经疼。"

我说："我不疼，我也不运动。"

"你是大夫我是大夫？"医生没好气地说。

我不吱声了。医生拿起蘸笔，龙飞凤舞给我开了一堆药，一划价四五十块。我一样都没拿，跑到外面药店买了一贴麝香虎骨膏。

王小勇叼着烟来了："听说你的腿有毛病？"

"嗯，你连个罐头都不买就来看我？"

王小勇猛地一拳头，打在我的大腿上，我"嗷"的一声跳了起来。

"疼就说明腿还是你的。"王小勇咧开嘴巴大笑着。

假肢工厂

为了表示对我腿伤的慰问，小玲玲请我们三个晚上去看电影。

我们只看武打片，那晚的电影是李小龙主演的《猛龙过江》。片子放到一半，换片时出了一点故障，片子放反了，人物的动作一招一式全都倒着来了。全场一片哄笑，我和王小勇不约而同地蹲到椅子上，蛤蟆似的蹦跳着，打榧子、鼓倒掌，不亦乐乎。片子马上停了，短暂的黑暗过后，电影重新开始放映。我把腿从椅子上放下来，惊奇地看到：小玲玲和白面，他们两个居然手拉着手，面带微笑，聚精会神地注视着银幕。

电影散场了，走出影院门口，我抬手就打了白面一巴掌，他立即还了下来，还挑衅似的看着我。我又给他一巴掌，比刚才还重，他马上以同样的力度还击。我们你来我往相互抽了半天，我的脸火辣辣的疼，嘴角发咸，下意识地用舌头一舔，立刻明白自己流血了。他也一样。我们都笑了，随后又抱头痛哭。

这时，白面先发现小玲玲和王小勇不见了。

我四处望望，冷笑说："我知道他们去哪儿了。"

影院广场前面空地上有一个大草垛，我划了一根火柴，草垛"呼"

的一声就着了。火光冲天，草垛后面一下子跑出四五对谈恋爱的小青年，王小勇和小玲玲手拉着手在最后面。

"着火了，着火了！"电影刚散场，周围还有很多人，大呼小叫着，三下五除二把火扑灭了。

影院管理员揪着我的耳朵把我带到一间小屋里，问我叫什么名字，是哪个学校的，家住在哪儿。我学革命烈士，打死也不说。

"我怎么看你这么面熟？"他左右瞅了瞅我，"哈，我认出来了！你小子经常不买票，偷着进来看电影！是不是？还有那个跑了的家伙。"他说的是王小勇，"我早就发誓一定要抓住你，今天你就主动送上门来了！还放火，胆子不小啊。本来应该把你送到派出所，我一想不能那样便宜你，我得先好好收拾收拾你！"说着，他拿起桌子上的皮带，装腔作势地就要砸。

我怒目圆睁，等着皮带落下来。没想到，这家伙只是象征性地在我胳膊和前胸抽了两下，随即又把皮带扔回桌上。

"我知道你们这些小流氓都一帮一伙的。奶奶的，公家事，我犯不上给自己找麻烦。"这小子态度和缓了很多，坐下来，"只要你都交代清楚了，我就放你走。"

"交代什么？"

"明知故问！"他一下子又生气了，霍地站起身来，"你早晚会说的，不说就在这里待着吧。""砰"的一声把门带上，走了出去。

我用力拽了拽门把手，无济于事，悻悻地回到原处。我百无聊赖，看看墙上的表，已经十点多了，努力克制自己不去想今天晚上发生的事情，趴在桌上闭着眼睛似睡非睡，脚在地板上搓来搓去。这一搓可不要紧，我突然感觉脚底下有块方砖是活动的。我好奇心起，钻到桌子底下，用手使劲掰了掰，把那块地砖掰了起来。一股冷风扑面而来，我打了一个冷战，抓起桌上的一只手电筒，按动电门那么一照，好家伙，居然是一个深不见底的地道口。仗着自己艺高人胆大，我纵身跳入洞中，然后又把地砖移回原位。我落脚的地方，地势相对平坦、宽阔，旁边有一个洞口，只能容一个人通过。洞口有扇石门，两侧挂着一副对联，我举着手电筒一照，上联写的是"天生一个仙人洞"，下联写"无限风光在后宫"，横批"世外桃源"。我钻进去，摸索着前行，脚步感觉到是一条下坡路，坡不急不缓。洞里空空荡荡，堪称乏善可陈。我渐渐明白，这只是一个地道，不是藏宝的地方，我对地道通向哪里更充满了好奇。由于没戴表，也不知道走了多长时间，反正走得腿都累了，我渐渐以为已经走出了临河城，走到了地球的那头，走到了美国。为了能留下点记号，我尿了两泡尿，拉了一泡屎。没有纸，我就随手抓了只蝙蝠擦了擦屁股。洞里虽然黑暗，但空气却不浑浊，看来洞里是有宝。有一阵，我走得实在乏味，就想掉头返回，可是又想回去还要走很久，还不如再坚持坚持。于是，又硬着头皮往前走。

　　突然，我的眼前被什么东西堵住了。手电筒已经没电了，我摸出一根火柴，在裤子上擦着一看，顿时倒吸了一口凉气。原来是一只一人高的大蜘蛛挡住了去路，爪子抓在地上啪啪作响，嘴唇的绒毛像一把棕毛刷子，牙齿咯咯哒哒响。我掏出水果刀和它展开搏斗，这家伙八爪齐用，又会吐丝，委实难以对付。十几个回合过后，我见胜它不易，便心生一计，卖了一个关子扭头便跑，它不知是计，果真追了上来，眼看要追上，我猛一猫腰回头，从它的身子底下钻了过去，绕到了它身后。它待转身，已经来不及，我用小刀在它屁股上轻轻划了一个小口，立即跳到这边。再看可不得了，那屁股里面藏的是它的造丝工厂，这下原料全抖落了出来，如翻斗车卸货，亮晶晶黏兮兮，堆成一座小山，不多时就将造丝厂厂长埋了起来，任它有天大本领却动也动弹不得。虽然它是自作自受，我看着仍不免自责残忍。

我收了蜘蛛怪的八卦阵（蜘蛛网），团成一个线团，想着送给小玲玲做礼物。又走了一段时间，前面忽然有堵墙挡住了去路，我用力一推，那墙是活动的，一片亮光，我爬出来，一看——你猜我到了什么地方，居然是小玲玲的卧室。我看见窗户上挂着带有白色小花的粉红色窗帘，看到了桌子上她用的茶杯，我是从她床底下钻出来的。此刻，她睡得很香，怀里还搂着一个几乎和她同样大小的玩具熊。我轻轻地把那只玩具熊从她胳膊下面拿出来，把自己替换进去。现在，她抱着我呢。她香甜的呼吸吐到我脸上。她脸上一层小小的绒毛，像一个桃子。我垂涎欲滴，几次伸出舌头，又马上条件反射般地缩回。我生怕惊醒她。要知道，我现在是偷偷享受着一只玩具的幸福，这幸福已经让我受宠若惊。我爷爷常说，人不能贪得无厌。这样就很好了，这样就很好了，亲爱的。我的脸上挂着幸福的泪水，闭上了眼睛。

她终于醒了，"啊"的一声尖叫，猛地坐起："天啊！怎么是你？我这不是做梦吧？"说着揉着眼睛，眨了又眨，每次我都没有消失，反而更清晰。

"没错，是我。"我赶紧又说，"不，你是在做梦。"

小玲玲跳下床就想走，走了两步又回来了。原来，我刚才悄悄地用蜘蛛丝把她的手腕和我的手腕缠在了一起。

"跟我走吧？"

在我深情期望的目光注视下，她羞怯地低下了头。我们十指相扣，握得更紧了。

我引她走向地下的洞穴。

"这个洞是怎么回事？我怎么一点都不知道。"

"是我挖的。"

"真的？"她半信半疑。

"真的。"我把头点得很结实，不容她不信。

"什么时候挖的？"

我想了想："抗日战争的时候吧。"

"呸！"

我赶紧说："抗日战争的时候游击队打日本鬼子挖了一半，我又接着挖的。"

"你用什么挖的？"

"铅笔刀。"

"骗人！"

她不肯相信，我很伤感。别说用铅笔刀，只要能见到她，我用手指甲也挖啊。

她看出我有点不高兴，就拍了拍我的头："说说，你怎么想出这个办法的？"

世界上只有一个人可以随随便便地拍我的头，那就是小玲玲，她就是把我的头拍成烂西瓜我也毫无怨言。可是，换成别人，他只要敢先拍一下，我就敢把他的头拍成烂西瓜。因为她是小玲玲啊。我的头里装着我们所有的秘密。

我笑笑："这算什么，古时候有个皇上想见一个女人，就挖了一个地道去见她。"我说的是宋徽宗和李师师，当然我不是皇帝，小玲玲也不是妓女。

"哦。"

我带着小玲玲钻进地道，我不想原路返回，而是带着她试图寻找这个地道的第三个出口。在我的想象中，它通向美妙新奇的世界，无忧无虑的世界。

"你和王小勇到底是怎么回事？"一缕愁云倏忽飘上我的心头。

"没什么吗。"

"你们跑到草垛里干什么？"

"捉蛐蛐啊。"

"你们还手拉着手。"

"手拉着手又怎么了？"

是啊，手拉着手又怎么呢？我们不是手拉手肩并肩的好朋友吗？

"你呀，就是小心眼。"小玲玲嗔怪着。

可是，我还是不放心。我叫她对着黑暗的墙壁发誓，说她是爱我的。她起先不肯，后来终于说出来："我爱刘小威。"

"声音太小,我没听见。"

她噘着嘴,清清嗓子又说了一声:"我爱刘小威,这回可以了吧?"

我说:"还不行。"

"哼,"她把双手卷成喇叭筒,对着墙壁大声喊,"我爱刘小威!"声音在黑暗中传出很远,层层回音激荡开来,如同无边的幸福把我包围了。我们紧紧拥抱在一起。

"永不分开!"我们在那面墙上刻下了我们的誓言,便继续寻找着出口。走着走着隐隐听见水声,前面有亮光。我一高兴,脚下一滑,小玲玲突然不见了。我呼喊着她的名字,耳边只有回音。她到哪儿去了?

我终于找到了一个出口,心头大喜。"砰"的一声响,我钻出来,还是在电影院的小房间里,推门进来的正是我爸爸。

正所谓仇人相见分外眼红,我和爸爸互相瞪着眼睛。

我又去找小玲玲,她不知为什么对我很冷淡。

我说:"你不记得了,我们一起钻地道,你对墙发誓了。"

"我说什么?"她瞪大眼睛,似乎想要吃了我。

"你说你爱我!"

"我不记得,"小玲玲冷笑道,"真是天方夜谭,你这个神经病!"

"你说什么?"我只感到天旋地转,我摇晃着她的肩膀,"别人说我是神经病,你也说我!"

这时,我听见一个尖细、绵软的声音在呼唤:"小威,你醒醒,你醒醒!"

我一睁眼，我面前的是白面。

我长出了一口气，抹去头上的汗，心还在扑腾直跳。幸好是做梦，我就知道小玲玲不会这么残忍。她是爱我的。在黑暗的地道里，她曾经对着墙壁发过誓的。我们的名字永远地刻在了那堵黑暗的墙上，只要能找到那堵墙，就能找到。她是永远赖不掉的。我发誓要找到那堵墙。

王小勇找到我，要向我解释，可是我没理他。

"我们真是捉蛐蛐了。不信，你看——"王小勇手里拎着一个蛐蛐笼子，里面两只小虫，正在上蹿下跳，唧唧复唧唧地叫着。

这哪是蛐蛐，分明就是我和小玲玲，我们在寻找世界的出口。

望着那两只蛐蛐，我的眼睛湿润了。我问王小勇："小玲玲呢？"

他交给我一个牛皮纸信封，我打开，里面是一张小玲玲的照片。穿着红裙子，梳着一百零八个小辫子，脸上露着俏皮甜蜜的笑，暧昧难测的笑。

"她给我照片干什么？"

"马上要毕业了，留个纪念呗。"

"她为什么不亲自给我？"

"我正好碰见她。"王小勇皮笑肉不笑。

我拿起照片就要撕，就在这时，我耳边响起了一个清脆的声音："刘小威！你要是敢撕，我就一辈子再也不理你。"

我一回头，正是小玲玲，嘴巴噘得老高。

"我就知道你这么小气，我故意藏到一边看你会怎么样，果不其然，哼！"说着，她一跺脚，转身就走。

我的心一下子像泡软的饼干，忙满脸堆笑追过去："小玲玲，你听我说，我是故意的，我就知道你在旁边。"

"你怎么知道？"

"我闻见香味了。"

"哼，油嘴滑舌！"

"你怎么不信，我拿着照片，心里默喊着一二三，我想喊到三，你就出来，果不其然！"

"你真喊一二三了？"

"喊了。"

"再喊一遍。"

"一二三，好！"摄影师说着，关掉蘑菇伞状的镁光灯。我们四个围绕到他桌前，他潦草地填好单据——"拿好，后天下午来取！"

我们走出照相馆，阳光像一大盆开水哗啦泼到我们身上。

"走，喝酒去！"王小勇说。

"走！"

我们喝醉了。四个人排成一排在大街上东倒西歪横冲直撞，嘴里模仿着装甲车的轰鸣声。我和王小勇合唱起了《霍元甲》的主题歌："昏睡百年，国人渐已醒……"小玲玲想起了那次六一儿童节演出，笑得前仰后合。随后，我们又一个抓一个排成一列火车，小玲玲就是我们的火车头，火红的火车头，漂亮的火车头，热情洋溢的火车头，催人泪下的火车头。火车向着韶山跑，呼隆呼隆……

想到这里，我的脸上情不自禁地露出了灿烂的笑容。人生最悲哀的事莫过于在不幸的日子里回忆曾有的幸福时光。我的眼泪流了出来，你轻轻给我擦去。谢谢你。

我们的照片出来了，而且被放大后摆在照相馆的橱窗里。可见，摄影师对这张照片出奇的满意。那时候，人们都没有肖像权意识，我们不仅没想去跟照相馆交涉，反而都很高兴。同学们看到照片，给我们起了个绰号叫"四人帮"。四人帮就四人帮，只要能和小玲玲在一起。

嫉妒是人类最恶劣的品质，可恋爱中的人谁不容易嫉妒？

有一天，白面悄悄和我说了一件事情。

"我不相信。"

"不信，我带你去看看。"

我来到小玲玲的屋后，隔着玻璃，看见了两个紧紧靠在一起的人影。

我转身就跑，拎了个砖头，只一下子把照相馆的橱窗砸得粉碎，然后抄起那张照片连同镜框一摔两半。照相馆老板找到我爸爸，我爸爸说我没钱赔你，你去找他妈吧。照相馆老板找到我妈，我妈说法院判给他爸了，她不管。两个人踢皮球，最后照相馆老板摸到阁楼，一屁股坐在楼梯口："就你了！"

"要钱没有，要命有一条！"我一甩上衣，露出两肋齐刷刷的排骨。我已心如死灰，生死何惧之有。

最终照相馆老板气呼呼地走了。

王小勇和小玲玲找到我解释，我关着门不让他们进。

小玲玲说："你误会了，是我抱着玩具熊啊，不信，你看——"她把玩具熊举到门上边的玻璃风窗上给我看。这只熊和我那天晚上钻地道在她卧室里看到的一模一样，眼睛大大的，舌头还一伸一缩的。你能说我那天钻地道去她房间里是做梦？

"是啊，是啊。"白面也替他们说话，"是我看错了，我该死，我该死！"他一巴掌一巴掌地打着自己的脸。

王小勇道："我那天晚上在我哥哥的游戏厅里玩，不信我哥哥可以作证。"

他哥哥不是死了吗？游戏厅不是关门了吗？他为什么这么明目张胆地来骗我？还是我的脑子真的出了问题。

他们怎么说我都不开门，最后他们无奈地转身要走。这时我突然把门打开了，阳光再次像一盆热水劈头盖脸地浇下来。因为我意识到自己不想要他们走。他们走了，我会很孤独。我宁愿不去辨别其中的真假，只要他们还和我在一起，小玲玲和我在一起。要是你爱过一个人，你就会知道，天大的委屈你也能承受。就算明明知道受了欺骗，也心甘情愿。她既然骗你，就说明她在乎你，不然为什么说谎呢？

"别丢下我！"

我用眼睛对她说话，她用泪花答应着。

我们叫上白面，又去喝酒。我们和好如初。我们是世界上最好最好的朋友。为了避免孤独，我什么都愿意。只要和小玲玲在一起，我什么都愿意，即使是戴一辈子绿帽子。

豪饮过后，我们坐在仓库屋顶上，放眼望去，万里长空多辽阔。白云自在卷舒，令人心情欢畅，真想乘风归去，又怕天上宫阙今昔是猴年马月……

"别酸了，抽烟！"

王小勇制止了我的抒情，掏出烟来给我们抽，花篮牌，二块八一盒。这烟还是当初在他哥哥结婚办喜宴赏厨时"鬼"下的。

小玲玲抽得比我还熟练。她甚至能吐五个连在一起的烟圈，像奥运会的五环标志。王小勇在任何时候都不放弃暴露他的流氓本质，小玲玲每吐出一个圈，他都马上吐一条烟棍，从那个圈中间穿过去，犹如完成了一次交媾。小玲玲微笑不语，最后吐了一个大烟圈，像紧箍咒一样把王小勇的头套住，王小勇这才甘拜下风。

在他俩的斗法中，我自然不能不显示自己的存在。

我站起来，撇撇嘴："雕虫小技，何足挂齿。我是不吐，我要是吐起烟圈来，怕你们见所未见，闻所未闻。"

小玲玲眼睛眯成一条缝，向我暗送秋波，别提多么妩媚了："你会吐什么？"

"我会吐——"，我一边眨着眼睛回复她的秋波，一边朗声说道，"亭台楼阁、花鸟虫鱼、八仙过海、十二金钗、唐僧悟空、八戒沙僧、妲己貂蝉、哪吒杨戬、努尔哈赤、成吉思汗、长江大桥、黄河泰山、阳春白雪、青藏高原、辛亥革命、南昌起义、四渡赤水、三打祝家庄……

"我还会吐——天安门、山海关、鸭嘴兽、四人帮、金瓶梅、水浒传、蒋介石、原始人、蜜蜂牌缝纫机、老刀牌香烟……"

王小勇、小玲玲，还有白面，三个人的眼睛都直了，随着我的话语，他们的眼前时而浮现出千里冰封万里雪飘的北国风光，时而浮现出波澜壮阔的历史画卷，情不自禁地为我鼓起掌来。直到我停了，又过了半天才明白过来。

"刘小威，你倒是吐呀！"小玲玲兴奋地嚷着，眼睛熠熠放光。

"对，你快吐啊。"白面也急不可待。

王小勇竖起巴掌狠狠地在我脖子上来了一"刀"："没赶上你能吹的！"

白面不抽烟，酒量也很不行，他喝了一杯啤酒就醉了，躺在斜坡上，嘴里嚼着一棵芦草。我们并排躺下，白面在最里面，我靠着白面，小玲玲在我和王小勇中间。屋顶上的青瓦连绵不绝，像无边的麦田。天上的白云一会儿变成了火烧云，我看见一个金盔金甲的王，那就是我。王的旁边站着王妃，自然是小玲玲了。我们的脸都被火烧得通红，我们不敢张口，一张口就喷出火来。

就在那一天下午，我发明了世界上第一台自动抽烟机。仓库的屋顶上有一只"一得阁"墨汁的空塑料瓶。我用小刀在瓶盖上转了一个小口，将烟插在上面，点着，然后用脚踩着瓶体，一下、两下……一支香烟眨眼的工夫就没了。小玲玲和王小勇都乐得嘎嘎笑，笑过以后，王小勇一拍我的头："奶奶的，多少烟够你这样抽！"

上次我失足的地方已经修补好了。当时连着上来了三个泥瓦匠，都被我躲在阁楼里用弹弓射破了头。其中，看上去最不顺眼的一个被我一口气射了一百单三箭，七十二箭透前胸，身体像一件盔甲，缓慢地从屋山上跌落了下去。

最后，我父亲只好战战兢兢地亲自上来了。他举着香，对着天空膜拜，嘴里还念念有词："小祖宗，我知道您老人家已位列仙班。如果我没有猜错，太白金星应该就是您老人家。我们刘家门里终于冒了黄烟，这于我脸上也有光彩。大人不计小人过，希望您老人家原谅小的当初照顾不周，多有冒犯，还望您老人家高抬贵手，网开一面，得过且过，特别是不要再把我那风流韵事广泛传播、家喻户晓。屋漏偏逢连阴雨，这个漏洞必须补。阿弥陀佛，扎西德勒。"哈哈，你听出来了？扎西德勒是我随口加上的。

父亲磕了三个头，下去了，下面又响起了鞭炮声。我听着这人间的鞭炮，心里充满难言的伤感。硝烟弥漫中，三个头上缠着纱布的泥瓦匠一起重新登场，唱起了《阿佤人民唱新歌》，跳起了补瓦舞。你又笑了，世界上哪有什么补瓦舞？由他们去吧，只要快乐就行，他们也不容易。我按住云头，眼角坠下几颗菩萨的泪滴。

"你的那条腿还好吗？"小玲玲关切地问。

"还好，只是还不怎么听使唤。"

"怎么个不听使唤？"

"总带着我往你那里跑。"

小玲玲的嘴角露出羞涩的微笑，我第一次见她这么羞涩，世界都为之一新。

"不行就锯了。"我一听，就知道王小勇开始吃醋了。

"锯了怎么办？"我故意装作没听明白。

"锯了安假肢。"

"假肢有什么好的？"

"假肢装卸自如。"王小勇说，"我哥哥以前没事的时候就经常把假肢拆下来玩，有一次，他往墙上钉钉子，找不着锤子，就举起假肢来砸，吭哧两下子就完事了。"

"我知道假肢厂在哪儿，不如到那里去玩玩，闲着也是闲着。"小玲玲说。

"走，闲着也是闲着。"

"走。"

在他们的劝诱下，我失去了基本的判断能力，竟然鬼使神差地跟着他们去。白面没有去，他站在阁楼窗口目送我们远去，晶莹的瞳孔中闪现几只鸽子的身影。

"我怎么觉着白面看你的眼神不对啊，"王小勇一脸坏笑，"你们天天睡一块儿，该不会日久生情吧？"

"滚蛋！"我没想到他会说出这样的话来，不禁恼羞成怒，"你当是你哥哥和假郑成了。"

王小勇顿时就不说话了，我这才意识到自己说了不该说的话，连忙转换了话题："今天星期几？"

"星期六。"王小勇不假思索地答道。我笑了，知道他并没有生我的气。我也没生气，只不过觉着这个玩笑有一点那个。

小玲玲在前面带路，我俩紧随其后。我们飞檐走壁，自始至终不曾下地。街道宽阔的地方，我们借助两边的树枝。树枝搭不到的地方，就沿着电线滑行。不用为我们担心，我们分得清高压线和电话线。我的那条右腿格外兴奋，跳跃不停，左腿都跟不上了，由于它太活跃，有两次险些失去平衡从电线上掉下去，多亏小玲玲一个海底捞月把我抓了上来。她郑重地告诉我，海底捞月这招总共只能用三次，之前她已经用过两次了，我再掉下去她就管不了了。"你只有自己好好把握自己。"我认真地点点头，请她放心。小玲玲微微一笑，辫梢带着几分轻俏、几分嗔怪拂过我的面颊。我感到痒痒，忍不住像马儿一样打了两个响鼻。没想到，王小勇连这个都要吃醋。他请求小玲玲也给他来这么一下，小玲玲说声"好啊"，飞起一辫，将王小勇从屋顶上打了下去，王小勇的身子在空中划了一个并不优美的半圆，就倒着栽进了路边的垃圾箱里。只有双脚露在外面，像水中芭蕾舞女演员那样做着动作。我和小玲玲相拥大笑。王小勇费了九牛二虎之力，才从垃圾箱里爬出来，头顶着两片白菜帮，顺着路边的歪脖柳树，爬上了矮墙，接着又顺着矮墙爬上了屋顶。知道了小玲玲的厉害，他不敢再造次，反而不住地谄媚。他将两片白菜帮扣住耳朵，立正打了个敬礼，问小玲玲自己像不像人民飞行员。小玲玲哧了一声却不回答，我懂她的意思，就大笑着抢先说：

"王小勇，你最好摘下来，就像戴着一副乳罩！"

王小勇勃然大怒，将那副"乳罩"狠狠地向我砸来。我头一闪，"乳罩"擦着我的耳朵飞回了它原来所在的地方。

"时候已经不早，我们快点走吧。"小玲玲制止了我们的打闹。

王小勇嘴里答应着，但依然对我怀恨在心，一路上不时给我使绊。多亏我那条灵活的腿，每每引导我及时避开，他才没能得逞。

有一段路，我们与一群归巢的乌鸦同行。他们衔来花朵编织的花环，佩戴在小玲玲的颈上。在过黄河时，他们一个排一个搭成鸦桥，让我们从上面通行。我们三个人中，王小勇最重，把一只老鸦差点踩塌下去，惹得那只老鸦好不痛快，一个劲儿地直咳嗽。过了河，他们就不再护送，领头的系着花围巾的鸦队长拱翅与我们道别。

"你们到什么地方去？"

"假肢工厂。"

"哦，那是个好地方。"乌鸦队长说，"我那里也有一窝亲戚，遇见困难可以找他们帮忙。他们可是喜鹊呢。"说着，递上一张梧桐叶子做的名片。

我们谢别了好心的乌鸦家族，继续前行。此时，月亮已经升起来了，明晃晃的像一把不锈钢镰刀。回头望望，城市里万家灯火，前面，暮色中的工厂在月下闪着光。这个世界从来不曾像现在这么美丽，我贪婪地望着身下的一切，眼睛里蓄满了泪水。

那高高的烟囱是炼油厂，那大片的厂房是纺织厂，那冒着白烟的是发电厂，那透明的火柴盒般的就是假肢工厂。

我们肯定去过假肢工厂，至少也谈论过它，即使没谈论过它也梦见过他。只不过我并没有为自己挑选一只美丽的假肢，而是用油布裹着一颗人造心脏回来，献给白面。医生说他心脏的造血功能不行，换上这颗心就会好起来的。

这肯定不是真的，如果不是真的，我怎么会记得这么清楚？什么？难道你和别人一样都认为我有病？有病的是你！这是众所周知的事情。如果我有病，怎么什么都知道？你没病你怎么什么也不知道？

他们早就是一对

　　最近一段时期，白面老是流鼻血。用纸擦，用布擦，用水洗，洗了一盆又一盆。楼下空地有一个水龙头，白面站在那里洗，蚂蚁顺着他白皙的小腿爬上来，他也毫无知觉。

　　白面告诉我，他以前和父亲住在乡下。乡下有一种叫"老牛角"的草，长着宽阔、弯曲的叶子，叶边布满锯齿。只要把叶子揉碎了塞进鼻孔里，就感到一股苦涩而清新的气息直冲脑窍，血很快就能止住。因此，每次他流鼻血的时候，就飞快地向田野中跑去。仰着头，一只手高高地举过头顶。那些在地里干活的大人们一见他的样子，说一声："又流了！"然后，就低下头继续干活。他们和他一样习以为常了。白面家房子前面就是水库和稻田。老牛角生长在沟渠岸边的斜坡上，隐藏在大片的苋菜、灰菜、青蒿、车前草、马兰头中间。沟畔上的小路坑洼不平，但他又不敢低头，只能深一脚浅一脚地瞎跑。白面常常自己把自己绊倒，身子摔出很远。血从鼻孔里喷涌而出，地上染红了一片……

　　后来，到了城里，没有"老牛角"草，父亲只好拿老棉裤上的旧棉花代替。旧棉花散发着陈年的霉味，呛得他感觉呼吸都很困难。

　　我不知道从哪里可以找到这种草，忽然想起了上次去假肢厂路上认识的乌鸦队长，它见多识广，兴许知道。于是就掏出它留下的树叶名片，按照上面的联系方式，冲着天空打了三长两短五声呼哨。不一会儿，一群乌鸦从天而降，齐声道："主公，请问您有什么吩咐？"

　　我说："你们赶快给我去找一种叫老牛角的仙草，给我的朋友疗伤。"

　　"好的，我们马上就去。"

　　群鸦点头，向着天心里飞去。大约过了一支烟的工夫，群鸦又飞回来了，每一只嘴里衔着整棵的老牛角草。

　　"用不了这么多，一棵就够了。"白面说。

　　"剩下的可以种在屋顶上。"乌鸦队长建议。

　　"好主意！"

　　白面鼻孔里塞了仙草，血很快就止住了。剩下的就都种在阁楼顶上，一场细雨过后，蓬勃猛长，密密麻麻，如同乌发。全城的人都觉着惊奇，还惊动了一位正在临河城调研的联合国粮农组织官员，他双眼放绿，指着我们的阁楼用英语大喊："Look！ Hanging Gardens of Babylon（看啊，巴比伦空中花园）！"

　　阁楼如此惹眼，自然也暴露了我的行踪。母亲带着那个胡科长来阁楼找了我好几次。难得他们还记得我，我每次都从窗户逃走，让他们扑个空。

　　他们一结婚，就去了北京度蜜月。他们不在的时候，我去过他们的住处好几次。锁头拦不住我，我爬上房顶，从烟囱里下去，从灶口里出来，我化作一缕热气在房间里巡视。这热气唤起的关于家庭生活的温暖的想象，令我热泪盈眶。我想，我要永远是这股热气多好。可惜，我遇冷还得变成人。

房间里已经除旧布新，窗户上贴着血红的喜字，白墙上挂着新郎新娘的合影。我端详着化妆后的妈妈，发现她完全就是一个陌生人。她可能做了丰胸手术，一对乳房呼之欲出。很难想象我小的时候曾经衔过这个女人的乳头，而我又除她之外确实没有过第二个妈妈。至于那个大门牙的胡科长，我一点兴趣都没有。他无非是大街上随便哪一个人。他甚至不如那个肉柱有个性。

这对新婚夫妻的脸上都挂着幸福的笑容，看上去却显得那么假。他们有什么权利欢乐？而我又因何悲伤？

我来到他们的卧房，在床头抽屉里翻出一大把避孕套和一本火红的新婚必读。我躺在床上读那本新婚必读，发现它比生理卫生课本和《房中秘戏》都黄。它让我想起王小勇从他哥哥那里拿来的手抄本的《少女之心》，我只看了一节课，就被他要了回去，实在小气。不是小气，是被他哥哥发现。我看着新婚必读，很快就热血沸腾。我取出一只避孕套，套在我勃起的海绵体上。它活像一只挺拔的香蕉，像一根火腿。我一边看，一边揉搓，脑海中晃来晃去都是小玲玲的身影。扑哧一声闷响，我射了。临射之前兴奋异常，射了以后就兴致索然，心如刀绞。我闭着眼睛休息了一会儿，才把避孕套取了下来，跑到厕所里撕了张手纸胡乱擦了擦。然后，用手纸把套子包好。怎样消灭罪证成了我考虑的重点，一种强烈的犯罪感和莫名的悲伤攫住了我的心。我双腿发软，来到灶堂前，将包着避孕套的纸埋进炉灰里。

这时候，我突然听见门响，坏了，那对夫妻回来了。我情急之下，揭开水缸跳了进去，只有半缸水，我蹲下去，水涨到我眼睛的位置，我把水瓢顶在头上。如果这时被人看见，还以为我戴了一顶个性十足的帽子呢。

我听见我妈妈说："可累死我了，北京也没什么好玩的。"

一个男的说："毕竟是毛主席工作和战斗过的地方嘛。"

我妈扑哧笑了："都什么年代了，还这么说。"

那男的说："什么年代了，也不能忘记革命。"

"行了行了，"我妈不耐烦地说，"怪不得都说你是伪君子，你办那事的时候怎么不说革命？"

那男的嘿嘿一笑，没再说话。

母亲却尖叫起来："你这个馋嘴猫，先去做饭。"

那个男的去做饭了。锅碗瓢盆叮当作响，他嘴里还哼着歌，我一听是《快乐的单身汉》！什么乱七八糟，驴唇不对马嘴。

这时，我突然觉着小腿好像被什么东西刺了一下，低头一看，竟然是一只大鳖。这头大鳖足有蒲扇大小，瞪着一双诡秘的眼睛，咬住我的腿。我赶紧用双手紧紧掐住它的脖子，它划动脚蹼，就是不肯松口。我想起口袋里有一把水果刀，就腾出一只手迅速将刀掏出，冲着它小便的部位插了进去。这样做固然失之下流，但我逼不得已正当防卫情有可原。大鳖遭此重创，"哎呀"一声惨叫。当然它不会出声，是我给它配的音。它的嘴巴因此张开，我的腿才得以逃脱。大鳖勃然大怒，像一艘潜艇全速向我撞来。我让过它的利爪，将水果刀拔出，然后一招"力劈华山"将龟头齐着脖子斩断。列位客官，大家想必还记得王老六杀鹅吧，我这一招，正是从那里化出。巨鳖的脖子想收缩，但已经来不及。"扑哧"一声，一腔鲜血喷了我一身，再看那没头的龟身，像风火轮似的转个不停，搅起飓风狂澜。我身子站立不稳，被卷入一个旋涡之中，旋涡越旋越深，将我带往东海龙宫。原来，这口缸直通海眼。一路上但见虾兵蟹将往来不断，探海夜叉自由穿梭，龙女梳妆，人鱼竞艳，令我目不暇接、心旷神怡。突然，斜刺里一股潜流把我抛出水面。我一睁眼，只见天上阳光灿烂，岸上鸟语花香，好一座世外桃花源。

后来，我把这件奇遇说给王小勇，他把嘴巴都撇到了后脑勺上。

"刘小威，I 服了 you，你是真能瞎编啊。我还以为是孙悟空大战牛魔王呢。"

"什么牛魔王，是鳖精。"

"你鳖（憋）吧，我没空和你胡咧咧。"

"别急，你这是干什么去？"

"打猎！"王小勇神气地晃动着手里的气枪。不用问，又是偷的他哥哥的。现在已经用不着偷了，他光明正大地继承了哥哥的遗产。

"等等，我也去——"我拖着受伤的腿追了上去。

还是和你讲讲我们打猎的故事吧，那才叫好玩呢。那天早晨，我和王小勇一共打了十六只兔子，五只獾，一头野猪。我们没带猎狗，就任命一只老獾临时充当猎狗，没想到它比猎狗还英勇。天色将晚，我们骑着獾，赶着野猪，野猪上面驮着累累的兔子，走出城东的森林。这时，突然跳出两个蒙面大汉，大喝："此山是我开，此树是我栽，要想打这儿过，留下买路财！"

论单打独斗，他们当然不是我们的对手。不用我出手，光王小勇一个人就能把他们收拾了。可是，他们并不是真正的绿林好汉。眼看就要落败被我们生擒活捉，他们使用了一种类似催泪弹的化学武器，等烟雾过后我们睁开眼睛，他们已经裹挟着我们的全部猎物不翼而飞。

"哎，真倒霉，不然我还想杀了野猪大块吃肉，剥两只獾皮给你做件皮衣，至于那些兔子，就把它们放了生。毕竟我是属兔的，你也是属兔的。"

我把打猎的故事讲给小玲玲听，小玲玲笑得前仰后合，笑着笑着，她冷不丁地在我脖子上吻了一下："刘小威，你真可爱！"

说完，她就跑了。旋转的红裙子和辫子，变成了一只红蜻蜓，我跳起来抓了好几下都没够着她。我唱起儿歌："蜻蜓蜻蜓飞，前面有草堆；蜻蜓蜻蜓落，前面有草垛。"

红蜻蜓越飞越高，与夕阳融为一体。

我一个月没洗脖子，那个红印依然鲜艳如同公章。我再去见小玲玲，小玲玲捂着鼻子连声说："臭死了，臭死了。"

我从背上摸了一把跳蚤，吃瓜子似的在嘴里嚼着。

"闲着也是闲着，全当解闷。香脆可口，要不你也尝尝？"

"我才不要，还是你自己吃吧！"小玲玲捏着鼻子往我后背上张了一眼，叫了起来，"我天，这么大一只臭虫！"

我把上衣一脱，将那只臭虫甩到地上，好家伙，足有刺猬大小。我一脚将它踩在脚下，抽出长剑——就是上次杀那头鳖精的水果刀，它随心所欲、可长可短、出神入化，就像孙悟空的金箍棒。我一剑正中臭虫的心脏，臭血汩汩而出，方圆五公里的人们纷纷作呕，臭死一大批。我憋住一口气，将臭虫的皮剥下。将肉随手一扔，扔到了五千公里外白雪皑皑的喜马拉雅山上。一群虎视眈眈的鹰隼，一哄而上，瞬间将其化为乌有。至于那件臭虫皮，我将它挂于户外，一曝十寒。晒干以后，做了两双皮鞋。一双漆成黑色，自己穿，一双漆成红色，送给小玲玲。两双鞋子样式完全一样，真是一双情侣鞋。

"去你的情侣鞋，"小玲玲满脸通红，"还是留着你自己穿吧，我才不穿臭虫皮呢。"说着，她低头指着我的脚咯咯笑了起来，"好大的臭虫呀，两大只呢，都爬出来了。"

同学们随着她的手指去看，我赶紧把露在外面的小脚趾和无名趾缩进去。

"爸爸，我要一双新球鞋，我的鞋都漏了脚指头了。"

"我哪儿有钱？你穿鞋比吃鞋都快，有多少钱够你穿鞋的！"

"你不给我买，我就去偷。"

"偷？哼，亏你想得出来。有本事你就去偷。"为什么世界上最蔑视我的，不是别人，而是我的爸爸？难道我不是他生出来的吗？

不过，一听到"偷"这个词，我心里就高兴不起来了。我想起了死去的赵义武，想起了自己偷过的那本世界名著故事集。当时我还想把它送给你，我想把不光彩转嫁给你，哎，想起来就脸红。你奇怪我还会脸红吗？

你问我被鳖咬的腿还疼吗？早就不疼了。好了伤疤忘了疼，好了伤疤忘了疼。

呵呵，你又笑了。那时候我多么孤独（现在又好到哪里去呢？），只有滔滔不绝地讲故事，才能把人们吸引到我身边。当初，你也是讲故事的高手，如果你参加故事比赛，一定能拿第一。你的故事清新隽永，像林间的清风，像山谷的溪流，像优美的诗，我的故事粗陋不堪、漏洞百出，像一群没头的苍蝇，像一挂猪下水，像一连串的臭屁。现在，你这么沉默。你不讲话，你像个哑巴。可是，只有你知道我心里多么悲伤，我越讲越悲伤。我笑得越肆无忌惮，心里就越绝望。

上课的铃声响了，围拢在我身边的同学们一哄而散，我就像一只空荡荡的鸟巢定格在没有背景的荒原上。

"刘小威，你那么能讲，到台上来讲讲，来来来——"崔大杂碎热情地向我招手。

我只好上去。

"来来来，我给你出道题做——"崔大杂碎说着飞快地在黑板上画出一道方程式：$a_1x+a_2y=b_3(x+y)$?

什么乱七八糟，我宁愿咬舌自尽也不屑回答。侮辱，绝对是侮辱。

"站一边去。"他把我拨拉到讲台边上。我一脚踩空，掉了下去。头磕在讲台上磕出一个大包。一片讪笑。小玲玲也在笑，她也在嘲笑我吗？怎么可能！我们不是心心相印吗，我们不是在黑暗的地道里发过誓吗？亲爱的，你不知道我受这些委屈都是为了你吗？

我看见窗外操场上，上体育课的孩子在排队跳高。一个接一个，跳起来又落下去。远处，还有人在放风筝。老鹰、八卦、蜈蚣……把天空弄得乱七八糟。

在讲课的间歇，我举起了手。

"干什么？"崔大杂碎恨恨地问。

"我能不能出去站着？"

"不行！你说怎么就怎么，学校是你家的？你自己也觉着碍事了？"崔大杂碎指了指墙角一个废弃的角柜，"到那上面去！"

"什么？"

"让你上去就上去。"

我只好上去。嘀，上去以后我立即巍峨高大了许多，头快要触到屋顶了。台下又是一片哄笑。

"等等，接着——"崔大杂碎一弯腰，捞起墙角的白铁皮簸箕扔了过来。

我一个"海底捞月"接住，把它顶在自己的头上，然后双手合十，念声："阿弥陀佛。"这是崔大杂碎惯用的伎俩，我们两个配合十分默契。崔大杂碎堪称刑罚专家。

崔大杂碎又说："帮我看着，我出去一下。"然后又扬声道，"大家各人做各人的，不许抄袭，不准交头接耳。"

哦，原来他们是在小考。我得以免了。想到这里怎么能不得意？

我站在柜子上，摆出伟人的造型，电影院广场上就有这么一座塑像。过了一会儿，我又盘腿打坐，变成了一座神秘的大佛。我的头上始终放着那只白铁皮簸箕。我乜斜着眼睛，俯瞰着台下的善男信女，止不住地悲悯。突然之间，轰隆一声，仿佛地震，我重重地摔了下去，碰在水泥讲台上，碎成了千片万片。

小玲玲走过来，撩起裙子，弯腰把那些碎片逐一拣起，用眼泪一点一点地粘起来。她是爱我的，不然怎么会流这么多眼泪？经过她眼泪的粘合，我比以前更脆弱。她真的为我哭过吗？那粘过的地方化成道道伤口。我宁愿她把我收进那只白铁皮簸箕，倒入垃圾箱里。也许，那才是我应该去的地方。

崔大杂碎不一会儿回来了，冲我一抹脸，变成了王小勇。呵，原来是王小勇戴着崔大杂碎的面具吓唬我，怪不得刚才没见他。他拉着我，跑出教室，小玲玲也追了出来。我们三个人，在广阔天地尽情玩耍。

操场上有几个班在上体育课，打篮球的，踢足球的，摸爬滚打上蹿下跳的，很花哨很无聊。穿过泥地操场，我们来到院墙边，砖垛缺棱少角，很适宜攀爬。王小勇示意我先上去，然后他托着小玲玲的屁股，我在上面拉了一把，小玲玲也上来了。小玲玲的手很软，像什么来着，我还没找到一个合适的比喻，她已经把手抽走了。小玲玲又把王小勇拉了上来，其实王小勇根本就不需要她拉。王小勇上来以后，他俩仍然手拉手，云中漫步般地跟在我后面。他们早就是一对了，可我一直不知道。

我们沿着学校的院墙向南走到头，然后往西拐到另一堵院墙上，这堵墙里面就是人民医院。一条脏兮兮的小河从医院里流出，水里漂浮着各式玻璃瓶和塑料瓶，还有一对胖大肥美的连体婴儿，恶臭扑鼻，苍蝇乱舞。黝黑的水面上照出我们三个人的人影,他两个走得小心翼翼,手拉得更紧了。拐过一个直角,眼前豁然开朗,金秋的田野扑面而来,胸怀顿时为之大开。

我们依次下了墙,又跳上田埂。天空万里无云,地上稻浪翻滚。农民们正在辛勤忙碌,收割的裹着红头巾,推车的光着膀子,身上流着汗水。还有一条花狗,兴奋地跑来跑去。镰刀雪亮,稻香清苦。这大好的收获的季节,唯有我们游手好闲。这时候,队形变成了王小勇和小玲玲在前面,我在后面。像是一个老人跟在儿子和儿媳妇后面,显得那么多余,那么狗屁不是。走到一个废弃的水泵房前,他们停了下来。水泵房的门和窗都大开着,里面有一头蜗牛似的水泵和一张草席。他们两个相视而笑,低头钻进泵房,并把门关上。我背过身去,茫然地注视着眼前无边的稻浪,隐隐听见镰刀收割发出整齐的沙沙声。过了一会,身后的门吱扭一响,王小勇提着裤子从泵房里出来了,嬉皮笑脸地回头指了指里面:"你去吧!"

我脑子里没反应,呆头呆脑地进去,小玲玲双腿叉开躺在草席上,闭着眼睛,光线突然变暗惊动了她。我刚想往她身上扑,她突然双脚蜷起,冲着我的胸口来了一招兔子蹬鹰:"滚!"我没准备,被蹬出门外,重重地摔在地上。

小玲玲穿好衣服,也到放学的时间了。我们三个往回走,他俩还是在前面,我在后面。我们没有再回学校,而是穿过医院后门直接来到大街上。一群死者的家属正在号哭,简直是噪音。

"拜拜!"王小勇对小玲玲说。

"拜!"小玲玲扭扭屁股走了,我狠狠地流了眼泪。

晚上我闷闷不乐地回到阁楼,白面告诉我妈妈又来找过我。她跟着他的新丈夫就要到上海去工作了,想临走前再看看我,结果却没见到我。白面特意指出,我妈是流着眼泪走的。

我问白面:"她说什么时候走?"

"今天晚上九点的火车。"

我一看表,马上就八点三十了,二话没说,拔腿就往火车站跑。我和白面都没有自行车,再去家里骑车子更来不及。火车站离我住的地方有将近四里路,我一边跑一边算着时间。我明知道极有可能赶不上,可还是拼命地跑。前面路上有片大水坑,人们都从两边绕着走,我为了节约时间直接从水里跑了过去,泥水溅了我满身满脸,马路上的人都惊叫起来。

当我拐过西关桥,看见二百米外火车站圆形尖顶的塔楼时,心都要从嗓子眼里蹦出来了。下坡时我也没有减速,直想着飞过去。突然,马路上出现了一个扛梯子的人,他不是顺着扛,而是横着,就那么大摇大摆地走在马路中间。我躲闪不及,直接就撞在了梯子上,胸口一闷,差点吐出血来,连人带梯子一起压倒在那人身上。那人躺在地上就破口大骂起来:"哪个不长眼的东西,抢死呢跑这么快!"

我一听肺都要气炸了,站起来抬腿朝那人屁股上踢了好几脚。那人刚想爬起来,挨了这几脚,又乖乖地躺下了,嘴里骂得更凶了。我忽然听出这声音有些耳熟,仔细一看,那人竟然是我爸爸。爸爸也认出了我，一瘸一拐地爬起来："你这小狗日的，作死啊！"抡圆了巴掌就过来了。这么一会儿工夫，周围已经聚集起很多看热闹的人，很多都是认识的街坊。

"大伙刚才都看到了，这世道变了，儿子打起老子来了。怨我管教不严，今天非得教训教训这个孽子！"爸爸一边疯狂进攻，一边口头寻求观众们道义上的支援。

"谁让你扛着个梯子晃啊晃的！"我一边躲闪，一边试图把父亲推开。

"家里的保险丝断了，你换呀？你多少天没回家了？你这个浪荡子！"父亲一跳多高，看来不让他打到，他是不会善罢甘休。

"那不是我家！"我无心恋战，只想赶路。可是，人群越聚越多，形成了一堵围墙。还有不少人指着我说："你看这个小青年，太不像话了，踢了他爸爸好几脚！""是得好好管教管教！"

我突然站立不动了，因为我听见了火车开动的鸣笛声。那笛声近在咫尺，又遥不可及。我的表情凝固了，随即又传来"轰隆隆"的声音，那列车仿佛是从我心脏上面辗过，泪水一下子涌了出来。几乎与此同时，我的脸上挨了重重的一巴掌，一股咸咸的液体流进了我的嘴里。父亲狂暴的面孔在我眼前晃动，但随后就消失在一片模糊的泪光里，那咒骂也淹没在我的哭声里。

最美的死者

我常常梦见自己变成一堆蚂蚁，四散而去。沿着墙缝，沿着下水道，沿着世界上数不清的秘密孔道，逃离这个世界。当它们到达世界之外一处最美丽的地方，清点健在者，部分的我已经永远地留在了身后那个世界上，或者死在了路上，剩余的蚂蚁抱成团，亲热繁殖，聚合成另一个我。这一个我，应该算是我的残生，还是新生？我不知道。

没有一个活着的人是我羡慕的，我羡慕的是那个身穿金缕玉衣的死者。

"你有没有想过死？"

那天晚上，白面突然这样问我，我心里咯噔一下。这是我最大的秘密，就连小玲玲也不曾告诉过。当一个人的秘密被人说中，心里难免感到惶恐。于是，我没有直接回答，而是反问："你呢？"

"有。"白面点了点头。他告诉我，有一个形象时常在他脑海中打转，就是：一个人嘴角流着鲜血死去。他觉着那样很美，这个形象简直让他着迷。他问我，难道这不是世界上最美的事吗？

他的话令我为之动容。我注视着那张苍白、英俊的脸，心中泛起柔情。

我拍拍他的肩膀："好兄弟，祝你能实现这个梦想。"

他举起手里的酒杯，我们一饮而尽。

"这可能是我最后一次喝酒了。"他微笑着，眼角溢出了泪水。

妈妈上次临走时叫白面转交给我一百块钱，我和白面过了一个星期的奢侈生活。我们买了一大堆好吃的东西，从早到晚大嚼特嚼。今天，为了庆祝我入住阁楼一周年，特举行了一次隆重的晚宴，自然少不了王老六烧鹅，还有五花八门的一堆罐头、熟食、水果。本来我想是不是叫王小勇和小玲玲一起过来，可一想到他们，心里就有点说不出来的不舒服。白面也不希望他们来，他说："他们又不是阁楼的人。"于是，这次晚宴就只属于我们两个人。

白面真的是把阁楼当成自己的家，他好干净也好清净，不像我好热闹好不讲卫生。可是跟他住在一起我并不觉得拘束，他对我的毛病也都能容忍。我不经他允许，带王小勇、小玲玲回来喝酒、打牌，他也从来没流露出一丝不快。只有当他们走了以后，他一点一点地打扫着屋子，我才意识到他其实是想抹去任何陌生人的痕迹。

"你有洁癖！"有一次，我忍不住说了出来。

白面笑了："有洁癖不好吗？"

我想了想，只有说："没什么不好。"

就在这次晚宴上，白面第一次也是最后一次向我讲起他父亲去世时的情景，他说，父亲一辈子受了那么多苦那么多屈辱，临死的时候却硬挤出一个笑容给他。

"那个笑容我终生难忘。"他说完，一闭眼，又沉浸到痛苦又温馨的回忆里去。

"也许，如果，假如你去了那里，那个地方好的话，别忘了告诉我一声。"我顿了顿，说出了一句从来不好意思说出的话，"祝你一路顺风！"

我怎么会说出这么残忍的话呢，我只是在心里想，强忍着泪水喝干了一杯杯苦酒。

白面的脸烧得很厉害，脸膛红红的。他瞪着一双大眼，突然问我："你和女孩睡过吗？"

我一愣，摇摇头。

"小玲玲也没有吗？"

"没有。"

他哦了一声："我还以为你和她睡过。"

我的心里泛起一阵苦涩，我不知道该怎么和他说，说我和她曾经赤身裸体地绑在一起？说她曾经吮吸我？说她曾经在黑夜里对着墙壁发誓说她爱我？

可是，我真的没和她睡过。而且我预感到，我们永远都不可能睡在一起。

"我要告诉你一件事。"白面说。

"什么事？你说吧。"我把一块酒精浸过的毛巾放在他的额头上，我从一本书里看过酒精可以降体温。

"我曾经喜欢过一个人。"他说到这里打住了，似乎有些不好意思。

"你说就行，我听着呢。"

"这个人……你认识。"

我一愣："谁？怎么从没听你说起过？"

白面的脸上露出羞涩的笑容："你知道我最喜欢上什么课吗？"

"数学？"

"不是。"

"语文？英语？"

"还不是。"

"政治？"我叫道，"不可能吧！"

白面摇了摇头："都不是。"

我很泄气："我猜不出来，还是你自己说吧。"

"我最喜欢星期四上午最后两节课。"说这话时，白面的表情是那样的恬静。

"星期四上午最后两节课？"我低头思索了一会儿，眼前忽然一亮，"体育？"

"对！呵呵。"白面开心地笑了。

我记起来了，有一次我们逃课去野地里玩，操场上正是白面他们班在上体育课。只不过，当时我没有注意有没有白面。

"你是说……你喜欢体育课，还是喜欢体育课上的哪一个人？"事情已经很清楚了，我的心怦怦跳得厉害，就是不敢直接说出来。果然，我听到白面说——

"我喜欢那个体育老师。"

那个体育老师是一名新毕业不久的体校生，我们这个年级是他任教的第二年。我对体育课不感兴趣，这可能跟我不喜欢任何集体活动有关。我总觉着一大帮人抢一个球，或者穿着运动短裤围着操场绕圈子跑是很傻的事。我有我自己喜欢的体育课，比如下塘游泳和四处游荡。因为这个老师不爱点名，我对他的印象还不错，别的就说不上来。我只记得他有一米八的个子，喜欢穿一件白色的运动服，看上去很干净，很阳光。

"你喜欢他什么？高大、英俊、健壮？"

白面腼腆地笑笑："都有吧。他像三浦友和。"

"那你是谁？幸子、山口百惠？"

白面笑了："我哪儿有那么美，可我希望能死在他怀里。"

我问："他知道吗？"

"不知道。"

我感觉很无趣："这么说，你们俩什么事也没发生过？"

"怎么没有呢，"白面焦急地辩白，随即脸上露出了幸福的笑容，"有一次，快要放学了，我去放排球，他正想锁器械房的门，我说：陈老师，还有一只排球。他回过头来，看了看我，说：怎么现在才来？我解释说：球跑远了。他说：自己放下吧。我走进空旷的器械房，里面非常阴凉，标枪、鞍马、高低杠都静静地矗立在那里，球类室在靠里面的一间。我回头看了看他，他正抱着胳膊站在门口，一只脚踏在门槛上，轻轻地颤动着，那个姿势真的太美了。他的影子投在地上，拉得很长很长，几乎铺满了整个走廊。我就是行走在他的影子上，他会知道吗？我的心跳得厉害，突然脚底下一个趔趄，竟然摔倒了。我说不清楚是无意还是故意，我只记得当时有一个强烈的念头，要和这影子融为一体，我倒在这影子上，就像倒在他身上。他看见我跌倒了，就扔了门锁，跑过来。我既盼他过来，又盼他永远也跑不过来。他一跑动，影子也跟着动，仿佛带着他的气息。他把我轻轻扶起来，关切地问我：怎么样？要不要紧？我不作声，闻见他身上散发着好闻的汗味，差不多要醉了。他见我这样，很害怕，就一把把我抱起来，他的胳膊那样健壮有力，只用了那么一下力，就把我抱了起来。我现在回想起来，感觉还像是在做梦。我差不了要死了，死在他怀里，如果那走廊再长一些……他把我抱到门口，放在阳光底下，我就醒了。你没事吧？他问。我没有回答，微笑着默默地看着他，大概是我的眼神吓着他了，他的脸突然红了。他锁了器械房的门，看着不远处的篮球架对我说话：以后不要做剧烈运动了，你身体不好，每天围着操场慢跑上几步，对身体有好处，一定要慢啊。说完，他就走了。"说到这里，白面的脸上绽放出灿烂的笑容。"你不知道他说话的声音，暖融融的，说到你心里。一定要慢啊——我永远忘不了他说这话时的表情，眼睛望着远处，"白面一边说，一边在模仿他记忆中的那个表情，"慢条斯理的，又很认真、很坚定，让你不得不听。"

我接着他的话说："从那以后，你就每天慢跑？"

"是的。"白面的脸上始终挂着温柔的笑容。

"后来呢？"我问。

"后来……"白面的笑容不见了，"后来，我就盼着下一周体育课快点来。可是，我怎么也没想到那是我最后一次见到他。下一周的体育课没有上，原来，他结婚了。我那时候天真地想，没想到这么好的一个人也要结婚。我心里既难过又失望，听说新娘子是一位漂亮的音乐老师，更是嫉妒得心如刀绞。我的老毛病又犯了，住进了医院。父亲一直守着我，眼睛都熬得通红。可我一句话都没和他说，我不想同任何人说话。父亲急了，居然跪在我的床前求我。他叫着我的名字，问我到底有什么心事。我摇了摇头，就是不肯说。我的心都碎了，能有什么心事？父亲不停地问：是不是有人打你了？是不是考试没有考好？我都一一摇头。父亲愣了半天，眼睛突然一亮，他靠近我的脸，低声问我：孩子，你告诉我，你是不是恋爱了？我的脸一下就红了。父亲紧张的神情终于缓和了，露出了笑容。他说，这是好事啊，孩子，这说明你长大了。随后，他又亲切地问我：那女孩长的什么样子，叫什么名字，是不是和我同班，家是哪儿的，他有没有见过……可是，我怎么跟他说呢？只有眼泪不停地流。父亲的眼睛也湿了，他拍着我的头，对我说：喜欢一个人可不容易，你现在还小，不可能懂得。节气还没到，种子就不会发芽。等你考上大学以后，如果你心里还和现在想的一样，你再去问问她……"

说到这里，白面泪如雨注。

"别这样，"我惊慌失措，不知道该说什么安慰他，只是一个劲儿地重复着，"过去的就让它过去吧，过去的……别这样……"

白面在小声抽泣："第二天早晨，我醒来时，发现父亲伏在我的腿边睡着了。体育老师结婚以后，我就再也没见过他，后来才听说他调走了。我打听过他的新学校，还给他寄过一张明信片。"

"你写的什么？"我问。

"我写的是汪国真的《热爱生命》：我不去想是否能够成功，既然选择了远方，便只顾风雨兼程。我不去想能否赢得爱情，既然钟情于玫瑰，就勇敢地吐露真诚……"

我最听不得这种甜掉牙的诗，狠心打断了白面的深情朗诵："他有没有回信？"

"没有，"白面苦笑着，"一个月后，那张明信片又回到了我的手里，上面粘了一张邮局退还说明，在其中的一栏旁有一个蓝色圆珠笔打的勾：查无此人，特予退回。"

"啊，"我也不由得感到有些失望，"那是你打听的地址不准确，不过，你可以重新再寄啊。"

白面尴尬地笑笑："地址我是无意间听别人说起的，我心虚，不敢着意去打听。要命的是，这张明信片在重新回到我手里之前，在班上同学手里已经传了一个遍，上面写着他和我的名字。大家都看到了。"

"那只是一首诗而已，说明不了什么。"我宽慰他，"再说，传抄这些又甜又腻的诗的人多了。比如我们班，除了我、王小勇，还有小玲玲，差不多人手一册呢。"

"他们可不管这些，我一进教室，就有人大声朗诵那首诗，还有人特意挑出他和我的名字，还有爱情、玫瑰这些字眼来起哄，我只有用双手捂住耳朵，把头埋在书本里，像鸵鸟埋在草里。有一天上语文课，老师提问，我站起来回答问题时，身后传来一片响亮的哄笑。语文老师感到莫名其妙，走到我身后，从我的背上揭下了一张纸条，不由勃然大怒。他将纸条往地上一扔，大吼一声：谁干的，给我站起来！教室里立时鸦雀无声。那张纸条落在我课桌前面的地上，上面写着三个字。"

"什么？"

白面的声音平淡而缓慢："鸡奸犯。"

我的心为之震惊。听见白面继续说："说真的，我并不太懂那三个字什么意思，我只知道它与我和体育老师有关系，那一定是一句很恶毒的诅骂，羞耻压得我抬不起头来。"

"到底是谁干的？那张纸条。"

白面说："语文老师查清楚了，是坐在我身后一个叫龙宝的同学干的。你认识他吗？"

"怎么不认识，"我说，"胖肉墩，都叫他宝子。这小狗日的，我要是早知道……"说到这里，我突然语塞了，我联想到了自己如果当时和白面在一个班，说不定干出这事儿的不是宝子而是自己呢。和我、王小勇相比，宝子还算得上老实孩子呢。我下意识地想，自己说不定也做过伤害别人的事而不自知呢，比如对郑成……我不敢深想，忙把注意力又集中到白面身上。

"语文老师让龙宝写了检查，从那以后，我也再没踏入学校一步。"

"什么？"我叫起来，"你不是告诉我说是因为父亲去世，再没钱上学才辍学的吗？"

"那是因为刚开始我对你说了谎话，"白面看着我，"我很歉疚。因为刚开始，我并没想到我们会成为好朋友。你能理解我吧？"

"能。"我不假思索地回答，随即又说，"他一定不会想到他会给你造成这么大的伤害。"

白面一愣："你说谁？"

"他呀。"

白面这次听明白了，摇了摇头："怎么能怪人家呢？他恐怕永远也不会知道我喜欢他。这自始至终是我一个人的事，后果也应该我一个人承受。"

他这样一说，我就不吱声了。白面接着往下说："我离开学校后，就四处瞎逛。有几次，我还看见过你和王小勇、小玲玲他们，不知怎么，我心里有一种特别的亲切，我真想追上去和你们一起玩。可是，自卑使我无法开口。你一定知道丑小鸭吧，我看着你们，就觉着自己像那只丑小鸭，你们就是那群白天鹅，那么高贵，让人不敢接近。"

"白面，你弄反了吧？"我简直不敢相信自己的耳朵，"你才是那白天鹅呢，我们都是丑小鸭、癞蛤蟆。你学习那么好，三好学生、德智体美劳什么的，我们要啥没啥，整个就是渣滓。"

白面却很固执："不是，你听我说，我真的很羡慕你们。你们活得多么潇洒，浑身有使不完的活力，而我活得多么压抑，天天像一个要死的人。"

"那是你身体有病的缘故，你当时要是喊我们一声多好，我们不早就成朋友了。"

"那可未必，说不定你们揍我一顿呢。"

我听了不禁哈哈大笑，心想还真不排除这个可能呢。我们最瞧不起的就是三好学生了。

"父亲知道我逃学以后，非常吃惊，他非要逼我说出原因。我不能照实说，只好说是不忍心看他那么辛苦，再说自己身体不好，即使将来考上大学还不一定怎么样。其实这也是我真实的想法。父亲听了，狠狠地打了我一巴掌，在那之前，他从来没打过我。他叫着我的名字，气得浑身发抖，他说我糊涂，就像爬山一样，眼看就能爬到山顶了，我怎么能半途而废呢？他说就是死也要死在山顶上，不能死在路上！"说到这里，白面的眼泪又下来了。

"我再也没有吭声，那一晚就那么过去了。第二天我醒来时，父亲已经同往常一样出去了。你不知道，城里对收破烂管得可严了，有时候赶上上头卫生检查什么的，抓住连车子带货就没收。父亲以前已经被没收过一次了，所以格外小心。可是，谁也没想到，那天他竟然死在了外面。"

我顿时一惊，忍住好奇，听他继续讲："听他们说，父亲是个小偷……"

"他们是谁？"

"那家单位保卫科的人，还有派出所。那是一个高坡，他们一追，父亲骑上车子就跑，他可能一着急忘了，从人家墙边的便道一下子摔到了对面的马路上，那个地方有将近三米高，头朝下摔的，车子压在他身上，已经变形了。我去的时候，他勉强挤出一个笑容……"白面说到这里，突然窗子"呼"的一声打开了，我们都吓了一跳，情不自禁地喊了声"啊"。

"好大的风。"我走到窗边，向外望望，天色阴沉得厉害，只有本应是月亮出现的地方有几片亮云，天边隐隐有雷声响动。街道上阒寂无人，树叶沙沙滚动，一盏绿罩路灯被风吹得摇摇摆动。我关好窗子，拿了一块毛巾走回到白面身边。

"谢谢。"白面擦了一下眼泪，继续讲他和父亲的故事，"我并不是说父亲就一定没偷过什么东西，你知道，一些针头线脑的东西，城里人当作废品、垃圾的，很难区分什么是偷、什么是拿。父亲自行车筐子里，除了两张纸壳，再就只有一双旧运动鞋，还是名牌呢，鞋号我穿正合适，其中有一只上面有一个指甲大小的洞。我想一定是父亲拣来想给我穿的。不过，我没穿。父亲走得太匆忙了，连一句话都没来得及交代。"

"我知道他会说什么，叫你好好学习，考上大学。"

白面点了点头："我想也是这样，这是他最大的期望，而我辜负了他。"说到这里，他面带惭愧。

这时候，我已经完全忘记了自己不良少年的身份，一本正经地说起话来："你明知道辜负了他，怎么不返回学校呢？"

"你说得一点不错，我应该重返学校，好好学习考大学。如果父亲不死的话，我可能会这样做。真的，前一天晚上本来我想的就是不管面临多大的羞辱，我都一定好好学习，考个好大学，扬眉吐气。可是，那天早晨，看到父亲的死，我突然意识到：一切都是没有意义的。你不知道我看见父亲死时的情景，他穿着臃肿的棉衣，浑身是泥，裤带松了，露出花花绿绿的内裤，一只脚穿着鞋子，另一只鞋子跑到了马路对过。他躺的也不是地方，刚好躺在一片粪堆里。早晨有掏厕所的马车刚刚过去，他就正好躺在那里面，不偏不倚，腰间压着一堆，头枕着一堆。看热闹的人都在笑，在我听来，这笑声同教室里的笑没什么两样，都是一样充满了羞辱。羞辱，没什么两样！"

我惊愕地看着白面激动的神情，平日里他总是那么腼腆、羞涩、不爱说话，现在我才突然发现他还有非常强悍的一面。他说的那些奇怪的话，也是我从来不曾听过和想过的。

"父亲的死让我意识到，死竟然也可以这么丑陋、肮脏，我这个词是不是用得有些过？可我实在想不出别的词代替。以前，我总以为死是非常洁净的，像《红楼梦》里的林黛玉：质本洁来还洁去。我的父亲却死在马粪里，而且还戴着一顶小偷的帽子。他是小偷，我是鸡奸犯，不愧是一对父子。"

他说完这话，我们都沉默了。突然，窗外闪过一道耀眼的闪电，紧接着就是一声惊天动地的霹雳，滂沱大雨哗然而至，与此同时，房间里的灯灭了。

"停电了，我们不说了，睡吧。"我说。那段时间不知怎么老是停电，我们习惯了把停电当作熄灯号。

白面点了点头。我们两个脱了衣服，爬到地铺上去睡。可是，这时白面却忍不住又出声了："小威，有件事情我还得跟你解释解释。"

我不由地一愣："什么事？"

"那天晚上看电影的事情。"

"哦，我知道了。过去了就过去吧。"

可是白面说："不，你不知道。"

我便由他说下去："那天晚上，是小玲玲和我商量好，故意做给你看的，看你会有什么反应。我没想到，你会发那么大的火，居然打了我。"

"对不起，原谅我太冲动。"

"没什么，过去的就过去了。"白面说，"我是想告诉你，小玲玲是爱你的，所以她才会试探你。"

"但愿吧。"我的脑子还在想着白面讲的他和他父亲的故事，我感觉里面有些道理是我还理解不了的，但却明确地感觉到很重要。

"喜欢她，就要珍惜她。对她好吧，她早晚是你的。"白面的声音在黑暗里落了下去，我的眼皮沉重地闭上。把烦恼留到明天再想吧。我喃喃自语。

实际上，我们都没有马上睡着，两个人都翻来覆去，却不说话。其间，白面起身好几次捉蚊子。他空荡荡的巴掌声，加深了我内心的焦躁。我将头埋进床单里，像一个猛子扎进水底。我闭着眼睛，开始数羊，一、二、三……数到三百九十多头的时候，我想着自己已是一位阿拉伯酋长，终于在眼花缭乱的羊群中满心欢喜地闭上了眼睛。我隐约听见白面还在追打着莫须有的蚊子，并且疑惑地嘟囔着："没有血？"

这一夜，注定不是一个平凡的夜晚。我睡到不知道什么时候的时候，突然睁开了眼睛。房间里一片雪亮，亮得刺眼，我旋即明白是来电了，睡前我们忘了关灯。我的第一个念头就是赶紧把灯关掉，可是身体还沉在睡眠里，动也不能动。我下意识地想：白面呢，赶紧把灯关了！嘴巴却像冻住了，张不开口，头也不能转动，目光所及的视野里白茫茫一片，什么都看不见，直到右脚抽筋似的一跳，人才完全醒过来。

这时，我吃惊地看见白面，赤裸着身体，像个高僧打坐似的盘坐在我身边，不是盘坐，是叠罗汉似的一种极其奇怪的姿势，半坐半卧在那里，手里紧紧地攥着自己的阳具，那东西硕大挺拔，像一根烧红了的铁棍。白面显然发着高烧,脸庞红红的,手脚打着哆嗦,嘴里说着胡话:"我真想找个人操一下啊,"他把玩着怀里那东西,"恐怕以后时间不多了,我来到这个世界上,还没捞着操操谁呢……"

他从来不说这么粗的字眼,这个词即使从他的嘴里出来,也那样纯洁。

白面的眼泪哗哗流了出来,滴在我的背上,像滚烫的蜡油。

一阵钻心的灼热的疼痛中,我想起了书里看过的一些雌雄同株的植物。我记不住那些花木的名字,只惊讶于它们可以自己给自己授粉。我想,人为什么不能这样呢?我可以自己爱自己,自己生出自己的后代。我觉着自己平生从来没有这么高尚,哪怕我什么都不是,只要能让我的朋友临死前有一点点高兴,哪怕是米粒大小的高兴,哪怕是像被眼泪浸泡过的米粒那么大小的高兴,又有什么关系呢?

这天晚上,白面紧紧地搂着我,我们像一张照片和它的底片一样紧紧贴在一起。早晨醒来时,白面已经没有呼吸了。他的嘴角挂着鲜艳的血,脸上凝结着笑容。他功德圆满,如愿以偿。外面,暴雨过后,碧空如洗。

白面死了,我和王小勇、小玲玲三个人去火葬场火化他。为了凑齐这笔丧葬费,我和王小勇不得不又去了一次铁厂。地沟口已经被人用铁丝网封住了,我们只好翻墙进去。小玲玲在外面放哨。时间是秋天,铁厂里野草丛生,靠着围墙的一棵大钻天杨摇晃着金属般的叶片,那哗啦哗啦的声响分外苍凉。车间的顶棚塌陷了一大半,一只内脏被蚂蚁掏空的刺猬，静静地躺在地上的炉灰中。里面已经没有机床，也没有了我们的朋友赵义武，那个英俊、凶残、忧郁的年轻人。时间过得真快，转眼间我们的青春也即将老去。

我们一无所获，顺着杨树爬上墙，跳到路上。

"怎么样？"守在外面放风的小玲玲问。

我们两个失望地摇摇头。

怎么办？最后，我们走进中心血站，每人抽了400cc鲜血。绛红的鲜血一点一点地充满玻璃管，我想到了白面曾经讲过父亲给他献血的情景。而王小勇在一旁突然变得忧郁起来，我想他一定是回想起了以前为了给李珍堕胎而去卖血的事儿。

火葬场位于北郊一个孤零零的山坡上，周围环绕着高大的柏树。远远地就可以看到一座高大的烟囱，时而冒出缕缕淡淡的青烟。再往近走，就看见火葬场的红砖院墙，院门处只有门垛却没有门，大有一副来者不惧的架势。偌大的院落里杂草丛生，一东一西各有一座水泥建筑，东边的是办公室，西边的是停尸房和焚尸间。南侧墙边还有一个火柴盒式的房子，那里是卖骨灰盒的地方。

我和王小勇走进焚尸间，小玲玲不敢进去，在外面树荫下抽抽搭搭地等着。我也有点害怕，就对她说："小玲玲，不要哭了，擦干眼泪再给我们唱支《达坂城的姑娘》吧，白面也喜欢听呢！"小玲玲点点头擦干眼泪，唱了起来："达坂城的石路硬又平呀，西瓜大又甜呀，那里的姑娘辫子长呀，两颗眼睛真漂亮！你要是嫁人不要嫁给别人，一定要嫁给我，带着百万家财领着你的妹妹，跟着那马车来……"

在她的歌声中，我和王小勇推着白面进了焚尸间。

焚尸间里有一位瘦瘦的老师傅，表情麻木地冲我们点点头。担架车的轱辘被门槛卡了一下，吭噔一声，他才说了声："小心！"伸出皮包骨的手抓住前面的挡板，帮我们把车拉进去。那只手像一只死人的手，我并没有感到意外，我想这是他在这里待久了的缘故。

焚尸间里有两口炉子，师傅问我们用哪一台。

我们问他："有什么区别吗？"

师傅指着靠近我们的一台说："这台是国产的，烧油的，便宜。"又指着窗户下面那台说，"那台是进口的，烧电的。"

可是，我们还是没听明白二者有什么区别。

老师傅有些不耐烦，皱了皱眉："这么说吧，这台烧得慢，一个小时，骨头大。那台烧得快，骨头细"。说着，他一转身不知道从什么地方端出一个抽屉形状的小盒，"喏，这是样品！"

"样品！"我心里一惊。

那个抽匣里放着两只白色的瓷盘，就是平时盛菜的那种，磁盘里面各有一小撮骨灰，一撮里面有几根鸡毛般的碎骨，另一撮像一把红砂糖那么松散。

"就这个了。"王小勇一指那把红糖。

"这个贵。"

"贵？多少？"

"四百"。

"那个呢？"

"三百。"

我和王小勇对视了一下，相互点点头。

"就是它了！"可能是我说话的声音大了一点，那撮红糖似的骨灰动了一下，像雪山崩溃似的散了。

"四百。"王小勇重复了一遍。

我突然明白了，这个数字对他有特殊的意义。李珍打胎也是这个价钱，可我想的是另一个问题："怎么还有样品？"

老师傅看了我一眼，他的眼睛瞳孔发黄，类似某种鸟类。

"荒尸野鬼。"他淡淡地说。

我长出了一口气。

我的朋友白面缓缓游入漆黑炉膛中，姿势之优美，像是一个深海采贝人。他苍白的笑脸如昙花一现，炉门随即吭地关上了。老师傅一摁电钮，"轰"——鼓风机响了。

他回过头来，此时他已经戴上口罩，冲我们严肃地一摆手，我们就恋恋不舍地走了出去。

阳光像一盆热水，浇到我脸上，我的眼泪一下子就出来了。小玲玲还在树底下咿咿呀呀地唱，看见我们出来，赶紧站了起来。

"我真后悔没跟你们进去，我一个人在外面怪害怕的。"

说什么鬼话，一个在阳光底下的人凭什么害怕？我有一种叱责她的冲动，然而忧伤让我说不出话来，我捂着脸蹲了下去。他们两个也很快蹲了下来，抱住我，我们三个人的手紧紧握在一起，战抖着。

"白面。"王小勇只说了两个字，声音也哽咽了。

"这下好了，我刚不哭了，你们又哭。"小玲玲故作轻松地安慰我们，可我们哪听得进去，最后，她也忍不住，又流下了眼泪。她的泪水流在我脸上，我却无心品尝。

我们三个人，像三只过冬的刺猬紧紧地依偎在一起，在火葬场空旷的院子里，暴烈的阳光蒸干了我们身体里的水分，我们变成了遥远沙漠中的三具干尸、三座坟茔。

"轰隆！"焚尸间的铁门突然打开了，一个干渴的声音喊道："好了！"

我们三人这才站起来，用最快的时间恢复了常态，鱼贯而入。王小勇在最前面，小玲玲抢到我前面，仿佛后面有人追她。一股烧焦的味道扑面而来，同烧一根羽毛没什么区别。

老师傅打开炉膛的锁扣，摁动旁边的按钮，抽匣滑了出来。我睁大眼睛，白面不见了，呈现在我眼前的是一片零散的骨灰，不像刚才我们看过的样品中的任何一种，既没有鸟羽毛那样纤骨，也不像红砂糖那样混作一团，而是像一把纸屑，轻盈、透明。

"装吧。"老师傅说。

可是，小玲玲又开始哭了。没等我反应过来，王小勇已经把铁铲抢在了手里，并且恶狠狠地冲着小玲玲一挥："出去！"

小玲玲的哭声戛然而止，我惊愕地看着她，她躲避着我的眼睛。我把骨灰盒塞到她怀里："捧好了，别撒了！"

她身子一震，使劲点点头，蹲下身，骨灰盒放在她的膝盖上，她用两只手死死捧着。我从老师傅手里拿过另一只铲子，他给了我却又不放心，叮嘱道："慢慢刮！"

我的手透过发烫的铁铲，触到了白面那已不复存在的身体。我的手触电一般战栗，铲子险些脱手。王小勇比我坚强，他已经锄起了第一铲，骨灰流沙一般从铲子边缘滑下去。我锄了一铲，发现小玲玲由于紧张把眼睛闭上了。她的神情仿佛正沉浸在性爱的愉悦中，嘴唇微微抽搐，满怀着爱的饥渴。我第一次发现，她已经是一个成熟的女人了，这一发现让我心碎。尽管我们小心翼翼，铲到最后，铲子还是和铁匣摩擦发出难听的噪音。这噪音就像是魔鬼的怪笑，我简直要发疯。这时候，老师傅拿来一把扫帚，麻利地把剩余的残灰收集到一起，然后扫到骨灰盒里。骨灰盒还余着一大截才满。

"没了？"

"就这么一点？"我和王小勇惊讶地看着，我下意识地弯了下腰，检查抽匣有没有漏缝。

"小狗日的，我还偷吃了不成！"那个沉默的老师傅勃然大怒，挥着笤帚就要往我们的头上打。

好在他的笤帚没有落下来，如果它真的落下来，我和王小勇一定会把他打死。

"你们以为能有多少？他一个猫大的孩子！我告诉你们，我在这里干了三十年了，只见过一个把骨灰盒装满的，那是一对夫妻一起烧的。哼！"

我们狂躁的心冷静了下来，低头扣骨灰盒，滑道有些不好使，扣了几次都没扣动。我们没有钱，只能买了一只最便宜的。原谅我们，白面！

"我来！"老师傅把我们拨在一边，小玲玲这才睁开眼睛。

老师傅从怀里掏出一支蜡笔，我没有看错，是一支蓝色的小蜡笔，他用蜡笔在滑道里来回涂了几下，盒盖很爽快地扣上了。

"木头干了变形，现在他妈的什么也糊弄人。"他自言自语，把蜡笔放回口袋。

"走吧！"我说，这才发现小玲玲坐在了地上。我们把她拉起来，可她的腿站不直，一个劲儿地打战。

"这是吓的，过会儿就好了，女孩子家不该进来。"老师傅一指王小勇，"你背着她！"

王小勇长得比我壮，老师傅这样安排自有道理，我想，我不该嫉妒。王小勇背起小玲玲，我捧着骨灰盒走在后面，老师傅送我们出来，因为他要关门。

就在我回头跟他说再见的时候，他突然问道："死的这孩子多大？"

我一愣："十五。怎么？"

"跟我那没了的孩子一样大，"他飞快地说，"我那儿已经死了两年了。"

"啊？怎么回事！"

"我儿走在马路上，突然被一块飞来的铁砸到脑袋上，到现在，也不知道谁干的。"

我的头"嗡"的一声，手里的骨灰盒险些摔了。

"他很喜欢画画……"紧随着这声嘶哑的颤音，门关上了。

看着我面如死灰地走出来，王小勇和小玲玲一起问："你怎么了？"

我摇摇头，意思是以后再说。

可是，小玲玲还在问："到底怎么了？"

我腾出一只手，猛地给了她一巴掌。她捂着脸，吃惊地看着我。王小勇也惊了："刘小威，你怎么回事？"

小玲玲从他的背上溜了下来，哭着撒腿就跑。她的腿已经没问题，可还赖在王小勇背上。我生气肯定不是为了这个，但我也说不清为什么要给她一巴掌。

可是，王小勇误解了我，他抓住我的衣领，但很快意识到我手里还捧着骨灰盒，这才把手松开："等着吧，过后我再和你算账。"

走在路上，他还不停地说："我算对你失望到底了，你他妈的算男人吗？"

我一直没有说话，我不想把刚才老头说的话告诉王小勇。我宁愿一个人背着，就让他误会去吧。歇晌的太阳在头顶滚动，大地上冒起白色的地气。

快到墓地时，我们发现小玲玲已经坐在护城河桥上等着我们，并且主动地接过我手里的骨灰盒。虽然没说话，但我知道她已经原谅了我。她是爱我的。她爱我。爱我。爱。

我们把白面葬在护城河边的公共墓地里。我们三人合伙买了一只花圈，那是那个小坟茔上唯一一个花圈。花圈上的字还是我写的，只有四个字：白面永生！

落款是：刘小威、王小勇、小玲玲。

我们朝着墓穴鞠了三个躬。

王小勇说："我也要走了。"

"什么？"我吓了一跳。此刻在我心里，走和死是同义。

"我要走了。"他又说了一遍。

我这才听明白他的意思："你要去哪儿？"

"我要去当兵。"

"好。"我说。

自始至终小玲玲没说一句话，想必她比我知道得更早。

接下来发生的事情没什么好讲的，就一笔带过吧。王小勇参军走了，小玲玲进了供销社招待所当了一名服务员，穿蓝色制服，戴白色角帽。只有我没有动。一天夜里，我所寄居的那座阁楼在一场神秘大火中化为灰烬。火光照亮了整个天空。我也随着那场大火从临河城消失了，没有人知道我去了哪里。真是生不见人，死不见尸。好一段可歌可泣的传奇。

PART TWO

中篇
PART TWO

被水催眠

总算把这个故事讲完了。现在，让我休息一会，你抽烟吗？软中华。最好的，我发财了。你还是不会？你真是一个好孩子。喂，给我两瓶可乐，不用找了，钱对我来说没用了。你自己会开吧，拧一下，对，就这样，哇塞，你中奖了！超级女声演唱会门票一张！怎么没有日期？上网查询，你会上网吗？你连上网都不会，你不是很爱学习吗？我他妈的超爱上网。

讲脏话有快感吗？有。讲得越脏心里越干净。你不喜欢听我讲脏话，那你听我抒情吧。

我看见自己静静地躺在水底，水草旗帜一样在我身上晃动。阳光穿过水面照在我的脸上，照在我身上穿着的金缕玉衣上。光线从金箔反射回水面上，像一群金光闪闪的鱼游来游去。这鱼又被那个沉睡的我看见，我有什么事情放不下，不肯闭上眼睛？死亡并不像想象中那么可怕，看不见的风持久地吹拂。我隐隐听见有人在呼唤我，是小玲玲，我在心底一次次答应，我想起来，却没有力气。我这才意识到自己可能死了，两行清泪源源不断地涌了出来，与水化为一体。

浪游赋

多少年后，一个陌生人再次回到临河城。你肯定猜出来了，这个陌生人就是我。凡是离去的，终究还会回来。是谁说过这样的话：只有重返旧地，才能重拾尊严。

我因何而去，又从何而来，且听我慢慢道来。

那场大火并不像人们传说的那样是我有意为之，那纯属一次意外。那天晚上停电了，我点了蜡烛看你给我留下的那些书。我已经很长时间不出门了，我像一个鳏夫生活着。王小勇和小玲玲来找过我，可我没给他们开门。过了一些天，小玲玲自己又来了一趟。她一边敲门一边说："刘小威，你开门呀，我知道你就在里边。我知道你恨我，可你不知道我是怎么想的。"说着说着她哭了，最后她说："刘小威，你要是再不开门，你就永远不要再见我。"说完这话，外面就没了声息。"

我倚在门上，泪水哗哗流淌。我是多么多愁善感，注定不能成为一个英雄，失败是我唯一的命运。多少甜蜜的往事在我心头回荡，我想我是幸福的，我还年轻，却已经拥有爱情，泪水劈头盖脸地落下来。我猛地拉开门，小玲玲就站在那里。我们相互凝望，眼睛里写满了地久天长。

我们紧紧拥抱在一起，时间停止了……可是，我这样想着，拉开门去，外面只有风，风中依稀残存着小玲玲身上的香气。我徒然追了几步，模仿着某部蹩脚电影里的角色，虽然明知是徒然，但仍然追赶了几步，好让眼泪流得更充分。我双手卷成喇叭筒，对着天空呼喊："小玲玲！"一群南归的大雁回应："她刚离去，她刚离去……"我又对着大地呼喊："小玲玲！"那绵延不绝波涛般铺展的屋顶回应："她刚离去，她刚离去……"事实上，我只是在心底发出一声狂喊，随即就淹没在海洋般的悲哀里。

我回到屋里，这才发现地上有一封信，这是小玲玲刚塞进来的。我捡起来，上面那个三角形的邮戳告诉我这是王小勇从部队里来的信：

　　小威：
　　你好。
　　写这封信时，我已经身在绿色军营，正式成为一名光荣的解放军战士了。我所在的部队位于祖国的东北边陲，这里气候严寒，十月就开始下雪了，刚来时感觉还不是很适应，但慢慢就习惯了。我们现在每天训练很累，每天早晨五点就要起床跑操，半夜里经常会叫起来紧急拉练，背着十公斤的行李，跑上十公里的路。懒觉自然是睡不成了，被子还要叠得板板正正，有棱有角，班长拿着尺子挨个量，达不到要求的要扣分。没办法，我们只好偷偷地往被子里洒水。
　　部队生活虽然艰苦，但是很锻炼人。我现在仰卧起坐能做九十个，俯卧撑能做一百二十个了。我估计再打架的时候，很多人都不是我的对手了。当然，我再也不会跟人打架了。到了部队，我才认识到和平的可贵。我才理解了我哥哥以前说过的话：战争不是目的，战争是为了和平。

你和小玲玲都好吧？小玲玲是个好女孩，你一定要好好地待她。我还等着吃你们的喜糖呢。嘻嘻。你是不是觉着说这话为时过早了一些？其实，时间快着呢。一晃，我都十八岁了，等我参军回来，也到了找对象结婚的年龄了。我不知道自己能不能找到一个像小玲玲那么好的女孩。现在，我就想利用参军的这段时间，好好学学技术，将来也好有个谋生的手段。

你毕业了有什么打算？是继续复读，还是找工作？不管干什么，我想凭你那么聪明，只要专心，没什么干不好的。我想你最好还是复读吧，努上一把力，考个重点高中，然后再考个名牌大学，也给兄弟们争口气。你不是喜欢看书、讲故事吗？将来你可以当个作家，把我们都写进你的作品里，我们也跟着出名了，嘻嘻！不过，那些糗事可不要写进去啊。

白面永远地离开了我们，想起来暗自心伤。清明别忘了替我给他扫扫墓，他一个人太孤单，不像我哥哥住在烈士纪念堂，和他的战友们在一起。哎，还是不提他了。

宿舍就要熄灯了，先写到这里吧。希望你收到信后速速回信，我可想你们了。

怀念！怀念！！怀念！！！

祝福！祝福！！祝福！！！

代问小玲玲好

致以军人的

敬礼！

王小勇（已经没有飞龙大侠啦！）

12月31日

信里夹着一张他身穿军装，手持钢枪的照片。英姿飒爽。说不出是伤感、自卑还是嫉妒，我的眼泪流了出来。

这天夜里，下起了毛毛雨，阁楼又断电了。我点起早就准备好的蜡烛，把王小勇的来信看了又看，看着看着睡着了。蜡烛不知什么时候自己突然倒了，点燃了蚊帐，我被呛醒了，拼命扑救，可是为时已晚，火苗已经蹿上了屋顶。火势越来越大，浓烟呛得我睁不开眼睛，火舌舔着我的头发滋啦作响。万般无奈，我踹开窗子跳了出去。这时，阁楼像一只捆绑的焰火，越燃越烈。外面的雨还在下，非但不能将火熄灭，反而如同火上浇油。我渐渐被这眼前的盛大景象迷住了，直到听见刺耳的消防警报声才如梦方醒。我看见很多人披着衣服朝这边跑过来。"噔噔噔"，已经有人踏上了楼梯。我转身就跑，像一个真正的纵火犯那样。我沿着屋顶一直跑到城外，跳过护城河，跳入黄河，游到对岸茂密无边的森林中。这时，回头望去，整个临河城一片火海，突然"砰"的一声巨响，那座阁楼像一枚焰火蹿入夜空的深处，绽放出璀璨的光芒。这时，我唯一后悔的是没有把王小勇的那封信带出来。

此后的许多年，我浪迹天涯。不但游遍了大江南北，并且偷渡去过很多国家，藏在飞机肚子底下周游过全世界。在维也纳，你猜我遇见了谁？我的叔叔，他已经是世界著名的音乐家了。演出的海报贴在金色大厅门口，他演出的时候，我的四川婶婶在为他钢琴伴奏。婶婶身穿晚礼服，愈发端庄秀丽。多年以前，他们在一次"跑"和"找"的比赛中跑出了人们的视线，就再没有人看见过他们。原来，他们是蓄谋好的。看到他们今天过着幸福的生活，我打心眼里高兴。可我没喊他们，我不忍打扰他们。只是订了一个大花篮，叫人在演出完毕后献上。在荷兰，有一帮妓女爱着我，要我给她们写诗。因为我每晚必要她们三遍，所以她们给我起了个名字叫"three-liu"，翻译成汉语就是"刘三遍"。在普罗旺斯，我也曾和一位美丽的贵妇人双双坠入爱河。可是，我很快还是弃她而去。我的爱情早就在我的青春开始之时结束，和任何一个女人做爱，都会唤起我对小玲玲的强烈思念。

久而久之，我渐渐厌倦了陆地上的生活，决定到海上闯荡一番。站在伦敦火车站一幅巨大的世界地图前，我被太平洋上赤道地区那些星罗棋布的岛屿所吸引。后来，我辗转来到巴布亚新几内亚，花了一串贝壳币，从当地土人手里买了一艘旧舢板，开始向着太平洋与南海之间那些无人居住的小岛进发。那些小岛有的森林密布，有的正喷着火山，有的终年被厚厚的火山云覆盖，据说那里都是怪兽、食人生番的天堂。舢板的旧主人——一位厚嘴唇、穿舌孔的老哥操着皮金语婉言相劝。通过翻译，我明白了他的意思。他说这艘舢板，最多只能在澡盆里划划，要想用它征服那万恶的大海，简直就是白日做梦，他预言我如果执意要去，便只有一种结局，那就是：舟毁人亡，葬身鱼腹。我对土人的善意表示感谢，但并没有听从他的劝告。土人从树上摘下一片叶子，放在我头上，眼泪汪汪地离开了。我问翻译是怎么回事，他说那是当地象征死人的标志。我仰天大笑，戴着那片叶子上了船。如果不是碰见风浪，那片叶子会一直在我头上，像一顶漂亮的绿帽子。

我早已抱定赴死的念头，如今只有死亡才是我感兴趣的事。我想没有比死在茫茫大海上更好的死法了。

我出发那天晴空万里，大海上风平浪静，一大群海鸟跟我同行，有几只飞累了，还站到船舷上休息。其中一只一米高的信天翁，突然操着半吊子家乡话和我说起话来："你是刘小威吧？我听我表哥说起过你呢。"

"你表哥？"我吃惊非小。

"就是乌鸦队长啊，你忘了吗？"

"怎么会忘了呢？"我恍然大悟。原来，这只信天翁是一只混血鸟。他父亲是中国的，母亲是澳大利亚的，怪不得长着一双黑眼睛，毛又那么白。

"我和乌鸦表哥它们一家每年在新加坡有一次聚会，这不又到了时候，我们一家正往那儿赶呢。这次还加了世界各地的很多表亲，堪称多国峰会。"说着，它指了指船板上的另外几只信天翁。有三只小的正在追逐打闹，有一只乌黑的大鸟正照着船板上的一粒水珠，用尖尖的喙啄自己的羽毛。

"别臭美了，快见过咱们老家的英雄。"乌鸦队长的表弟举起翅膀拍了拍那只正在梳妆的信天翁。那只信天翁抖了抖头上的羽毛，步履婀娜地走到我跟前，弯腰施了个礼："How do you do！"

乌鸦队长的表弟赶紧解释："她是纯种的黑眉信天翁，不会说中国话。"

这句英语我还是听得懂的，也还了一句："How do you do！"俗话说：没吃过猪肉，也见过猪跑。旅居国外这么多年，我的英语还是大有长进，别的不敢说，泡泡妞、调调情是没有一点问题。乌鸦队长的表

弟小瞧我了，我很不高兴，随即就用带有荷兰腔的英语和它那漂亮媳妇
交谈起来。我的英语口语之所以带有荷兰腔，完全是流连于阿姆斯特丹
妓馆里时间太久的缘故。

"这么说，柯尔律治的《古舟子咏》里写到的那只屈死的信天翁，
想必是小姐您的先人了。"我彬彬有礼地说。

乌鸦表弟的洋媳妇一听，眼睛里放光："是的，正是我的太太太太
爷爷，他很不幸。不过自从他去世以后，人们就再也不敢随随便便地捕
杀我们的同类了。"

接着，我们谈论起了文学。这位年轻漂亮的小姐不愧是名门之后，
读的书不少，文学素养深厚。它的丈夫听见我们谈得那么火热，大约有
些吃醋，顾不上礼貌就插话了："你现在是去哪儿呀？"

我把自己孤筏远洋的想法一说，它们两个都很佩服，不过又为我的
安全担忧起来。

"这么一只小船，恐怕走不了多远。"信天翁兄弟说，"我建议你换
只大船。"

我不想把意欲自沉的念头说出来，只是推说囊中羞涩，又想饱览海
上的奇观，很难两全。

信天翁小姐道："人的命，天注定。多少成千上万吨的船都遇难了，
人们都以为是因为老船长杀了一只信天翁所致，其实大自然的无情才是
真凶。"

"既然说到这里，我忍不住要嘲笑人类两句了，"信天翁兄弟大笑
着说，"既没有翅膀，又没有鳍，还漂洋过海的折腾个啥呀。"

"此言极是！"我向他竖起了大拇指。

起风了，大海上瞬间变得波涛汹涌。因为信天翁要借助风势飞行，他们便与我告辞了。我看见他们张开巨翼，保持一个姿势不变，在空中盘旋了一周，缓缓消失在乌云深处。可是不一会儿，他们两个又并肩从云层中钻了出来，飞临我头顶上空，叫着："刘小威来听端详，西边海底有宝藏。大风起兮云飞扬，壮士凯旋归故乡。"

目送它们离去，我抖擞精神，奋力摇动手里的木桨，小船如利剑一般劈开道道水墙。虽然每一个浪头都可以把我连人带船吞没，但几个小时过后，我依然有惊无险地活着。可见，一个人真要背运，想死也没那么容易。而这时，海面上又恢复了平静，一道绚烂的晚霞垂挂在我面前，晚霞下面是一带平缓的沙滩。这一夜，我疲倦不堪，宿在一个不知名的小岛上。胡乱吃了些野果，钻进一口山洞里就睡着了。半夜里，我突然被弄醒了，睁开眼睛一看，自己居然被人五花大绑起来。面前站着一帮举着火把，头戴面具的野人。凭我博览群书的经验，我知道如果不出所料的话，自己很快就会成为这个岛上国王的乘龙快婿，不由长出了一口气。

事情的发展也确如我开始的想象，我是被国王卫队捕获的，他们很快把我交给了国王。国王子女众多，自然会有一位公主看上我这个小白脸，虽然这位公主长得巨黑，还不穿衣服，我还是欣然同意了这门婚事。因为除此之外，我别无选择。结婚当晚，公主野蛮地强暴了我。我想到自己将会有一群黑猪似的后代，才感觉事情过于荒唐。然而，没等我做了爸爸，一群马来海盗就凭借坚船利炮血洗了这个岛国。他们残忍杀害了我的岳丈和妻子，却把我留了下来，充当他们的向导。上了他们的贼船，我才知道他们主要的使命并不只是杀人越货，而是要在附近海域打捞一艘中国古代的沉船。传说那艘船上有价值连城的宝物，他们凭借一些野史资料，知道沉船就在附近，但却不知道准确的方位。我忽然想起信天翁伉俪说过的话，才意识到果有其事。海盗们很看中我的土著国王女婿身份，更惊讶于我这个中国人的传奇经历和渊博知识。因此没用一天时间，我就成了海盗头子的尊贵客人和好朋友，可以随便在船上走来走去，可以信口开河胡说八道。我也很想知道那艘船上到底有什么东西，就引着他们向岛的西南方向去，因为那天我和信天翁兄弟相遇是在岛的正南方向。

海盗船上配备着当今世界最先进的探测仪器，按照我的指引，以每小时二十节的速度向西南航行了十个小时后，很快在一处暗礁旁锁定了目标。连续打捞了五天后，一些珍贵的古代瓷器和珠宝被打捞了上来。第六天早晨，海盗头子十分高兴，给了我一身潜水衣，叫我陪他一起下去欣赏海底风光。我们缓缓潜入海底，周围美丽的珊瑚、鱼群令我应接不暇，巍峨的海底山岭，碧绿的平原般的浅滩，更让我无比激动。这风景，远非当年铸铁厂外面的水塘可比。然而我的心里却有一种故地重游的感觉，仿佛自己就是置身于那方水塘之下，一时平静的心变得如同大海一样汹涌。

在一处倾斜的峡谷中，静静地躺着一艘古船的残骸。这船足有一百多米长，从中间折为两半，倒插在海底的淤泥里。先行潜入的海盗们，已将许多青花瓷器吊装上去，斑斓的五彩鱼由于受惊，潮水一般从幽暗的船舱里涌出来。海盗头子提议到船的断裂的龙骨后面去看看，于是，我们从五彩鱼中间穿行过去。就在我们准备潜入最深的那节舱中时，不幸突然发生了，一只巨大的虎鲨突然从斜刺里冲了过来，一口就将海盗头子衔住，鲜血把海水搅得浑浊不清，卷起的巨流把我砸向黑暗的海底，我的头撞在一样坚硬的东西上就昏迷了过去。不知过了多长时间，我醒过来，惊讶地发现自己在一个口径只有一米多的洞穴里。随即我就明白了，那不是洞穴，而是船的尾仓。一些亮晶晶的叫不出名字的鱼，像点点星光使我看清了周围的环境。腐烂的船壁被厚厚的藻类所包裹，横七竖八的海底植物，密密麻麻得如同蛛网，奇形怪状的海底动物在我面前游来游去，所幸它们都很温驯。我的脚下踩到几件光滑的瓷器和一只巨大的海龟，为防止跌倒，我不得不用手使劲抓住一株枣树形状的海草。我小心翼翼地扒着船舱口向外望，外面很平静，看来那头虎鲨酒足饭饱回家睡觉了。可我不知道附近是否还有它的同伴，然而我的氧气也已经所剩不多，再待下去恐怕也只有死路一条。就在我壮着胆子准备出去试试运气时，无意间发现在身边不远处，隐隐泛出一道不同寻常的清冷艳丽的光。我的心骤然狂跳起来，拨开角落里的水草和碎石，那光明完完全全地显露在我面前。那不是别的，正是我梦寐以求念念不忘的金缕玉衣。我恍然意识到了这艘船的来历，在历史中的某一页，一定有过一位国王或为了逃避血腥的厮杀，或为寻求仙境，甚至为了追求爱情，抛弃了世间的一切，遁迹于茫茫大海深处。他的骨骼已经化为齑粉，只有这件衣服，静静地等待着我的到来。

当我带着金缕玉衣浮出水面时，吃惊地发现我们的船不见了，只剩下不足五米高的桅杆和上面的海盗旗。原来，就在我和强盗头子潜入海底的时候，船上发生了叛乱。几个家伙用武力夺取了船的控制权，满载着宝物准备掉头南蹿，慌忙之中撞到了暗礁，结果那些刚刚打捞上的宝物连同船上的人全都沉入了海底。我筋疲力尽地爬上桅杆，坐在横桅上向四周眺望，什么都看不见。这时，我已饿得头昏脑涨，稍不留神就可能掉下去。有道是天无绝人之路，就在这时，一块巨大的船板突然在远处浮了上来，起先我以为是只鲨鱼，头脑里顿时一片空白，等到了近前才发现是一棵救命的稻草。我将那件金缕玉衣揣进怀里，小心翼翼地爬到船板上，就累得再也爬不起来。

这块船板大约有十几个平米，像一方漂浮的屋顶。我抱着听天由命的心，躺在船板上，任由海流把我带往不知道的地方。时间很快到了正午，赤道附近的太阳大得惊人，热度更是惊人，湿漉漉的船板很快就干得冒烟，我的嗓子更像是吞了炭火，烧得舌头、上颚起泡，身上的汗水和碱水小河一样往下流。我意识到：如果没有淡水，汪洋大海和浩瀚沙漠没什么区别，自己很快就会被晒成人干，恐慌便油然而生。我从船板上一处凹陷里发现了一汪水，里面还游动着一只尺把长的龙虾，我趴下身子，试着喝了一口，苦咸的滋味让我胃部一阵痉挛，可我也顾不上这些，又捏着鼻子喝了几口。我自以为相比于船板外面的大海，这个木槽里的水由于蒸发较快无疑会淡一些。那只龙虾扎破了我的手，鲜血流了出来，我灵机一动，就把龙虾从木槽里拖出来，使劲抓住它的尾巴，一口气把它摔死过去。我饱餐了一顿鲜美的龙虾肉，又喝光了它的血，心满意足地躺下了。可是，没过一会儿，我就觉着肚子不对劲，跑到船板的尾部好一通排泄。那粪便也不下沉，就浮在水面上，让我哭笑不得。我前后拉了五六次，加上太阳炙烤，眼前金星直冒，终于支撑不住昏了过去。

　　不知过了多久，我被冻醒了过来。原来，暴雨降临了，我浑身湿漉漉的如同一只鱼，又冷又渴。我挣扎着爬到那个木槽旁，那只龙虾的壳还在那里，木槽里积了满满的雨水，我趴下身子猛喝了一阵，渴意大大得到了缓解，可是紧接着就连打了好几个喷嚏。我浑身冷得瑟瑟发抖，脑袋却烧得像火炉。我蜷缩着身子，卧成一团，想自己可能就要死了，心里充满了苦涩的悲哀。虽然我这么多年，一直都向往着死亡，可死到临头时还是感到有些不甘。我的脑海中闪现出许多人生片段，叠印在一起却成了一团模糊的影子。我不知道为什么遗憾，只是朦朦胧胧地觉得一生不应该仅仅是这样，仿佛有什么理想没有实现，有什么事情没有去做完。大海上的狂风暴雨，比人们想象中还要恐怖一万倍。想来描述当时的情景几乎是不可能的，我的整个人都被眼前的景象融化了。船板在浪尖上滚动，我将双手伸入两个用来穿缆绳的铁环里，像一个受刑的囚犯吊在墙壁上那样紧紧地固定在船板上。头脑里根本顾不得再思考什么生死的问题，浪头像一记连一记的耳光直把人抽傻了。天色越来越昏暗，海与天空渐渐混为一体。我努力地向前望去，前面似乎隐隐有一道巨大的悬崖，高耸到乌云里。也许那只是一团乌云垂下的阴影，我根本辨认不清。浪头稍微小了一点，身下的海流似乎却更疾了，因为我感觉船板在加速前进，似乎前面有个巨大旋涡吸引。我的脑海中闪现出死神的阴影，不像人们说的像个人形，而纯是一团漆黑，无法想象的那种漆

黑压得人的喘不过气。可就在这时，突然一声惊天动地的霹雳几乎震破
我的鼓膜，同时耀眼的白光劈开了那比黑铁还要坚硬的黑暗。我看见几
个巨大的火球从大海上滚动、消失。瞬间的黑暗后，又是一道闪电，我
仿佛是被雷电击中，身子猛地跪立起来——远处的海上出现了一面一眼
望不到边的山崖，山崖上面赫然镌刻着四个闪光的大字：永不分开！

　　我再次醒来时，发现自己置身于一个陌生的小岛上，海就在不远处
一闪一闪的，如同明镜，倒映着晴朗的天空。我的面前站着一个棕色皮
肤、相貌憨厚的半裸男子，看见我醒来，嘴里发出"ou、ou……"的
欢呼声。这个男人看上去有些面熟，喝完一碗木薯粥后，我终于想起了
他是谁。当初，岛上的国王招我为婿时，顺便把一名跟随他多年的忠实
奴仆赏赐给了我。这名奴仆的名字叫萨米胡瓦巴拉，意思是：孤儿。我
嫌名字太长拗口，就给改了。因为那天正好是星期四，我就管他叫星期
四。这个名字似乎和哪本书里的某个人物相似，我一时也想不起来，就
这么叫了下来。

　　星期四告诉我，那次海盗侵略的时候，他正好在这个无人小岛上给
木薯浇水，才躲过大劫。顺便说一下，这个岛是国王的菜园。后来，他
回到岛上，发现国王、王后和公主都已经死了。他没有找到我的尸体，
才知道我被海盗掳走了。他埋葬完了尸体，取了一些生活必需品，见我
还没回来，就又返回到了菜园。那里原有一座茅草房，他住下来就再也
没回主岛。因为那惨不忍睹的场景，让他回想起来就伤心。他本想一个
人在岛上生活，没想到海水又把我送了来，真让他喜出望外。

　　星期四是一个非常勤劳的人，他在岛上开垦出了好几亩耕地，不但

种了木薯、玉米等传统作物，还种了西红柿、胡萝卜以及一些我叫不出名字的蔬菜。不仅如此，南来北往的飞鸟不时衔来各种种子，山上还有野兔、山鸡等野味。可以说，这里是一片风水宝地。

我和星期四在岛上生活了半年多，我的身体完全恢复了健康，而且比以前更强壮了。我谢绝了星期四的含泪挽留，驾驶着刚刚做好的一艘小舢板，再次向着海洋进发。不过这次不是探险，而是还乡。星期四爬上山顶，拿椰子扔我，用这种独特的方式预祝我一路顺风。椰子落在舢板上，碎成四分五裂。我的眼泪流了出来。多么好的星期四，如果不是另有使命，我还真想同他在岛上无忧无虑地生活一辈子。临别前，我也曾试图说服他跟我一起回去，可是他摇头坚决不同意。他说他舍不得那些庄稼，木薯马上就要开花了，没人浇水很快就会死掉。

别了，亲爱的星期四！别了，我的航海生涯！凭借着信风的吹拂，我顺顺利利地驶入了南海，祖国的海岸在万丈霞光中闪现迷人的风采。

重逢

漂泊万里，我重回故乡。没想到，碰见的第一个人居然是崔大杂碎。他还活着，真是好人无长寿，祸害一万年。他头发都白了，背也驼了，手里拎着一个鸟笼子，做闲情逸致状。我怕认错了人，就先装出毕恭毕敬的样子问了一声："您老可是城关中学的崔老师？"他一听，咧着嘴露出一口黄牙："是的，敝人正是，刚刚光荣退休，请问阁下是？"他还没酸够，鼻梁上就挨了我重重一记老拳。"哎哟！"他捂着鼻子，血从指缝里流出来。

"你这个人怎么回事，我们远日无仇近日无恨，你是不是认错人了？"

"没认错，打的就是你！"

"你这个客人不讲道理，我根本就不认识你。"

我笑："可是我认识你。"

我让他贴着墙根老老实实站好，随手从地上抄起一个砖头，周围的人们都吓得捂住了嘴巴，我冲他们微微一笑，我只是把砖平放在他的头上："站直了，顶好。现在，你知道我是谁了？"

他看着我，腮帮子抽搐了几下，一咧嘴哭了："爸爸！"紧接着，哗啦一声，这个没出息的竟然尿裤子了。

我三拳两脚将他打翻在地，骑着他，折了根柳枝抽打他："驾、驾！"

他乖乖地往前爬，我还嫌慢，就揪他的耳朵，驴长。他仰起头，发出一阵驴嘶，打了一个滚，真的变成了一头驴。

我就这样进了城，被一群乞丐簇拥着。几个过路的妇女指着我说："这个年轻人真不像话，欺负一头老驴。"

我骂道："滚你们的蛋，他当年怎么对我，你们哪个知道？"

这几个妇女挨了骂当然不干，齐声说："哪里来的杂种，姐妹们上，撕了他！"说着，张牙舞爪地过来了。

我不慌不忙，两腿夹紧驴腹，身子立起，松开裤腰，将定海神针般的阳具露出。这几名妇女哪里见过如此壮硕的宝贝，"妈呀"一声掩面而逃。

我大笑一声，收了神通。对那些目瞪口呆的观众撇下一句话："你们谁要是对小孩子做过坏事，就是对我做的，我就不会饶过他。"

"申冤在我，我必报应！"

周围一些小孩子全都欢呼起来，他们跟在我后边不停地问："你是谁？你肯定是神！你是大英雄！"

我并不回答，只是说："你们不管谁，只要受了委屈，只要向我申冤，我一定替你们报应！"

"申冤在我，我必报应！申冤在我，我必报应！"

孩子们又欢呼起来。他们七嘴八舌地跟我讲老师、家长如何欺负他们、骗他们，我叫他们当中一个眉清目秀、口齿伶俐的一一记下。

"站住！异乡人！"

崔老头的两个儿子屠夫崔和税务崔拿着刀子骑着摩托追了上来，谁知道被一块西瓜皮弄得人仰车翻。两个人当时就头破血流昏了过去，不知是死是活。

我先来到护城河边，祭奠我的朋友白面。我记得护城河的水原来是从西往东流的，可现在却是从东往西流。逝者如斯，世事无常。白面的坟已经找不到了，那片我们当年经常游泳的水塘也不见了。原来那片空地上盖起了别墅，达官贵人、二奶情妇层出不穷，高级轿车如过江之鲫。我划一根火柴，点一把火，把这些难看的房子烧得一干二净。那些女人们衣不遮体，哭爸爸喊娘地从里面跑出来。大火烧红了半边天，让我想起了当年我们四个躺在仓库屋顶上看火烧云的情景。往事历历在目，并不如烟。

我打驴过长街，来到宫宵大酒店，甩身下驴。驴也不系，自由来去。宫宵大酒店的前身就是小玲玲工作过的供销社招待所。经过改头换面，它摇身一变已经是四星级宾馆。前台小姐很漂亮，我一度把她当成了小玲玲。但随即就发现，她有一份职业的俗丽。她吃惊地看着我甩出一打信用卡，我也不知道哪张里面有多少钱。因为这些都不是我的。我随后拿了一张塞给她。

"密码是六个六。"我悄声说。爱行不行。

"你找玲玲阿姨？"那个姑娘把我带去后面的洗衣房。酒店后面的走廊阴暗潮湿，七拐八拐，我趁机摸了一把她的乳房，摸到一把厚厚的海绵。她司空见惯地笑笑，说了声："先生讨厌。"

来到一间没有任何标志的屋子前，门是开着的，那个姑娘抬手敲了一下门，不待有人回答，就走了进去。我也跟了进去。

我环视了一下房屋里的环境。房间有一个小型的会议室那么大，但并不宽敞，被几件显然是从客房退下来的旧家具隔成几个单元。最外面是一个水房，沿着墙壁摆放着四五台老式的洗衣机，正轰隆隆地响着。横七竖八的铁丝上面，搭着几件洗好的床单。

"玲玲阿姨，有人找。"

"谁呀？"里面传来一个女人的声音。

"你自己看吧，我还有事。"女孩说着，冲我笑笑，扭头走了。

里面一阵挪动椅子的声音，随后，我面前的床单突然扬了起来，扫到我的脸上又落下。一个身穿灰色西服的女人从床单后面钻了出来。她看上去有四十岁，身材臃肿不堪，领口绷得紧紧的，盘着一个高发髻，脸像只巨大的橙子，暗黄，坑洼不平，眼窝深陷，目光有些呆滞地看着我："你找谁？"

我心里一阵失望，以为是认错人了，说了声"对不起"，转身刚要随着那位姑娘离去。她却叫出声来："你是刘小威！"

我们四目相对。"你不认识我了？"她有些发窘，揪了揪衣角。

"认识。"我忙说。

"我老了。"她脸红了。

"没有。"我低声说，不知道是安慰她还是安慰自己。我突然想起她长得太像一个人，那就是任红梅，立刻明白了原先她说的都是撒谎，她绝对就是任红梅的女儿。

"到里边坐吧。"她说。

"好的。"我随她钻到床单后面的一扇门里，床单还微微有点湿，散发着洗衣粉的味道。

里面的摆设是办公室兼宿舍的格局，一张旧写字台，两把椅子，一个笨重的老式衣橱，还有一张木板大床。一个孩子正跪在地上，趴在床沿上歪着脑袋好像在写作业。

"坐，"她指着一把掉了背的椅子。

"好的，"我看看那个孩子，试探着问，"是你儿子？"

她笑了："不，是我弟。"

"你弟？"我心里陡然一惊——那孩子回过头来，有一米一二的个子，却长着一颗硕大的脑袋，吃着雪糕，鼻涕和雪糕抹得满脸满手，样子十分埋汰。

"啊？这么说，他也是我弟弟了。"我看着那个侏儒，掐指一算，他也应该十六七岁了。

"叫哥哥。"她指着我对他说。

"别！"我条件反射般地用一只手遮住脸。

那个孩子"嘎嘎"地笑起来。我打量着他，看不出像谁，后来想起来了，像仓库里的老鼠。他是在仓库里造出来的，不奇怪。

"他叫什么名字？"

"长。"

"什么？就是长高的那个长？"

"是。"她咯咯地笑了，我也笑了。

我走到那孩子跟前："你画的什么，给叔叔——不，给哥哥看看。"

那孩子一听，脸上露出笑来，抓起椅子上的纸，冲我扬一扬。我一看，上面横七竖八地画着几只乌龟。

"怎么画这个？"我问，"你知道这是什么吗？"

"王八！"这孩子痛快地答道。

我又问："你叫什么名字？"

"王八！"

我不问了，回过头去："他妈妈呢？"

"死了两年了。"

"死了？"

她满不在乎地点点头："宫颈癌。"

"那我爸爸呢？"我鼓足勇气终于说了出来。

"你爸爸？呵呵。"她伸手在怀里摸了半天，摸出一张单子扔给我，"你来得正好，这是派出所刚来的通知单，你去领吧。我都觉着丢人了。"

我盯着那张单子发愣："怎么回事？"

"嫖妓。"她隔着衣服整理了一下肩带。我看见短袖口里她的腋窝，团团茂盛的汗毛。那是我曾经去过的地方，我心慌意乱地想。

她继续说："我对他说，你要是实在憋不住，我让你弄两回，咱省得花那冤枉钱。他却下不了手。有什么下不去手的，我十五岁那年，他就对我动手动脚过。去年，他还把一个小姐搞大了肚子，还闹着和那个小姐结婚，前后花了两三万块钱才摆平，丢死人了。"她说着，自己先笑起来。

我忍不住也笑了，这至少说明我爸身体好。我把那张单子揣进兜里："麻烦你了。"她也跟着沉默了，低头敲着鞋底。

"出去吧！"

我一愣，以为她是在和我说话，随即明白了，她是对那个孩子说。她拍拍他的头，他摇摇脑袋，晃晃悠悠地出去了。

"他很听你的？"

"是吗？"她肆无忌惮地大笑起来，"我把他带大的，我都成他妈了，他不听我的听谁的？哈哈！"

她的笑声也变得陌生了。

"喝水。"

"哎。"我答应了一声，却没有动，一时房间里的空气都凝住了。这时，隔壁的洗衣机嘀嘀地响了起来。

"洗好了，等我一下。"说完她快步走了出去。我再次打量了打量房间里简陋的摆设，内心突然被一种灰色的情绪浸透。我拿起桌上的遥控器，打开电视，胡乱换了几个台。不经意间，屏幕上闪过一个似曾相识的面孔，我赶紧又找回来，定睛一看，不由"啊"的一声。那是一则壮阳药广告，一个穿着鲜艳的红毛衣，看上去五十多岁的男人正在现身说法，大谈特谈自己如何神勇，光秃秃的脑门闪闪发亮。

"刘小威，你来帮帮忙。"

她在外面喊我，我扔了遥控器走出去，她正在抻一张床单，叫我抓住两个角，跟她一起揪。我跟她不合拍，试了好几试才揪住。

"怎么不晾外面？"我说，"外面太阳很好。"

"懒得动。"她有点气喘，接过我手里的那头，将床单晾在窗边的铁丝上。她微微翘了翘脚，我看见她光着脚穿着一双绛紫色的高跟拖鞋，鞋上点缀着一些俗气的塑料珠子。她的小腿十分粗壮，长筒袜上有好几条很长的跳线。

"你刚才'啊'什么？"她背对着我问。

没等我想好怎么回答，她回头取了最后一件床单，又回过头去："是不是看见你爸爸做广告了？"

"啊。"

她又哈哈笑了起来，转过身来："他现在是大明星了。"

"好，"我说，"挺好。"

"不谈他了。"她似乎怕我不高兴，其实我倒有些为爸爸高兴。没想到他这么大把年纪了，仍然如此活力四射。

我们抓着晾衣服的铁丝，望着窗外的街道，谈起了往事。她告诉我王小勇当年其实没有参军，因为他胳膊上文了"飞龙大侠"四个字。

"什么？"我惊讶地睁大眼睛，"那张照片怎么回事？"

"骗你呢。"她诡黠地笑笑，"他穿的是他哥哥的军装，信封也是旧的。"

"他为什么要骗我？"

"我怎么知道？也许只是和你开个玩笑，也许是他觉着没当上兵很没面子，不好意思见你，也许是为了满足自己的虚荣心。

　　她告诉我，我失踪后不久，王小勇就代替他的哥哥开起了游戏机房。再后来，他和她就结了婚。她有过一次意外怀孕，后来就一直没再怀上孩子。他们结婚第六年，王小勇有一天喝醉了酒，从护城河桥上掉下去淹死了。

　　"就是你小时候投河的那个地方，我还以为是你把他招了去呢。"说到这里时，她的笑容才有几分凄然。

　　"哦，是吗。"我想起刚才看见护城河的水为什么倒着流呢，心里再次涌起抽刀断水的忧愁。

婚姻一种

　　关于我的朋友王小勇后来的生活，还有以下的版本。王小勇确实参军了，到部队后继续和小玲玲保持着通信往来。他打算等退伍回来，就和她结婚。她的态度却总是含含糊糊，他以为这是女人的羞涩所致。王小勇退伍前给小玲玲写了最后一封信，告诉她自己将于某日某时乘某某列车返回临河城，时间很近了不必回信。小玲玲也就真的没回。王小勇满以为到时候小玲玲会去车站接他，可是下车以后他就失望了。车站上有很多接军的亲属，就是没有小玲玲。王小勇在车站小卖部给小玲玲的单位打了一个电话，那边却说她出去了。"她去哪儿了？"对方回答说不知道。王小勇又问走了多长时间，对方已经把电话挂了。

　　那是一个阳光明媚的秋天的上午，正好是星期天，街道上很热闹。王小勇提着包裹走在大街上，心中却堆满了阴霾。他走到西关桥时，看见了小玲玲，不过她身边还有另外一个人。那个人穿着西装，打着领带，大腹便便，手里拿着一块半头砖似的大哥大。小玲玲变成熟了、丰满了、性感了，穿着时髦，一只手挎着身边男人的胳膊，另一只手还牵着一条哈巴狗，让他不敢认了。他跟着她走了将近一百米，才喊出她的名字。

小玲玲回过头来，看见他，先是有些诧异，随后脸上还是露出了惊喜："呀，你回来了！"与此同时，她下意识地松开了挎着那个男人的那只手。

王小勇想问她是不是没收到那封信，但只是嘴唇动了动。

"这是宝子，你们认识吧？"小玲玲介绍身边的那个男人，表情略带慌张。

"喏，这是王小勇。"她补充道。

如果不是小玲玲介绍，他真认不出宝子，不是那个流着鼻涕傻吃的小胖墩了，变成大腹便便绅士风度的大老板了。

"认识。"他淡淡地说。

"嘿！王小勇！"宝子热情地拍了拍他的肩膀，伸出一只厚厚的手掌抓住王小勇握了又握："不愧是解放军战士，英姿飒爽啊！我最羡慕你这一身军装了，我这辈子最崇拜的就是军人，可惜，我这个身材，"他掐着自己的西裤腰，摇了摇头，"没那个命啊。"随后，他又退后了一步，再次打量了打量王小勇，对小玲玲说，"你看，和大勇哥真像！"

小玲玲给宝子使了一个眼色，宝子才意识到自己说错了话，连忙改口："我是说，你们兄弟两个，都是英雄，都是英雄！"说着，挑起了大拇指。

他们站在桥上寒暄了一会儿，临了宝子送给王小勇一张名片，上面印着"发发发贸易集团公司董事长龙宝"的字样。

"有什么需要我帮忙的，尽管给我打电话！"

王小勇麻木地应着，拎起地上的包。

"小勇！"宝子又回头叫他，他转过身去，宝子搂着小玲玲的腰，笑着说，"下周六是我们的好日子，到时候一定来啊。"

小玲玲看上去笑得很甜："一定来啊。"

她银铃般的笑声散布在早晨的空气里，王小勇感觉脚底下的地晃了一下，什么东西在身体里忽悠一声沉了下去。

在我的想象当中，王小勇可以有种种死法，其中比较通俗的一种是：一周以后，他如约参加了龙宝同小玲玲的盛大婚礼。那天的天气无论风和日丽还是狂风暴雨，已经都不重要。重要的是王小勇那天喝得格外兴高采烈，推杯换盏，觥筹交错，与新郎新娘开着下流的玩笑，他甚至趁机亲了伴娘一口，引得人们哄堂大笑。他并不知道，这位伴娘就是几年前哥哥最后的午餐上学猫叫的那位服务员。总而言之，王小勇是那天婚宴上的主角，穿梭往来，妙语连珠，使得那位蹩脚的司仪相形见绌，被迫偷偷地开溜。用人们的话来说，王小勇是彩头、是活宝，是离了他不成席的压桌菜。王小勇的表现很好地烘托出了宴会的喜庆气氛，新郎为此十分高兴，还特意塞给他一个红包。王小勇也没客气就收下了，可能当时他喝醉了，什么也不知道了。

喜宴从中午的十二点一直持续到下午的四点半，人们才尽兴而散。王小勇出门时脚底下一滑，多亏了那位善良的伴娘不计前嫌，及时地出手将他扶住，他才没有滑倒。王小勇抬起醉眼，嘟囔了一声谢谢，那个女孩却将鼻子一蹙，"哼"了一声。那表情不胜调皮和娇羞，王小勇心里一动，觉着这姑娘有些面熟，却怎么也想不起在哪儿见过。门口有一个打着竹板、唱着莲花落要喜钱的乞丐，王小勇从兜里掏出那个红包，就给了这名乞丐。乞丐喜出望外，追着王小勇一个劲儿地唱。新郎正好看到王小勇给乞丐红包，立时很不高兴，他甚至想从乞丐手里把红包抢回来，新娘制止了他的冲动。乞丐拥着王小勇一前一后地走了，像两个好兄弟。

王小勇晃晃悠悠走到西关桥，胃里一阵强烈的不适，他冲到桥头上，探身就往河里呕吐。桥上本来是有栏杆的，可惜几个月前被一辆卡车撞断了。王小勇刚吐了一口，身子就跟着栽了下去，他在空中还一直呕吐，那些秽物划了一个彩虹似的半圆。在他坠入河中的瞬间，他的脑海中突然闪现出一张笑靥如花的脸，不是新娘，而是她身边的那位伴娘。

与其让我的朋友满身污臭从河里爬上来，还不如让他痛痛快快地死去，因为那样未免太有损他的英雄形象。可我隐约记得我爷爷曾经好像说过这样的话，受不完一辈子那些罪，人想死还不容易呢。于是，我只好由着我的朋友继续活下去。

王小勇并没有参加龙宝和小玲玲的婚礼，只是找人捎去了一份喜钱，跟正常的人际往来没什么两样。那天，他到民政局办理军转安置介绍信，去了一家企业报到。去了以后，才发现那家企业已经宣布破产。王小勇再也没找什么工作，就在社会上混。直到有一天，又一次遇见了那个他在小玲玲结婚那天认识的姑娘。于是，他们结了婚，从此过上了幸福的生活。

这样听起来，简直就像童话，甭说别人，我自己也不相信。幸福不是毛毛雨，不会从天而降，不经历风雨，怎能见彩虹。事实上，王小勇参加了小玲玲的婚礼，只是等敬酒的时候，他已经不见了踪影。过了几天，王小勇去办理转业安置手续时，意外地发现办公桌里面的那个女孩有几分面熟。

"您好，同志，拿好您的证件。"那个女孩说完这话也愣了，"是你？"

原来，这个女孩就是小玲玲婚礼上的那位伴娘。

再后来，他们开始了交往。部队是锻炼人的熔炉，王小勇经过部队训练以后，再也不是原先吊儿郎当的德行了，变得成熟、稳重，很有男子汉的风度。那位姑娘爱上了他，转过年来就结了婚。按说他们从此就该过上幸福的生活了，但是世事无常，后来事情的发展完全不是这样。

王小勇在部队里当的是通信兵，复员后安排在邮电局工作，负责着大半个临河城电话线路的安装和维护。他结婚不久，就赶上了一次大规模的改线工程，天天忙着爬杆架线，吃住都在现场，几乎很少回家。有一天，他碰巧就在自己家门口的一根电线杆上作业，穿着铁鞋，戴着安全帽，像壁虎一样贴在水泥电线杆上。他上去以后，才发现自己的万用表忘在了地上，只好又往下走。在他转身的瞬间，无意识地往自己家里望了望。他印象当中，那天妻子应该是上班的，可是刚才短短一瞥中，家里似乎有人影晃动。他再次把目光投向自己家，看见明亮的阳台上晾晒着几件妻子的衣服，旁边的卧室拉着窗帘，窗帘是结婚前他们一起去商店选定的，淡紫色，上面叠印着一些蓝色的小小的几何图形。只要是她看中的，他就没意见，和很多男人一样，他对家居摆设什么的一窍不通。不过商店的老板说了一句话，他印象极为深刻。"小姑娘都喜欢这个颜色，爱做梦！"在他心中，妻子就像一只温柔的小猫，令他心生怜爱，同时又有些隐隐的不安。他总觉着妻子身上说不上来什么地方，并没有随她的年龄和身体一起长大成人。那是一种稚嫩的、幼弱的，还没有成型的品质，也是他无法掌控的，想到这里时，他常常不由自主地感到茫然。

现在，太阳把阳台上衣服的阴影投在卧室的窗帘上，他的目力极好，在部队里实弹射击时能够准确地命中一百米外的一颗核桃。现在，他可以清楚地看到那阴影在微微摆动，这说明阳台上可能开着窗户，然而事实上所有的窗户都紧闭着，那么剩下的唯一原因就是窗帘在动。窗帘为什么会动？这个问题只在他脑海中闪了百分之一秒，随后他就重新找回了最初观望的位置。窗帘与墙壁之间有一道五厘米的缝隙，缝隙后面隐隐有两团白花花的肉体在不停地蠕动。

他几乎是从电线杆上跳下去的，铁鞋摩擦着水泥，磨出一路火星。他跳到地上，不小心扭伤了脚，疼得情不自禁地咧了一下嘴，但他顾不上这些，弯腰把地上的万用表拿开，拾起了下面的一把管钳。他拎着管钳向自己家冲去，受伤的脚折磨着他，疼痛使他想起自己死去的残疾哥哥，双重的屈辱压迫着他的神经。他可能还想起了抛弃自己的小玲玲，想起宝子在桥上对他说"你们兄弟都是英雄"时，那敬佩又带有嘲讽的表情。总而言之，他拎着管钳向自己家冲去。

肉身漂流

　　王小勇就这样用一把管钳把窗帘后面的那两具身体打成了血肉模糊，同时也打碎了自己的婚姻。可是他只在拘留所蹲了半个月，就被放了出来，这让他多少有些意外。那两个人命大，还是他临时手软没有用力，谁也说不清。出来之后，他失去了工作，四处打零工。有段时间，他靠在歌厅给人看场子过活。渐渐年龄大了，也看不动了，就换了一份工作，在一家网吧值夜班。网吧里都是一些逃学打游戏的孩子，这让他想起当年自己哥哥开的游戏厅。看上去，现在网络上的游戏要比当年红白机上的游戏复杂得多、高明得多，也刺激得多，自己看也看不明白。有一次，他壮着胆子问一个正在全神贯注地玩一种叫《传奇》的游戏的孩子："这上面有《魂斗罗》吗？"不知为什么，他在正值青春年少的孩子面前总是有一种莫名的紧张。

　　"你说什么？"网吧里吵吵闹闹的，那个孩子摘下耳机，大声问。

　　"《魂斗罗》！"他把声音提高了一倍。

　　男孩没有理他，戴上耳机继续玩。

　　他尴尬地站在那里，弯着腰，赔着笑脸："没有？"

男孩眼睛盯着屏幕，慢吞吞地说："没听说过。"

他讪讪地笑笑，退到另一排电脑跟前。他的胸腔一突一突地，发誓一定要找到那个游戏，痛痛快快地玩一把。他又向一个留着毛寸染着黄发的家伙求教，这个家伙看上去比刚才那个孩子要大几岁。那孩子听清了他的问话，白了他一眼，飞快地说："切，谁还玩那玩意？老土！"

这句话无疑深深地刺痛了他，他脸上的笑容僵硬了，转身就走。谁知道，那个小青年又一把拽住了他："喂，哥们，有烟吗？"

就是在这个小青年的帮助下，他从网上下载了古老的"魂斗罗"。他已经完全忘了怎么玩，输得一败涂地，玩了几盘之后，就了无兴致。

就是从那时候开始，他喜欢上了上网，不久就迷上了网上聊天。他不间断地同网友见面、吃饭、上床，乐此不疲。他约见的第一个网友是一名职业学院大三的学生，他骗她说自己是人事局的干部，可以安排她工作。他们在一家廉价的地下旅馆见了面，那个女生又黑又矮，还戴着眼镜。尽管他一点都不喜欢她，可还是同她发生了关系。当他发现她不是处女时，开始有些惊讶，随后就释然了。那个女孩叫起床来像一只刚睁开眼睛的小猪，"嗷、嗷……"声音短促，嘴巴向前伸出，口涎垂的老长，令他回想起来只觉得恶心。他不再接她的电话，不回她的短信，发誓只此一次，再不找什么一夜情。可是没过几天，他就故伎重演了。

他渐渐习惯了这种生活，习惯了每天和不同的女人睡在一起。这中间偶尔也有他喜欢的，也有喜欢上他的，一夜情演变成两夜情……甚至更长时间，但最后结局无一例外还是分手。即使他和对方相对固定的时候，也见缝插针地找别的女人睡上一觉，他想对方也是这样，自己如果不这样，那就亏了。他感觉自己中了两种毒，一种是性，性像一条鞭子天天抽打着他，像一条饿狗死死追咬着他，使他欲罢不能，停不下来。有时，他感觉自己同时是那条饿狗和鞭子背后的人，鞭子既抽打着自己也抽打着那条饿狗，同时他又享受到了持鞭人才有的危险的快感。二是疲倦，疲倦是与性爱紧密相连的。他喜欢性爱过后的那种彻底的疲倦，他分不清自己究竟是喜欢性爱还是喜欢那种疲倦，也许正是为了通过追求性爱来达到那种疲倦。有段时间，他失眠很重，医生判定是神经衰弱，吃了很多药也不管用。一次无意中他发现，做爱是治疗失眠的最佳药物。对日复一日失眠的恐惧加剧了他的失眠，对性爱治疗失眠的过度依赖，使他沉溺于性爱。他的身体一天天地差下去，有一天早晨他试着做了几个仰卧起坐，只做了两个就像死尸一样躺倒了，半天才爬起来。他觉着自己快要死了，不一定在哪次性爱过后疲倦的深睡里，那是他想起来唯一感到幸福的事情。但他并不盼着这一天早点到来，他要一点一点地逼近它。

追逐快感的过程自然也充满危险，有一次，他差点染上性病，躺在一个小诊所里打了十几天的抗生素。最后才发现，根本就不是那回事儿。自己得的是包皮炎，这让他回想起了刘小威当年挨的那一小刀。还有两次他被女网友偷光了所有的钱，最后一次连同户口本和身份证。最苦恼的一次，他遭到了一个女流氓的勒索，声称自己怀孕了，管他要二十万块钱。最后，她的几个同伙在证实了他确实是一个不折不扣的穷光蛋以后，把他打了个半死。这还不是最恐怖的，伤病康复后第二天晚上，他就迫不及待地应一位网友之约到她家去。那是一个异常妖艳的女人，看上去有三十来岁，抹着厚厚的脂粉，涂着紫色的口红，穿着一件低胸露背的超短皮裙。

"你是不是在马戏团工作？"他和她开玩笑。

"少废话！"她饥渴难耐，扑上来就解他的裤子。那天晚上，他差不多是被她给强暴了。

早晨他醒来时，她已经坐在梳妆台前梳妆打扮。梳妆台前的镜子旁摆着一帧照片，是一个身穿西装的英俊的年轻男子，看上去似乎在哪儿见过。昨晚几乎是一进门就开始做爱，这张照片未及细看。现在，他和她并肩坐在床边，一只手很自然地从她臂膀下绕过去，放在她高耸的乳房上，另外一只手拿起了桌子上的照片："这是你以前的男朋友？"

她勾着眼线，往相片上瞥了一眼，淡淡地说："不，这是我做手术之前。"

这个曾经是男人的女人，为王小勇打开了世界的另一扇窗户，他突然理解了哥哥和郑成的奇怪关系。也就是在这个人嘴里，他了解到哥哥王大勇和郑成的爱情已经演变成了临河城的地下传奇。在另外一个世界上，王大勇是一名当之无愧的英雄。

王小勇继续在网络上开疆辟土，继续着肉体的漂泊之旅，正像他的网名显示的那样，他是一名"永不流泪的战士。"

　　他新约了一个名为"平凡女人"的网友星期天下午四点见面，见面的地点就在古老的西关桥头。这个地点是那个女人定的，他感觉有些奇怪，他不想在大街上见面，提出能不能到酒吧里坐坐。可是那个女人不同意，她说要么就不见。最终他妥协了。他问那个女人什么衣着打扮，那个女人却不肯告诉她。"什么也不说，怎么认识？"他迷惑不解，打出一串疑问。过了半天，屏幕上蹦出两个字"随缘"。接着，电脑显示对方已下线了。

　　王小勇开始怀疑这个女人可能认识自己，也许是他会过的众多网友的一位想要重续前缘，可是他想来想去，也没想出会是谁。那些人的名字、相貌大多已消磨殆尽，连同床上的呻吟和尖叫。

　　星期天下午，王小勇特意戴了一副墨镜，提前十分钟到了约会的地点。他并没有到桥上去，而是在西关饭店门口的凉棚下要了一杯冷饮，他要把自己藏起来，看看对方到底是怎样一个人。他一直等到太阳落山，也没有发现他要等的人。他意识到自己很可能被那个"平凡女人"耍了，这样的经历在以前也不是没有过。于是，他一边暗自嘲笑自己，一边起身去柜台上付账。柜台前已经有一位顾客，服务员说了声"您稍等"，就低头给那名顾客找钱。王小勇怀着最后的希望，向西关桥头上望了最后一眼，桥头上空无一人。这时，他的脚被人踩了一下。"对不起。"是个女人的声音。王小勇回头一看，那是一个三十岁左右的女人，脸上也戴着一副墨镜。他们两个几乎同时将墨镜摘下来，像那些滥俗小说和电影中经常出现的场景，异口同声地说了句："是你。"

这个"平凡女人"就是小玲玲，你猜到了吗？

"我早就怀疑这个'永不流泪的战士'是你，可又不敢确定。"后来，他俩躺在一张床上，忙完了那事，小玲玲气喘吁吁地说。

王小勇从她的身上抬起头来："现在确定了？"

小玲玲现在是一个人了。龙宝的生意越做越大，业务发展到了半个中国。他在外面包了一个二奶，一年也回不了几趟家，小玲玲一气之下和他离了婚。

"我这里这么宽敞，你搬过来算了。"一天，小玲玲对王小勇这样说。

王小勇一愣："干吗？"

"不干嘛，爱来不来。"

"你养着我？我可不干。"王小勇脸上露出一丝不快。

小玲玲笑了："你就不想找点事做？"

王小勇苦笑道："我能做什么？"

王小勇想来想去，想出了一个差使。他告诉小玲玲，自己想要开一家网吧。小玲玲说"好啊"，这网吧就开成了。

网吧开在最繁华的市中心，二百台电脑一字排开，每天二十四小时营业，冷暖气全天开放，航空座椅，饮料茶座，一应俱全，是临河城最大的一家网吧，生意空前兴隆。我们的崔老师临近退休前有一天从门前经过，王小勇热情地把他请到里面转了一圈。崔老师一口一个王老板的叫，叫得王小勇嘴都咧到腮帮子上了。王小勇说："崔老师，难得您还认识我，我那时候尽调皮捣蛋了。现在，真后悔当初没听你的，不好好学习。"崔老师连连摆手："王老板，您太谦虚。俗话说得好：小时候胖不算胖，你是我教书育人四十年来，遇见的最聪明的学生！"王小勇心花怒放，连连客气："这我可不敢当，最起码刘小威就比我聪明。""刘小威？"崔老师愣住了，"哪里有个刘小威，不记得了。"

"哎哟，你怎么把他给忘了？"王小勇提醒道，"那时候，我们俩天天拴在一块，说起来，我就是被他给带坏的。您还让他上过那个莲花宝座，就是那个高柜子，全班就他一人享受过这待遇。"

可是，崔老师的脸上一派茫然，他皱着眉头，努力搜寻着自己的记忆，最终还是微笑着摇了摇头："不记得了。"

那两年，网吧的生意特别好，王小勇不到一年时间就收回了全部投资，第二年净赚了将近二十万元。王小勇已经成为当之无愧的大老板了，西装领带，皮鞋锃亮，我想如果我见了也不一定能把他认出来。到年底王小勇和小玲玲结了婚，这年王小勇三十二岁，小玲玲二十九岁。可就在这时候，意想不到的事情发生了。两个中学生为争一个女孩，在网吧里打起来了，其中一个掏出刀子，朝对方连捅了六刀，随后又横刀切断了自己的喉管。警察赶到时，那个女孩还蜷缩在厕所里瑟瑟发抖，说不出话来，只是哭。那个女孩只有十五岁，却已经怀孕两个多月了。被杀者与自杀者的年龄也分别只有十七岁和十八岁。

王小勇为此都十分震惊，在最后的日子里，他老在小玲玲面前啧啧叹惜："你说，现在的孩子，怎么比我们那时候血性还要大呢？"

小玲玲说："这就叫长江后浪推前浪！"

这个案件轰动了临河城，市长亲自下令严肃处理。警察查封了王小勇的网吧，没收了里面所有的财产，并罚了他五万元钱。网吧没有了，房东却不肯退还房租，他们当初签的是三年的合同，预付了一年十万元的房租，告到法院，官司倒是赢了，钱还是一分没拿到。那个被杀孩子的家长隔三岔五找上门来闹，他们前前后后为孩子支付了丧葬费、抚养费等等将近二十万元。最后逼得王小勇实在没有办法，给那个孩子的父亲跪下了："我管您叫爸爸行吗？您老人家就放过我！"换来的却是两记清脆的耳光。小玲玲刚开始还比较强硬，试图跟对方讲道理："大哥大嫂，你们的心情我们理解，可是，案子已经了结了，法院都判了，你们找那个凶手要去，别跟我们过不去呀。"那个孩子的母亲是一个农村妇女，抹了把鼻涕，上来就撕小玲玲的头发，小玲玲躲闪不及，被她硬硬地撕下两绺，疼得眼泪都掉了下来。

"在你们这里出的事，不找你们找谁？谁让你们开这个狗日的网吧，谁让你们让那个天杀的进去？"女人歇斯底里，连哭带骂。可王小勇和小玲玲还是听明白了，那个行凶的孩子的父母几年前双双死于一场车祸，他和他年迈的奶奶相依为命。

"不跟你们要，我们跟谁要！"

王小勇和小玲玲对望了一眼，彼此的目光中都写满了绝望。王小勇还下意识地想到了那个孩子年迈的奶奶，恐怕得知消息也活不成了。"孤儿"这个词深深地触动了他，他联想到了自己的身世，并且下意识地回忆那个孩子的模样，记忆却一片空白。他只记得那个孩子很冷静地将匕首横过来，割断自己喉管的动作，非常准确、麻利，像是之前演练过无数遍。这让他想起当年王老六杀鹅的情景，情不自禁地闭上了眼睛，血瀑如同电影院里一面黑一面猩红的幕布，从上至下，覆盖了整个世界。

王小勇第二天醒来的第一件事，就是去找杀鹅的王老六。他来到新开张不久的"正宗王老六烧鹅店"，这店是一座三层洋楼，很是气派，门口大幅的招牌上面还有巨大的王老六的头像。门前停满了各式的小汽车。

王小勇进去一问，傻了眼，这店居然和王老六没一点关系。经理认识王小勇，招呼他坐。王小勇问他，既然跟王老六没关系，怎么叫"正宗王老六"烧鹅？经理指着那招牌，笑着说："这是我们的注册商标，受国家保护哩！"

王小勇找到老街上的王老六烧鹅铺，灰白的墙上画着一个大大的圆圈，圆圈里圈着一个"拆"字。

王老六的老婆看见有人来，就说："不卖了。"

王小勇说："我找王老六叔。"

王老六躺在一张竹子床上，在他老婆的帮助下，吃力地翻过身来，瞪着一双暗黄色的眼睛，看了王小勇半天。

"我认识你，"他说，"你是从越南回来的那个当兵的，你的腿不是炸残废了吗？"

她老婆在一旁说："那是他哥，什么眼力！"

"哦，"王老六恍然大悟，随后又问，"你来干啥？是不是想来买烧鹅，我不做了。"

王小勇说："连牌子都给人家了？"

"你说啥？"

"我说新街上开了一家正宗王老六烧鹅店，生意好着呢。"

"他娘的屄！"王老六的老婆突然站起来，跳着脚大骂，"我操死他祖宗十八辈！"

"你歇歇吧。"王老六白了老伴一眼，颤巍巍地举起手，指指自己："我"，又指指外面，"杀了他，"接着便摇了摇头，"杀不了了。"

王老六掀起后背上的衣服，让王小勇看，上面一层米粒大小的疙疙瘩瘩，疙瘩上面还裹着一层细细的丝绒。

王小勇吓了一跳："这是什么？"

"鹅毛！"他老婆没好气地答道。

"我要是年轻的话，非杀了他……"王老六兀自絮絮叨叨。

王小勇转身就走。

"回来，"王老六的老婆在后面叫他，"你到底来干啥？"

王小勇头也没回。

小玲玲说："你回来了？有个事跟你商量一下，我想把这套房子抵了。"

"随便你，"王小勇面无表情，"房子本来就是你的。"说着，扭头又走出了家门。

王小勇走了，小玲玲就开始收拾家里的东西，中午饭也没做，简单地吃了点东西就又开始收拾。下午两点左右，有人进来了，小玲玲以为是看房的，就把门打开了。

"别忙活了，"来的是一个陌生人，"你男人跳河了。"

小玲玲的脑子当时就有点晕，张口结舌地问了这么一句："我……我哪个男人？"

那人一愣："你有几个男人？"

羞辱

他拎起管钳向自己家冲去。他一脚踹开房门，房间里寂静无声，沙发、茶几、茶柜、电视机摆放得整洁有序，墙壁上的钟表在按部就班地走着。他猛地推开卧室的门，另一只手挥起管钳，却停在了空中。卧室里干干净净，空无一人。素雅的床铺叠得整整齐齐，淡紫色的窗帘还在微微晃动，他突然感觉有点冷，抬头看见天花板上吊着的风扇正不紧不慢地转动。"当啷"，管钳从手里掉在了地上。

他朦朦胧胧中听见锁孔转动的声音，然后是关门声，接着是一阵熟悉的脚步声，一个温柔的声音："咦，今天怎么回来这么早？"稍微停顿后，又说："咱们家锁怎么坏了？管钳怎么扔这里？马大哈！你怎么不说话呀？你哪儿不舒服吗？"一只手轻轻地推着他的肩膀，见他没反应，就不推了。接着，他感觉到自己的鞋子被脱掉了，身上多了一床被子。随后，听见电器开关的"咔吧"声，房间里的空气也静止不动了。又过了一会儿，厨房里传来菜刀与菜板轻快的合奏，他的眼泪终于流了出来。

王小勇在家休息了两天，脚伤消了肿，他又开始出去工作。虽然偶尔也叫苦叫累，但归根到底他对这份工作还是比较满意的。他特别喜欢高空作业，他能在电线杆顶上独自工作半天也毫不疲倦，他喜欢空中的那种感觉。他想起小时候看过的空中走钢丝的杂技表演，想象着自己如果能在电线上走就好了。他想着想着，不由自主地笑了。妻子时常和他赌气、撒娇："你老说我孩子气，你才像个孩子呢！"他觉着妻子说的也许是对的，一个男人如果没有女人的引导，哪怕是活到八十岁，也很容易一下子滑回到孩童年代的，就像掉下链条的自行车齿轮那样倒转。从这点来看，男人确实不如女人，男人本来就是女人的儿子……不知从什么时候，他满脑子胡思乱想，以前可不是这样，除非有人逼着，绝不肯自己动脑子。也许是电线杆子上的工作，使他与人群产生了距离，远离芸芸众生，不食人间烟火？呵呵。他觉着自己越来越不像自己，但又似曾相识，他苦思冥想，终于想起来了，好像在什么书上见过一幅雕塑的照片，雕刻的是一个赤身裸体蹲坐着的忧郁的外国男子，他不知道那个男子叫什么，肯定有个名堂，不过他想故事大王刘小威一定知道。

有一天，王小勇正在电线杆上埋头工作，忽然听见一阵吵吵嚷嚷，他低头一看，大街上站满了人，都在仰着头往上看，还不住地指指点点。刚开始他还以为自己哪儿不对劲，被人看了笑话，后来才明白过来，大家是在往天上看。于是，他也抬起头来，不由得惊呆了。他看见天空中飞着一只巨大的老鹅，浑身雪白，却长着一颗人脑袋，仔细一看，居然是王老六。王老六变的这只鹅，背上还坐着一个人，正是他那又黑又丑的老婆，她的手里还捧着一大束鲜花。王老六认出了王小勇，拍着翅膀跟他打招呼，嘴里还嘎嘎地叫着。

"你们到哪里去？能带着我吗？"王小勇情不自禁地喊。

王老六回头似乎同老婆商量了一番，随后突然降低了高度，嘎嘎地叫着向王小勇飞来。他的老婆怀抱着鲜花，腾出一只手来递向王小勇，"嘎嘎嘎嘎"，王小勇明白王老六的意思是叫他抓住。那只黝黑、肥胖的手离他只有咫尺之遥，不知为什么，王小勇并没有把手伸出去，而是从腰上挂的工具盒里抽出了一把笨重的剥线刀，向着那只手和那只老鹅一阵乱砍。"嘎嘎！"老鹅惊叫着飞走了，翅膀险些把王小勇从电线杆子上扫下去。王小勇注视着王老六驮着他老婆越飞越高，直飞到云彩深处，再也不见了踪影。王小勇这才发现自己出了一身冷汗，他筋疲力尽地从电线杆子上下来，双脚落在地上，心里才踏实下来。大街上的人已经走光了，对面只站着一个十一二岁的男孩，瞪着一双乌黑的眼睛问："叔叔，你刚才在电线杆顶上大喊大叫的干什么？"王小勇没有回答，男孩追着他又问："你是不是触电了？触电疼吗？"

"不疼。"王小勇微笑着说。

初夏的一天，王小勇照常在电线杆上工作。这根电线杆矗立在楼群的阴影中，上面十分的清凉。四周很静，他几乎要睡过去，忽然觉着什么东西晃了一下自己的眼睛。自从上次发生那样的错误，他很少在上面东张西望。可是这一次，那亮光好像长了眼睛，直往他眼睛上凑。他很快发现这亮光来自对面的一座旧楼，自己头顶斜上方的位置。那是一面镜子，一面小小的桃叶形的梳妆镜，镜子不是挂在墙上，而是拿在一个笑容灿烂的女人手里。

王小勇认出那个女人是谁，就不由自主地从电线杆上下来了。那光线指引着他走上一段幽暗、逼仄的楼梯，有几家在做饭，敞开的窗户里飘出香气，锅碗瓢盆的响声和女人训斥孩子的声音，有一家的电视里放着京剧，有一只猫尖叫着从脚下溜走，几盆枯萎的天葵堆在角落里。他一直走到顶层六楼，推开了一道虚掩的门。

当王小勇从一张乱糟糟的床上爬起来，他问的第一句话就是："我想知道，你是怎么把我哥哥的假腿卸下来的？"

"哈哈哈哈！"那个女人放荡地笑着，突然抱住了王小勇的腿，"现在不能告诉你。"

"那要什么时候？"

女人从王小勇的双腿中间抬起头来，脸上露出诡异的笑容："下一次。"

当王小勇的妻子听说自己的丈夫在外面有另外一个女人时，她起先并不相信。告诉她这个消息的是她的一位远房表姐，这位表姐素来喜欢搬弄是非。

"不可能。"她说。

"你不相信我？"表姐瞪大了眼睛，对天发誓，"我要说的有半句假话，叫我不得好死。你不要忘了，我就住那个婊子的对门，我亲眼看到的还会有假？"

"也许是他修电表呢？"女人碰见这样的事情，总是会条件反射般地自我保护起来。

"修个狗屎！"表姐的唾沫飞到了女人的脸上，她连忙用手背擦了擦。

"他又不是电工，修啥电表？再说了，那不是一次、两次，十次、八次、二三十次都有了，最多一两天一次！"表姐只顾自己说得痛快，根本没有注意到对方脸上渐渐加深的痛苦表情。

"她……她长得什么样子？多大？"女人涨红了脸。

"什么样？妖精样！多大？她天天脸上涂着二斤雪花膏，看不出来。我估计有个三四十岁！"

"她男人呢？"女人的声音羞怯、轻盈。

"她有什么男人？有了男人怎么卖肉！"

女人不说话了，把头垂得很低。

"我看王小勇的魂被这个狐狸精勾走了，你告诉表姐，他对你还好吗？我是说，那个事情，都是女人，没什么害羞不好讲的。"

女人的脸更红了，一会儿才回答说："我来例假了。"

"你要抓紧采取行动，让他彻底断了这个念想。不然的话，他真鬼迷心窍，甩了你跟她过去，看你怎么办！"

见女人不吱声，表姐霍地站了起来："你要不相信，你现在就跟我去，保准来个捉奸在床！"

女人下意识地"啊"了一声："他现在上班呢。"

"上班？一根电线杆子把他拴了好几个月了！我是你的亲表姐，我不向着你，谁向着你！走，现在就走！"

"我不去！"女人突然尖叫起来，把她表姐吓了一跳。

"你今天怎么了？怎么不行了？在家交公粮了？不是？不是那是怎么回事？"

"不知怎么，我老感觉好像有一双眼睛盯着我。"

"一双眼睛？全城几十万人的眼睛都盯着你呢。你天天在电线杆子上高高在上，谁看不到你啊？怕了？胆小鬼！还扛过枪呢！"

"我只想知道，你是怎么把我哥哥的假腿卸下来的。"

"呵，念念不忘啊，我不是说过了吗，下回告诉你！"

"下回是什么时候？"

"下回，就是下回……"

王小勇回到自己家里，推门看见妻子坐在正对着门口的一把椅子上，神情呆滞，脸上挂着泪痕。他立刻明白了怎么回事。

"我要和你离婚。"她说。

王小勇洗了一把脸，停了下来，水龙头滴滴答答地响着，他看着镜子里的那个陌生人，以及镜子深处那个悲哀的女人，说了声："好吧。"

他听见自己的声音无比轻快，仿佛来自镜子里的那个人的口中，而不是自己。

他再次进入那个幽暗的房间："现在你该告诉我是怎么回事了吧？"

"现在不行。"

"什么时候？"

"下一回。"

他再也忍无可忍，大声吼道："你在故意羞辱我！"

"哈哈哈哈！"一阵放浪的大笑过后，他听见了黑暗中传来回声，"是你喜欢被羞辱！"

他猛地举起一直藏在身后的那只手，一柄红色的管钳，向着那声音狠狠地砸去。

一片血光之中，他听见一个逐渐衰微下去的声音在说："谢谢你，死比我想象的还要快乐……"

终曲

我们站着说累了，又回到里屋。这时，我的爸爸居然还在电视上眉飞色舞地讲个没完："感谢'邦邦硬'牌棒棒药，让我每晚棒棒棒……"

"棒棒糖！"我脱口而出，两个人都笑得前仰后合。电视里的父亲红光满面，仅有的几根头发油光锃亮，不像以前那样匍匐在地，而是直挺挺地竖着。

"嗨，返老还童了呢！"

她把话接了过去："你还别说，你爸还真是越活越有劲。你不知道，天天晚上到公园里跳舞，有一大帮老娘们追他呢。"

"他还会跳舞？我怎么不知道？"

她笑了："是我教的他，我妈刚去世那阵，天天在家里磨叨，烦得我没办法，就教他走了几步。没承想，打那算是上了瘾，天天花蝴蝶似的往外跑，从早到晚不着家。这俩孩子，把我的心都操碎了。"说着，她无奈地叹了一口气。她说得那样自然，似乎我父亲和那个侏儒就是她的两个不成器的儿子。

"谈谈你这些年的生活吧。"笑过以后，我说。

"有什么好谈的。"她白了我一眼。

"我想听。"

"好吧，"她像是下了很大决心，接着又问我，"有烟吗？"

我摸出烟来递给她。"嗬，混得不错嘛，抽这个了！"

我笑笑，没好意思说烟是偷来的。

她慢条斯理地吐了一个烟圈，有些不好意思地冲我笑笑："很长时间都没抽烟了，烟圈都吐不圆了。"

"没关系，再接再厉。"我说。

王小勇去世以后，小玲玲有过一次重新嫁人的机会。对方是一个五十多岁的副处级干部，妻子死于心脏病。他第一次见面就看中了她，忙不迭地要把婚事定下来。她没有表示同意，也没有表示反对，任由他做。临近婚期的关头，她突然改变了主意，毁掉了婚约。谁也不知道是为什么。他们有过一次性生活，性生活之前，老干部服了一大把的药，整个过程里极其兴奋。可是，她却一点快感都没有得到，她想象着那东西是一只糟树根，却拼命想插进她还算年轻的身体里，感觉既好笑又索然无味。完事以后，那人就睡死过去，鼾声震天。她忍了又忍，到黎明时分终于一脚把那具沉睡的肉身蹬到了地上，那沉重的声音有如一包货物。

再后来，她操起了暗娼的生意。"这个城市里很多男人都喜欢我，各种各样的。"说到这里，她变得少有的神采飞扬。有那么一年半载，她的生意好得不得了。后来就得了病，拖拖拉拉好几年才治好。她的客人越来越少，她对男人也越来越不感兴趣。尽管如此，她还是张开怀抱接纳了我。在那个暖熏熏的春天的下午，我第一次得到这个女人，她已经不是那个女人。

当着电视机里父亲的面，她将衣服缓缓脱去，肥硕的脊背像一座光秃秃的土山映入我的眼帘，腋窝间滚动着成团的汗毛，皮肤上布满大大小小的疙瘩和斑点，乳头像两枚巨大的瘊子，大腿外面裹着一层厚厚的鳞，一种说狐臭不是狐臭的气味弥漫了整个房间。我几欲逃走，但是没走，反而凶猛地迎上去，似乎只有同这具庞大的肉体纠缠、搏斗才能战胜我对它的厌恶。当我的身体一接触到她，就深深地陷了下去，她的身体太软了，像口泥潭，从四面八方一起包围了我。

我们接吻。她的口臭令我艰难地屏住呼吸，头脑里一片混沌，不知道自己这是在干什么，悲哀得突然想死。

"你真棒！"她虚假地恭维着，嘴里发出一连串夸张的尖叫和呻吟。

可是我们做了很长时间，这其中似乎有一种令人窒息的愉悦。心灵无法理解，肉体深有感悟。父亲一直注视着我们，像一个偷窥父母做爱的孩子，眼睛里满是惶恐和兴奋。我在朦胧中感觉到他越来越可爱，越来越像自己顽皮的童年，而我将逐渐老去，与他在时间的轮回中擦肩而过。我从也未见过像父亲这样既猥琐不堪又生机勃勃的人，我突然发觉自己不再仇恨他，充盈于内心的是一种难以诉说的温情与感动。

后来，我们分开了，各自躺在床的一侧。这时，父亲也终于从电视里消失了。这个节目，反复多遍足足播了两个小时。后悔像个小鬼从心底爬出来，开始折磨我，虽然之前我已经预感到做完会后悔，但怎么也没想到它竟会如此强烈。我的心里很明白，这是我和这个女人第一次也是最后一次做爱，剩下的时间将是如何把这段记忆抹去。

她突然伸出手来，用一根中指轻轻划了划我的胳膊："哎——"

"怎么？"我问。

她笑了，笑得很开心，露出一口整齐的黄牙："我要告诉你一个秘密。"

"什么秘密？"我的心思还停在别处。

她还是笑："从来没有小玲玲，都是你瞎编的。我叫肖琳琳，不叫小玲玲。那时候你就是个牛皮大王，现在一点都没变。"

我愕然："怎么会，难道我认错人了？你忘了，我们曾经在黑暗的地道里发誓，我在南太平洋找到那面墙了……"

"做你的梦吧！"她放荡地大笑起来。

我猛地爬起来，穿上衣服就想走，她像只肥大的蜥蜴从床那头爬过来伸出手管我要钱。

我不由地一阵厌恶，大声吼道："我没钱。"

"不可能，你在外面这么多年怎么会没钱？"

我愤怒了："我离开家时是个穷光蛋，现在还是。我赤手空拳把这些年打发了，这还不够吗？我两手空空，不信你看啊，你看啊——"

她把我的口袋上下翻检了一遍，骂道："算老娘倒霉，碰上这么个神经病！"

是啊，换了别人也不会相信，我这些年在外边都干了些什么呢？可是，我一个人把这么多年都熬过来了还不够吗？

我木木地站在那里，突然从口袋里掏出一团精巧的金丝绳。

"你想干什么？"她的眼睛里流露出惊恐。

"不用害怕，"我抽开绳结，"我只是想和你重温一下当年的游戏。你忘了？还是你教的我呢。你会想起来的，你就是小玲玲。"

她的身子猛地一震，叫道："不！变态！"

没容她继续尖叫，我一只胳膊勾住她的脖子，使她喘不过气来，用透明胶布封住她的嘴，另一只手飞快地用绳子将她的双手反绑在身后。随后，绳子从后面绕过来，从腰部分为两路，两个绳子头像两条蛇，顺着地势蜿蜒盘旋。

"求求你，放开我！"她挣扎着，艰难地发出声音。

可是，那两条蛇不答应。它们"嗖嗖"地叫着，越过乳房与大腿之间的阴影，在她的肚脐眼上形成一个十字交叉，又平行着延伸开去。为使绳结更加紧致，我事先已经将丝绳用盐水浸泡。绳头搭在绳身之上时，形成一个个漂亮的反手绳圈，绳圈套套相连，如同水中的涟漪荡漾。她在执着地反抗，我不得不用尽全身力气，才将她的膝盖和脚踝并拢、捆好。她的胳膊擦破了，渗出血来，这使我不由地更加亢奋起来。经过了足足有半个小时的劳动，我的作品渐已成型。最后一个漂亮的双鱼人结打在她的脖子下面，我听见自己手底下"咔吧"一声脆响，她的嘴角爬出一条红线，蜿蜒游动，垂在那个结上。她的身体挣扎着扑腾了几下，嗓子里发出一声沉闷的叹息，就一动不动了。

我长出一口气，心满意足地停下来，静静欣赏着自己刚完成的作品。床上那个庞大固埃般的女人不见了，她浑身的赘肉已经回到了皮肤下面，粗大的骨骼也收缩得纤细起来，金丝绳如蚕茧一般密密实实包裹出一副小巧玲珑的身体，像少女一样曼妙，看上去顶多十五岁的样子。我终于重新塑造出了我的小玲玲，只属于我的小玲玲，谁也不能把她夺走，永远不会迷失，永远不会长大。

我脱下自己的衣服，拉开随身携带的提箱，取出一件金光闪闪的衣服，没错，它就是那件金缕玉衣。它长一米八零，刚好与我身等齐，似专为我定做。上嵌和田玉三千六百片，费去金缕一千八百克，端的是流光溢彩，华美绝伦。现在我穿上金缕玉衣，平静地躺了下来。玉片叮当作响，如悦耳的琴音。现在，我是两千年前死去的一位王，身边躺着我永远十五岁的王后。沉重的大幕落下来，爱的历史即将结束……

PART THREE

下篇
PART THREE

凶手

　　我耐心地听郑成讲完这个故事。中间不小心打了几个瞌睡，醒来他还是在讲。这么多年过去了，他居然一直把我当成他，把他自己当成我。很好笑，是吧？怪不得人们都说他是个疯子。他一点都没变，他才是真正的故事大王、牛皮大王。你听他云山雾罩地讲了些什么，天上、地下、海里，古今中外，无奇不有……满嘴里跑火车，没一点真事。

　　直到警察赶到将他抓住，我才意识到他可能真的杀了人，要不他身上的破布衣裳——就是所谓的金缕玉衣，上面怎么全都是血？刚才我还只当是鹅血。

　　两名警察将他死死摁倒在地，他仍然执拗地抬起头，扯着脖子声嘶力竭地冲我喊叫："郑成，你真不认识我了？我是刘小威！即使你不记得我，你也应该记得小玲玲吧？你不一直暗恋她吗？我讲的这些都是你当年留给我的故事书里的，你忘了吗？你离家出走那天早晨留给我的，你真的一点都不记得了？！"警察竖起手掌，吭吭几下，他的头像断了的鹅头垂到了地上。

　　那声音掺杂着绝望、愤怒、疯狂，让我情不自禁地感到一阵害怕。

我活了这么多年了，以至于忘了自己的年龄，却从来没听到过这么恐怖的声音。我也从没有离开过临河城半步，也从来不认识什么小玲玲。透过往事的迷雾，我依稀记起多年前一个清晨，我的朋友刘小威潜入深深的水塘，去寻找一件传说中的金缕玉衣，就再也没有上来过。我在河边发现了一个书包，不过，它被我不小心一脚踢到了水里，很快就沉了下去。至于那个王小勇，他不是因为盗窃了一台锅炉被警察抓走了吗？后来死在了监狱中。可是，这样一来，我上哪儿去了？我把自己丢失了。

　　一个倒背着手散步的退休老干部模样的人向我走来，不怀好意地拍了拍我的脑袋："傻子，别整天在大街上影响市容！"

　　他背转过身去，头发花白，耳朵后边有一颗葡萄干大小的肉柱，格外显眼。

　　"你他妈的才是傻子呢！"

　　我嚷道，可惜我的言语他似乎听不懂。在我的嚷叫中，郑成被塞进了警车，警车发动了，烟尘扑到我脸上，呛得我一阵剧烈的咳嗽。我老了。

心经

　　我被铐在警车后厢，背对着车头，蹲在那里动弹不得。外面的世界飞快地倒退着闪开，仿佛避我唯恐不及，像极了我这匆遽无比又漏洞百出的一生。透过车窗铁条的间隙，我看见一位老人正摇着轮椅拼命追赶过来，仰起白发苍苍瘦小的头颅，似乎在呼喊着什么。那轮椅的样式十分的奇特，又十分的熟悉，仿佛在哪一世里见过。马路上尘土飞扬，嘈杂喧哗之声几乎要冲破玻璃挤压进来。渐渐他就要跌出我的视线，他怎么可能追上汽车？

　　车子颠簸，我浑身猛然一震，大声吼叫出来，声音震碎玻璃——

　　"揭谛揭谛，波罗揭谛，波罗僧揭谛，菩提萨婆诃……"